Mordkommission Köln

Mord in der Nordkurve

Kriminalroman von
Andreas Schnurbusch

Für Ania

Impressum

Math. Lempertz GmbH
Hauptstraße 354
53639 Königswinter
Tel.: 02223 / 90 00 36
Fax: 02223 / 90 00 38
info@edition-lempertz.de
www.edition-lempertz.de

1. Auflage – Oktober 2014

Text: Andreas Schnurbusch

Find us on Facebook
www.facebook.com/AndreasSchnurbuschKriminalromane

Umschlaggestaltung: Ralph Handmann
Lektorat: Philipp Gierenstein, Laura Liebeskind
Titelbild: fotolia
Printed and bound in Germany
ISBN: 978-3-943883-69-5

Andreas Schnurbusch wurde 1960 in Herzberg am Harz geboren. Nach dem Abitur ließ er sich zum Schutzpolizisten ausbilden und arbeitete bis 1986 im Streifendienst der Kölner Polizei. Nach seinem Fachholschulstudium mit Schwerpunkt Kriminalistik und Kriminologie wechselte er zur Kriminalpolizei, arbeitete zehn Jahre als Rauschgiftfahnder und sporadisch in Mordkommissionen. Seit 1999 ist er Kommissionsleiter für den Bereich gewerbs- und bandenmäßige Schleusungsdelikte, Falschgeld, Glücksspiel und Urkundsdelikte.

Mordkommission Köln

Mord in der Nordkurve

Kriminalroman von
Andreas Schnurbusch

EDITION
LEMPERTZ

Liebe deine Stadt

Prolog

Die Kölner Bucht gehört zu den wärmsten Regionen Deutschlands. In der Stadt ist es im Schnitt ein bis zwei Grad Celsius wärmer als im Umland und in außerordentlich heißen Sommermonaten kann diese Differenz sogar noch deutlich höher ausfallen.

Dieses Jahr litten die Kölner unter einem solchen Extremsommer. Die Bullenhitze der letzten Wochen war unerträglich und für den menschlichen Organismus sehr belastend. Sirenen von Rettungswagen hallten fortwährend in den Straßen; Sanitäter fuhren von einem Einsatz zum anderen, weil immer mehr Menschen kollabierten. In den Zeitungen und Nachrichten wurde unbeirrt gemahnt, bei diesen Rekordtemperaturen viel Wasser zu trinken, Kopfbedeckungen zu tragen und tagsüber Anstrengungen zu vermeiden. Des Weiteren solle man sich von Menschenansammlungen fernhalten.

Heute hielten sich jedoch nicht alle Bürger an diesen Hinweis. Obwohl das Thermometer wieder beinahe die 40 Grad-Marke erreichen sollte, trugen viele Menschen rot-weiße Schals und Mützen. Zu Tausenden, alt und jung, pilgerten sie nach Köln-Müngersdorf. Die Kölner Verkehrsbetriebe hatten wieder Sonderzüge bereitgestellt, die völlig überfüllt ebenfalls in diesen Stadtteil fuhren. Sie hatten nur ein Ziel:

Das RheinEnergieStadion!

Bereits um 10:00 Uhr füllten sich die Terrassen der Gaststätten und Cafés auf der Aachener Straße in Höhe des Militärringes. Die Wirte hatten provisorische Theken am Straßenrand aufgebaut, auf denen sie Bierfässer und Kisten mit alkoholfreien Getränken gestapelt hatten. Auch die Kioske machten an diesem Tag enorme Umsätze – soviel Bier verkauften die Betreiber ansonsten in einer ganzen Woche nicht. Heute war das Spiel der Spiele:

1. FC Köln gegen Fortuna Düsseldorf

Die Begegnung wurde als Hochsicherheitsspiel eingestuft, was wiederum bedeutete, dass im Stadion kein Alkohol ausgeschenkt werden durfte. Dieses Verbot hielt die Fans natürlich nicht davon ab, sich mit ein paar Kölsch und auch anderen Spirituosen auf die Begegnung mit dem Lokalrivalen einzustimmen. Die Erwartungen waren hoch.

Die Sportsbar *Geißbock* auf der Aachener Straße war Treffpunkt verschiedener Fanclubs. Die Farben Rot und Weiß dominierten im Lokal und überall fand man Hinweise auf ehemalige FC-Spieler und Trainer, die sich in besonderem Maße um den Verein verdient gemacht hatten. Gelegentlich gaben Spieler aus dem aktuellen Kader hier Autogrammstunden. Aber nicht nur FC-Fans verkehrten hier: Die kreative Speisekarte und die gemütlichen Sitzecken lockten während der Woche auch weniger sportbegeisterte Kunden an.
Mehr und mehr FC-Anhänger strömten in die Bar und versammelten sich um die Stehtische. Obwohl die Fensterfronten weit geöffnet waren und an den Decken riesige Ventilatoren liefen, stand die Luft förmlich im Raum. Draußen war es – selbst unter den großen Sonnenschirmen – noch heißer. Den Fans schienen die Temperaturen, die jetzt schon bei fünfundzwanzig Grad lagen, jedoch nichts auszumachen.
Mitglieder des Fanclubs *Rotweiße Elite* hatten die beiden Tische am Eingangsbereich in Beschlag genommen. In ihren Reihen wurden die Fangesänge angestimmt und es dauerte nicht lange, bis alle Gäste mitsangen. Die Stimmung war ausgelassen; ein Sieg heute gegen Fortuna Düsseldorf schien reine Formsache.

Gegen 12:00 Uhr trafen die ersten Straßenbahnen mit Düsseldorfer Fans am RheinEnergieStadion ein. Einige von ihnen trugen ein speziell für diese Begegnung in Verkauf gebrachtes weißes T-Shirt mit einem Geißbock-Aufdruck, der mit dem Schriftzug „Opfer“ untertitelt war.
Die ins Stadion pilgernde FC-Gemeinde schmetterte ihnen unisono entgegen:

„Scheiß Fortuna, Scheiß Fortuna …“

Die Gästefans, die von Beamten der Bereitschaftspolizei bis in ihre Zuschauerblöcke begleitet wurden, erwiderten die Kölner Spottgesänge mit obszönen Gesten und sangen:

„Cologne, Cologne, die Scheiße vom Dom …“

Lokalderbys hatten schon immer ihre eigenen Gesetze. Die Kölner Polizei versuchte, mit einem großen Aufgebot von Beamten für öffentliche Sicherheit und Ordnung zu sorgen. Vor so einem Risikospiel wurden zahlreiche Absprachen zwischen Polizei und Fangruppen getroffen, um Provokationen zu vermeiden.
An kritischen Örtlichkeiten wie dem Kölner Hauptbahnhof, den Bahnhöfen in Deutz und Ehrenfeld, am Roncalliplatz, Alter Markt und Heumarkt war die Bundespolizei mit einem größeren Aufgebot präsent.
Fortuna-Fans wurden von Bereitschaftspolizeikräften an den Bahnhöfen in Empfang genommen und in Sonderbahnen der Kölner Verkehrsbetriebe zum RheinEnergieStadion begleitet. Hin und wieder zündeten einzelne Fans Böller. Wie bei jedem Heimspiel kam es gelegentlich zu Verkehrsstörungen; das befürchtete Verkehrschaos im Kölner Westen blieb jedoch aus.

Das Stadion füllte sich allmählich. 50.000 Fußballbegeisterte würden heute das Spiel live verfolgen, die Arena war ausverkauft. Die ersten Fangesänge ertönten in der Südkurve:

„Unser Hätz schlät für dä FC Kölle …“

Immer mehr in Vereinsfarben gekleidete Fans drängten sich in den Block, schwenkten ihre Fahnen und stimmten in die Lieder ein. Die Düsseldorfer sahen von der gegenüberliegenden Seite auf eine rot-weiße Menschenwand. Sie versuchten, mit ihren Schmährufen die Kölner Fans zu provozieren. Doch gegen die stimmgewaltigen Hausherren kamen sie nicht an.

Die ausgelassene Stimmung erhielt einen jähen Dämpfer, als ein paar Minuten später einige Mitglieder des Fanclubs *Düsseldorfer Devil Boys* zunehmend über Unwohlsein und Magenprobleme klagten. Von leichten Krämpfen geplagt suchten sie im Stadion umgehend die Toiletten auf und beugten sich über die Kloschüsseln. Das erlösende Erbrechen wollte sich jedoch nicht einstellen. Diejenigen von ihnen, die sich den Finger in den Hals steckten und ihren Mageninhalt schwallartig entleerten, fühlten sich aber nach kurzer Zeit besser. Das einsetzende Sodbrennen ignorierten sie und feierten stattdessen mit ihren Freunden weiter. Andere hingegen erlitten immer heftigere Bauchkrämpfe.

Die Hymne wurde angespielt. Cheerleader tanzten auf der Rasenfläche, Tausende schwenkten ihre Fahnen und mit hochgehaltenen Schals bewegte sich die Menschenmasse im Takt der Musik hin und her. Das RheinEnergieStadion war eine der stimmungsvollsten Arenen in Deutschland. Die Besucher hatten ihre Plätze eingenommen und genossen die fantastische Atmosphäre. Als die Mannschaften aus dem Spielertunnel kamen und den Rasen betraten, ertönte ohrenbetäubender Beifall.

Um 13:00 Uhr wurde das Spiel angepfiffen. Fortuna Düsseldorf hatte Anstoß und spielte direkt mutig nach vorne. Von einem gellenden Pfeifkonzert begleitet versuchten sie, über die rechte Seite in den Kölner Strafraum einzudringen.
Aber acht Personen im Unterrang der Nordkurve bekamen diese Szene nicht mehr mit. Von Krämpfen und Schmerzen geplagt krümmten sie sich und schnappten nach Luft. Nur die unmittelbar um sie stehenden Fans bemerkten, was passierte. Sie versuchten, ihren Kameraden wieder auf die Beine zu

helfen. Es gelang ihnen nicht: Die Frauen und Männer sackten zusammen und hielten sich röchelnd die Hände an Brust und Hals. Allmählich wurden immer mehr Zuschauer auf die Vorkommnisse aufmerksam. Dennoch wusste niemand, was hier eigentlich vor sich ging. Um die kollabierenden Personen herum bildeten sich kleine Menschentrauben, die sich mit aller Macht gegen die drückende Menge stemmten, um die hilflos am Boden Liegenden zu schützen. Einige versuchten, Erste Hilfe zu leisten, während andere laut um Hilfe schrien. Beamte der Bereitschaftspolizei wurden auf die Ereignisse aufmerksam und glaubten zunächst an die typischen Hitzeopfer. Sie bahnten sich einen Weg durch die Massen. Nach wenigen Metern hörten sie schon die Rufe nach Notärzten. Als sie dann die ersten Fans mit schmerzverzerrten Gesichtern auf dem Boden liegen sahen, informierten sie sofort ihre Vorgesetzten. Das war kein Kreislaufkollaps! Ungeachtet dessen wurde auf dem Rasen weiter Fußball gespielt.

Vor 20 Jahren

Es gibt ihn also doch noch, dachte die alte Dame, *den Gentleman von früher*. Sie war sichtlich erleichtert, als der junge Mann die Einkäufe vom Warentransportband hinter der Kasse nahm und in ihrem Rollator verstaute. Umständlich suchte sie mit ihren zittrigen Fingern nach Kleingeld, doch der Mann lehnte ein Trinkgeld vehement ab. Freundschaftlich gab er ihr einen Klaps auf die Schulter und verließ mit einem Lächeln den Supermarkt.

Norman beeilte sich. In einer Stunde würde Nicki nach Hause kommen und bis dahin wollte er gekocht haben. In seiner Einkaufstüte lagen 2 kg Spargel und ein Paket zarter Hinterschinken. Spargel war ihr Lieblingsgemüse und jetzt, Mitte Mai, war er auch für einen Studenten bezahlbar. Mit einem guten Essen konnte er Nicki immer überzeugen. Sie wohnten in einer gemütlichen Zweizimmerwohnung im Dachgeschoss

eines Mehrfamilienhauses in der Ortelsburgerstraße im Leverkusener Stadtteil Küppersteg. Im Treppenhaus nahm er immer zwei Stufen gleichzeitig; er sah es als eine Art tägliches Fitnesstraining.
Mit geschickten Fingern schälte er die Stangen und legte sie in das siedende, gezuckerte Wasser. Einen kurzen Blick auf die Uhr – etwas Zeit hatte er noch! Er sprang schnell unter die Dusche und stand nach zehn Minuten frisch gestylt wieder in der Küche. Nicki aß den Spargel gerne ohne Kartoffeln; um satt zu werden, hatte er deshalb eine größere Menge eingekauft. Er legte eine weiße Decke auf den Tisch und platzierte eine Vase mit bunten Blumen in der Mitte. Als es klingelte, lief er noch schnell ins Bad und sprühte einen dezenten Herrenduft auf seinen Hals. Die Vorbereitungen waren getroffen – den Rest würde sein Charme erledigen.

Veronika, von Norman liebevoll „Nicki“ genannt, ging wortlos an ihrem Freund vorbei ins Wohnzimmer und setzte sich auf die Ledercouch. Einen Moment lang saß sie dort mit vor der Brust verschränkten Armen und starrte in den Raum. Viele Gedanken schwirrten ihr durch den Kopf. Sie versuchte, entschlossen zu wirken, fühlte sich aber unsicher und ängstlich.
„Wir müssen reden.“
„Hasi, bekomme ich zur Begrüßung kein Küsschen? Schau mal, ich habe lecker gekocht.“
Veronika sah ihren Freund ungläubig an. Wenn er sie mit diesem Kosenamen ansprach, fühlte sie sich immer wie ein naives, untertäniges Mädchen. Sie wollte jetzt ein ernstes Gespräch führen, da passten diese Begrüßungsfloskeln nicht!
„Norman, so geht es nicht weiter. Heute Morgen bist du völlig ausgerastet, nur weil ich dir gesagt habe, dass ich gestern Dieter getroffen habe, und jetzt tust du so, als ob nichts gewesen wäre.“
„Du warst mit ihm Kaffee trinken.“
„Na und? Was ist dabei?“

„Das ist dein Ex! Das kann ich doch nicht zulassen."
„Deswegen verletzt du mich? Schau dir mal meine Oberarme an! Überall blaue Flecken, so fest hast du zugedrückt!" Veronika schob die Ärmel hoch und hielt ihm ihre Arme entgegen.
„Ich weiß nicht, was in mich gefahren ist. Ich war so traurig und hatte das Gefühl, ich würde dich verlieren. Tut mir leid!"
„Immer wieder die gleichen Sprüche! Du schlägst mich, verletzt mich und entschuldigst dich dann. Du solltest mal über eine Therapie nachdenken!"
Norman kochte vor Wut. *Therapie, Therapie! Ich soll krank sein? Was erlaubt die sich eigentlich? Spürt die denn nicht, wie gut es ihr an meiner Seite geht? Ich liebe sie, ich erfülle ihr fast jeden Wunsch und sie glaubt, ich hätte psychische Probleme. Ich muss mal ein Machtwort mit ihr sprechen.*
Norman wusste, dass er seine Gedanken in eine andere Richtung lenken musste, bevor er ausflippen und sie anschreien würde. Er rieb sich die Hände – eine Geste, die ihn in solchen Situationen immer beruhigte.
„Du bist die tollste Frau, die ich kenne! Ich liebe dich und will dich auf keinen Fall verlieren! Okay, ich habe mich manchmal nicht im Griff, aber ich arbeite daran. Versprochen!"
„Ach, Norman, ich würde dir ja so gern glauben. Aber wir streiten uns in letzter Zeit so häufig und du reagierst immer aggressiver. Manchmal glaube ich, es wäre besser, wenn wir erstmal getrennte Wege gehen würden."
Reiß dich zusammen und sag jetzt nur nichts Unbedachtes! Sie hat schon oft angekündigt, zurück zu ihren Eltern zu ziehen. Heute scheint sie besonders gereizt zu sein, da macht sie ihre Drohung womöglich wahr, wenn ich ihr meine Meinung sage.
„Komm, lass uns erstmal essen. Ich habe auch noch eine kleine Überraschung für dich", wechselte Norman schnell das Thema.
Sie setzte sich zögerlich an den gedeckten Tisch. Beim Anblick des Spargels vergaß sie für einen Moment ihre Probleme. Sie hatte den ganzen Tag nichts gegessen und war jetzt hungrig.
„Was für eine Überraschung ist das denn?"

„Schau mal unter den Teller."
Sie hob den Teller hoch und sah die beiden Eintrittskarten für das Fußballspiel im Müngersdorfer Stadion.
„Köln gegen Bayern! Du hast noch Karten bekommen – ich kann es nicht fassen! Das ist wirklich eine tolle Überraschung!"
Sie stand auf, umarmte ihn und bedankte sich überschwänglich. Der 1. FC Köln war schon seit der Kindheit ihre Leidenschaft – genau genommen, seit ihr Vater sie an ihrem fünften Geburtstag mit ins Stadion genommen hatte. Und dieses Spiel war seit Wochen ausverkauft – sie selbst hatte schon vergeblich versucht, an Karten zu kommen.
Norman hatte ihr die Karten eigentlich zum Geburtstag in zwei Wochen schenken wollen. Er hatte heute Morgen dann kurzfristig umdisponiert, weil er auf die Schnelle ein Versöhnungsgeschenk brauchte.

Veronikas erste große Liebe war Dieter. Sie kannte ihn seit der gemeinsamen Schulzeit im Lise-Meitner-Gymnasium in Leverkusen. In der Oberstufe wurden sie ein Paar und waren zwei Jahre lang unzertrennlich. Auch nach der Schule verbrachten sie viel Zeit miteinander, zumal sie beide fußballbegeistert waren. Er spielte Fußball beim TuS Rheindorf in Leverkusen und sie war Cheerleaderin beim 1. FC Köln. Dieter gehörte zu den sportlichsten Schülern und wurde von den Mädchen umgarnt. Kurz vor dem Abitur ließ er sich auf eine heimliche Liaison mit einer Schülerin aus der zwölften Klasse ein. Es dauerte zwei Tage, bis Veronika davon erfuhr und die Beziehung sofort beendete. Dieter bereute seinen Seitensprung, was aber nichts an Veronikas Entscheidung änderte.
Nach dem Abitur begann sie mit 19 Jahren eine Lehre als Verlagskauffrau. Ihre Ausbildungszeit verlief zunächst nicht sehr ansprechend; stundenlang musste sie vor Computern sitzen, um den Umgang mit Büro-, Datenverarbeitungs- oder Gestaltungsprogrammen zu erlernen. Unterdessen kam es in ihrem Elternhaus immer häufiger zu Konfliktgesprächen. Streitpunkt war regelmäßig Veronikas mangelndes Engage-

ment bei der Hausarbeit und ihr Desinteresse, am Familienleben teilzunehmen. Zunehmend distanzierte sie sich ihren Eltern; an den Wochenenden fuhr sie mit ihrer Tanzgruppe zu den Heim- oder Auswärtsspielen des 1. FC Köln und ging abends auf Partys.
Im zweiten Lehrjahr wurde sie in die Entwicklung neuer Werbemaßnahmen eingebunden; eine Aufgabe, die ihr viel Spaß bereitete. Allerdings musste sie jetzt auch an Samstagen arbeiten und konnte nicht mehr bei den Auftritten der Cheerleader vor den Bundesligaspielen mitwirken. Die Entscheidung, ganz aufzuhören, fiel ihr aber nicht allzu schwer, zumal sie mit zwanzig Jahren zu den ältesten in der Gruppe gehörte.
Ihren 21. Geburtstag feierte sie im Gartenhäuschen der Eltern ihrer besten Freundin. Am späten Abend wechselten sie ins Vereinshaus der Schrebergartenkolonie, wo gleichzeitig eine Studentenfeier stattfand. Hier lernte sie Norman kennen. Er war zwei Jahre älter als sie und studierte in Köln Chemie. Veronika fand ihn auf Anhieb nett – er war ein angenehmer Gesprächspartner und wirkte reif und gebildet. Schnell war sie seinem Charme verfallen. Die beiden wurden ein Paar.

Ihre Eltern sahen sie kaum noch, weil sie immer später von ihrem Freund nach Hause kam und dann sofort schlafen ging. Ein halbes Jahr später zog sie zu Norman.
Die ersten Monate lang verlief ihr Leben genau so, wie sie es sich immer gewünscht hatte. Immer wieder musste sie an diesen besonderen Moment denken, als er ihre Initialen in den Baum geritzt und ihr ewige Liebe versprochen hatte. Es war irgendwie kindisch, aber doch romantisch. Jeden Abend wurde sie liebevoll von Norman empfangen, der dann schon gekocht hatte. Sie saßen zusammen und philosophierten über Gott und die Welt. Normalerweise war er der Unterhalter und sie hörte ihm aufmerksam zu. Nach und nach bekam sie aber auch schon mal seinen Unmut zu spüren. Er mochte es nicht, wenn er unterbrochen oder gar verbessert wurde. Veronika war anfangs irritiert; so hatte sie ihn nicht kennen gelernt. Wenn sie ihn

darauf ansprach, dass er sich im Ton vergriffen hatte, spielte er das aber jedes Mal herunter. Sie müsse noch viel lernen, sagte er dann, und nahm sie wieder liebevoll in den Arm.

Mit der Zeit häuften sich die Unstimmigkeiten in ihrer Beziehung. Norman misstraute ihr ständig. Anfangs war es ihr gar nicht aufgefallen, wie er sie ausfragte und manipulierte. Doch mit der Zeit gefiel es ihr immer weniger, wenn er jeden Abend genau wissen wollte, wo sie gewesen war und was sie gemacht hatte. Wenn sie dann mal eine Ausrede benutzte, merkte er es sofort. Häufig hielt er sie an den Armen fest, schüttelte sie und schrie sie an: „Warum lügst du mich an? Warum vertraust du mir nicht?“. Schon bald kündigte Veronika an, bald auszuziehen, wenn Norman sie weiterhin so behandeln solle. Diese Drohung machte sie letztendlich doch nie wahr; zum einen, weil er sich meist schnell wieder beruhigte und sich dann besonders um sie bemühte, zum anderen, weil sie ohnehin nicht gewusst hätte, wohin sie hätte gehen sollen. Das Verhältnis zu ihren Eltern war total zerrüttet. Diesen Stress wollte sie sich mit ihren inzwischen 24 Jahren nicht mehr antun.

***

„Warum verlässt du ihn nicht? Er hat dir doch schon so oft wehgetan! Er wird dich nicht glücklich machen.“
„Ach, Dieter, hör auf damit! Norman ist im Grunde genommen ein lieber Kerl! Er ist halt sehr eifersüchtig und hat sich manchmal nicht unter Kontrolle, aber ich empfinde immer noch viel für ihn.“
„Und was ist mit uns? Ich würde dich gern häufiger sehen, nicht nur beim FC oder alle paar Wochen auf einen Kaffee.“
„Du weißt, wie ich zu dir stehe. Den ersten Freund vergisst man nie. Du bist mir sehr wichtig.“
„Ich möchte mehr für dich sein. Du weißt, wie ich dich …“
„Hör auf, Dieter“, unterbrach Nicki ihn und rieb sich ihre

Augen, die ein wenig feucht waren. Sie wollte aber jetzt auf keinen Fall anfangen, zu weinen.
„Ich weiß schon selbst nicht mehr, was ich will. Ich habe gestern ihm gegenüber erwähnt, dass wir getrennte Wege gehen sollten, aber …“ Nicki schluchzte leise und sprach nicht mehr weiter. Die Karten für das Bayern-Spiel erwähnte sie geflissentlich nicht. Er sollte nicht denken, sie sei berechnend. Ihr wurde plötzlich bewusst, dass es diese kleinen Aufmerksamkeiten waren, die sie genoss und die sie nicht bereit war, aufzugeben. Hin und wieder ein Strauß Blumen, eine Einladung ins Theater oder ein kleiner selbstgedichteter Vers – er war immer für Überraschungen gut.
„Was aber? Hat er dich angefleht zu bleiben? Oder was hat er dir erzählt? Selbst wenn er dich wirklich lieben sollte, er passt nicht zu dir! Er wird dir immer wieder wehtun!“
Nicki wandte ihren Blick wieder Dieter zu, der sie erwartungsvoll ansah.
„Dieter, ich möchte darüber nicht reden. Ich muss mir erst selber darüber klar werden, was ich will.“
„Okay. Ich bin für dich da, wenn du mich brauchst“, entgegnete Dieter und wollte gerade die Kellnerin herbeirufen, als ein kleines Mädchen an seinem Hosenbein zupfte. Mit ihren großen Kulleraugen schaute sie ihn lächelnd an. „Na, wer bist du denn?“, fragte er das kleine Kind und strich ihr sanft durch das blonde, lockige Haar. Das Mädchen, das sich kaum auf den Beinen halten konnte, kicherte und klatschte vor Freude in die Hände.
In diesem Moment kam die Mutter vom Nebentisch und entschuldigte sich für ihre Tochter.
„Sie brauchen sich doch für so ein süßes Mädchen nicht zu entschuldigen. Die ist ja so lieb, die würde ich glatt behalten“, scherzte Dieter und kitzelte der Kleinen den Bauch.
„Von wegen, die ist unverkäuflich, die bleibt bei der Mama“, scherzte die junge Mutter zurück.

Auf der gegenüberliegenden Straßenseite verkrampften sich Normans Finger um das Autolenkrad. Zornesfalten bildeten sich auf seiner Stirn, als er die beiden aus dem Café kommen sah. Er atmete mehrmals tief durch und startete den Motor. Vielleicht hatte sie ihm ja erklärt, dass sie ihn nicht mehr treffen könne, vielleicht war sie ja so schlau gewesen …

***

Nicki saß geistesabwesend in der Straßenbahn und grübelte. Dieter war und blieb ihr engster Vertrauter. Für ihn empfand sie mehr als nur Freundschaft, aber war es Liebe? Sie hatte schon oft mit dem Gedanken gespielt, Norman zu verlassen und mit Dieter einen Neuanfang zu wagen. Sein Umgang mit dem kleinen Mädchen hatte sie berührt; er sprach ihre innigsten Sehnsüchte an. Norman hatte ihr ganz am Anfang gesagt, er könne sich mit ihr eine Zukunft vorstellen. Über Kinder hatte er aber nie gesprochen. Ganz im Gegenteil, ihn nervte schon das seltene Kindergeschrei im Treppenhaus. Wahrscheinlich mochte er keine Kinder. Je mehr sie darüber nachdachte, desto mehr wurde ihr bewusst, dass sie eine Entscheidung treffen musste.

Norman war schon eine halbe Stunde zu Hause. Nervös lief er von einem Fenster zum anderen. *Wann kommt sie endlich? Sie wird mir gleich einiges erklären müssen.*
Dann sah er sie am Ende der Straße. Sie kam mit gesenktem Kopf gemächlich daher spaziert. Norman bebte innerlich.

„Wo bist du gewesen?" Mit dieser Frage empfing er sie im Türrahmen.
„Norman, frag nicht so viel. Lass mir bitte meine Freiheiten."
Sie ging an ihm vorbei in den Flur und hängte ihre Jacke an der Garderobe auf.
„Hast du dich mit Dieter getroffen?" Seine Gedanken rasten.
Sie soll es selbst sagen und mir den Grund erklären.

„Das Thema hatten wir gestern schon.“ Nicki drehte sich zu ihm um, sah seine funkelnden Augen und blieb wie angewurzelt stehen. Sie musste jetzt mit viel Fingerspitzengefühl antworten.
„Du hast gestern gesagt, du würdest dich nicht mehr mit ihm treffen.“
„Moment mal, das habe ich nicht gesagt.“
„Nicki“, erwiderte er vorwurfsvoll, „du wirst dich doch wohl noch an unser Gespräch erinnern.“
Sie wusste, dass sie mit vernünftigen Worten nicht weiterkam und antwortete kurzweg:
„Ich habe mich nicht mit Dieter getroffen.“
Sie registrierte augenblicklich die Veränderungen in seinem Gesicht und erkannte, dass sie einen Fehler begangen hatte. Seine Gesichtsfarbe wechselte ins rotviolette und seine Augen blitzten auf. Er musste sie beobachtet haben. Ihre Einsicht kam aber zu spät.
Seine Hand schnellte nach oben. Blitzschnell gab er ihr eine Ohrfeige, die sie in die Knie zwang. Ihre Wange schmerzte höllisch, doch noch mehr ängstigte sie, was jetzt wohl noch kommen mochte. Schützend hielt sie ihre Hände vors Gesicht und flehte jämmerlich: „Nicht! Bitte nicht, Norman!“
Obwohl ihm die Handinnenfläche brannte, spürte er nicht, dass er es diesmal übertrieben hatte. Er sah sie vor sich hocken und riss sie mit einer Hand am Kragen ihrer Bluse in die Höhe. Mit der anderen Hand holte er weit aus und schlug noch einmal zu. Sie sackte erneut zu Boden und blieb wimmernd liegen. Er ging einen Schritt zurück und wollte ihr ins Gesicht treten, riss sich allerdings im letzten Moment zusammen. Kochend vor Wut stürmte er ins Schlafzimmer, zog den Reisetrolley hinter dem Schrank hervor und stellte ihn geöffnet auf dem Boden ab. Anschließend riss er Kleidung mitsamt den Bügeln von der Stange und pfefferte die Blusen, T-Shirts und Hosen in den Koffer. Die restliche Wäsche wischte er mit einer Handbewegung aus den Fächern und ließ sie ebenfalls in den Trolley fallen.
Er hörte, wie Nicki sich an der Wohnungstür zu schaffen

machte. Mit dem Koffer ging er zurück in den Flur und trat die Tür vor ihrer Nase zu.
„Du gehst, wenn ich es dir sage, du verlogene Schlampe."
Zitternd vor Angst blieb sie in der Ecke stehen, während er ins Badezimmer ging, einige Hygiene- und Pflegeartikel einsammelte und diese zu dem anderen Zeug schmiss. Danach öffnete er die Wohnungstür und katapultierte den Reisetrolley mit einem Fußtritt in den Hausflur.
„Mach, dass du verschwindest. Ich will dich hier nie wieder sehen." Er zeigte ihr mit der ausgestreckten Hand den Weg und knallte die Tür hinter ihr zu.

***

Veronika zog wieder zu ihren Eltern. Sie wurde mit offenen Armen aufgenommen und wohnte nun wieder in ihrem alten Jugendzimmer. Das Verhältnis zu ihrer Mutter entwickelte sich positiv; zum ersten Mal in ihrem Leben hatte Veronika das Gefühl, sich mit ihr von Frau zu Frau austauschen zu können. Ihre Eltern hatten Norman schon immer suspekt gefunden und Bedenken gehabt, ob er der Richtige für Veronika war. Sie waren nun froh, dass ihre Tochter endlich, wie sie es sagten „zur Vernunft" gekommen war. Den genauen Grund ihres Auszugs hatten sie nie erfahren.

Norman hatte nach dem Vorfall täglich versucht, sie anzurufen, doch sie ließ sich jedes Mal von ihrer Mutter verleugnen. Nach einer Woche ging zufällig einmal ihr Vater ans Telefon. Er gab Norman unmissverständlich zu verstehen, dass er nicht mehr anrufen und seine Tochter in Ruhe lassen solle, andernfalls würde er ihn bei der Polizei anzeigen. Danach bekam Veronika jeden zweiten Tag einen Brief, in dem Norman überschwänglich von seiner Liebe schrieb. Er flehte sie an, sich mit ihm zu treffen; als Zeichen seiner Gefühle malte er zwischen den Zeilen unendlich viele Herzchen. *Das ist Norman,* dachte sie, *auf der einen Seite liebevoll und schnulzig, auf der anderen Seite eifersüchtig und cholerisch.* Doch diese Aggression bei seinem

Wutanfall vor drei Wochen hätte auch sie ihm vorher nicht zugetraut. Seitdem hatte sie Angst, auf die Straße zu gehen. Ständig glaubte sie, er sei in der Nähe; ständig fühlte sie sich beobachtet.
Dieter verhielt sich ihr gegenüber wie ein wahrer Freund. Er ließ sie in Ruhe, wenn sie für sich sein wollte, war aber sofort zur Stelle, wenn sie ihn brauchte. Sie genoss seine Nähe und das Gefühl der Sicherheit und Geborgenheit, das Dieter ihr gab. In den Stunden mit ihm konnte sie die Vergangenheit verarbeiten und sich Gedanken über ihre Zukunft machen.

Ihr Entschluss stand fest! In dieser Nacht hatte sie sich genau überlegt, wie sie vorgehen wollte. Höflich, aber bestimmt wollte sie Norman erklären, dass er ihr viel bedeute, sie ihn aber nicht mehr liebe. Vielleicht könnten sie ja gute Freunde bleiben. Liebe könne man nicht erzwingen, das müsse er doch verstehen! Die Aussprache war ihr wichtig, damit sie wieder unbelastet durch Leverkusen gehen konnte und nicht ständig Angst haben musste, ihm zu begegnen. Außerdem gab es noch einen zweiten Grund, ihn zu treffen. Sie wollte ihre restlichen persönlichen Sachen aus seiner Wohnung haben. Ihre CD-Sammlung, ihre Steiff-Tiere und vor allem die beiden Fotoalben aus ihrer Kindheit lagen ihr sehr am Herzen.
Veronika überlegte, wie sie ihr Anliegen formulieren sollte. Wenn sie Forderungen stellte, würde er stur und vielleicht wieder aggressiv reagieren. Andererseits durfte er sich auf keinen Fall neue Hoffnungen machen. Der Text musste unverfänglich und freundlich formuliert sein. Sie nahm einen Zettel und schrieb:
„Lieber Norman …“
Nein, die Ansprache war zu persönlich, sofort strich sie diese Wörter wieder durch.
„Hallo Norman …“
Nein, das gefiel ihr auch nicht. Minutenlang schaute sie auf ihren Schmierzettel und ärgerte sich, dass sie so lange über die Anrede nachdenken musste. Dann schrieb sie aus dem Bauch heraus auf eine Postkarte:

„Norman, ich muss mit dir reden. Können wir uns treffen? V.“

Kurz, knapp und alles gesagt, dachte sie und warf die Karte in den nächsten Briefkasten.

Nach drei Wochen endlich eine Antwort von ihr. Keine liebevolle Anrede, kein Hinweis darauf, dass sie ihm verziehen hatte – das gefiel ihm nicht. Warum hatte sie ihn so lange zappeln lassen? Was erlaubte die sich eigentlich? Aber immerhin, sie wollte mit ihm reden. Anscheinend war ihr klar geworden, wie gut sie es bei ihm hatte. Den Gesprächsablauf konnte er sich gut vorstellen:

„Wir haben nur eine gemeinsame Zukunft, wenn du deine Gewalttätigkeiten in den Griff bekommst. Wie soll ich an deiner Seite glücklich sein, wenn ich immer damit rechnen muss, dass du mich schlägst? Denk bitte einmal ernsthaft über eine Therapie nach, sonst komme ich nicht zu dir zurück.“

Er würde ihr diesmal vorlügen, dass er mit einer Therapeutin gesprochen und sie nichts mehr zu befürchten habe. Genau das würde sie hören wollen! Zufrieden mit seiner Idee nahm er sich das Telefonbuch und suchte nach Namen von Psychotherapeuten in Leverkusen. Danach schrieb er auf eine Postkarte:

„Hallo Hasi, ich freue mich so über deine Nachricht. Ich habe die ganze Woche bis 17:00 Uhr Uni. Komm doch am Freitag um 18:00 Uhr zu mir und wir können über alles reden. Liebe Grüße, Norman“

Jetzt musste er nur noch überlegen, was er ihr bei dem Treffen anbieten könnte. Er schaute in seinen Vorratsschrank und überflog den Inhalt: Konserven, Nudeln, Kekse, Kakao … Ein Fach höher entdeckte er dann den Biskuitboden und hatte eine Idee. Der „Afrikanische Traum“! Sie liebte seinen selbstkreierten Nachtisch aus Sahne, Eiern und Kakao.

Dieter fuhr unmittelbar nach seinem Boxtraining zu Veronika und war überrascht, als er von ihrem Plan erfuhr, sich mit Norman zu treffen.

„Du kannst dich nicht mit ihm in seiner Wohnung treffen! Bist du lebensmüde? Nein, auf keinen Fall, das lasse ich nicht zu!"
„Ach, Dieter! Ich glaub, du machst dir zu viele Gedanken. Du tust ja so, als würde ich einen Killer aufsuchen. Es ist doch jetzt eine andere Situation als damals. Er wird vernünftig mit mir reden."
„Ich sage dir, der Mann ist krank im Kopf! Warum trefft ihr euch nicht wenigstens in einem Cafe oder einem anderen öffentlichen Ort?"
„Er hat das Treffen in seiner Wohnung vorgeschlagen und mir war das recht, weil ich ja meine persönlichen Sachen wiederhaben möchte. Das habe ich dir doch schon erklärt."
„Okay. Dann werden wir aber einige Vorsichtsmaßnahmen treffen!"
„Wieso wir? Ich fahre gleich um 18:00 Uhr zu ihm und eine Stunde später bin ich wieder zu Hause. Mach dir keine Sorgen."
„Nein! Jetzt hör mir bitte einmal zu, tu mir den Gefallen! Ich werde dich zu ihm bringen und vor dem Haus im Auto warten. Wenn er dir irgendwie blöd kommt, verlässt du sofort die Wohnung. Falls er dir den Weg versperrt, geh zum Fenster und gib mir ein Zeichen oder schrei laut. Ich werde dann hoch kommen und zur Not die Tür eintreten. Okay?" Seine entschlossene Stimme ließ keinen Widerspruch zu.
„Dieter, ich weiß nicht …"
„Ich bestehe darauf", erwiderte Dieter und schaute ihr dabei besorgt in die Augen.

Dieter hielt in der Lycker Straße und ließ Veronika vorsichtshalber das letzte Stück zu Fuß gehen. Sie wollten nicht gemeinsam gesehen werden. Erst, als sie im Hauseingang verschwunden war, fuhr Dieter den Wagen in die Ortelsburgerstraße und parkte seinen Ford Mustang gegenüber vom Hauseingang.

Veronika versuchte, Dieter gegenüber einen entspannten Eindruck zu erwecken, doch das entsprach keineswegs ihren wahren Gefühlen. Als sie den Klingelknopf drückte, spürte sie, wie ihre Hand zitterte. Der Türöffner wurde betätigt; sie öffnete die Haustür und bekam auf der ersten Treppe schon weiche Knie. *Reiß dich zusammen*, dachte Veronika und atmete mehrfach tief ein.

Bevor er den Türöffner drückte, stellte Norman sich noch ein letztes Mal vor den Spiegel. Die schwarze Jeans und das körperbetonte, schwarze T-Shirt standen ihm gut. Noch schnell die Sonnenbrille ins lockige Haar! Erst jetzt war er zufrieden mit seinem Outfit. Er hatte sich viel vorgenommen. Auf keinen Fall wollte er lange darüber diskutieren, warum er vor drei Wochen ausgerastet war. Je nach Gesprächsverlauf würde er sich in zwei Sätzen entschuldigen und sein Handeln auf die Nebenwirkung eines Medikamentes schieben. Diese Idee war ihm eben bei der Vorbereitung des Kuchens gekommen. Bei seiner Intelligenz dürfte es doch kein Problem sein, sie davon zu überzeugen.

Veronika spürte, wie sich Schweißperlen auf ihrer Stirn bildeten, als sie den letzten Treppenabsatz erreichte. Vorsichtig wischte sie sich mit der Handinnenfläche durchs Gesicht und atmete mehrfach tief ein. Die Wohnungstür lag etwas versetzt vom Treppenhaus. Erst als sie die oberste Stufe erreicht hatte, sah sie Norman freundlich lächelnd im Türrahmen stehen.

Sie trug ihre Lieblingsjeans und dazu ein lindgrünes T-Shirt. Das Leinensakko musste neu sein, dachte Norman und breitete die Arme aus, um sie zu begrüßen. Etwas zaghaft ließ sie sich umarmen und gab ihm angedeutete Küsse auf beide Wangen.
„Du siehst toll aus, einfach toll. Ist das Sakko neu?“
„Danke, ich habe mir letzte Woche ein paar neue Sachen gekauft.“ Die Frage kam ihr grotesk vor. Er tat so, als ob nie etwas vorgefallen wäre!
„Komm erstmal rein und setz dich. Kann ich dir einen Kaffee anbieten? Du hast doch immer gern abends mit mir Kaffee getrunken.“

Veronikas Sinn stand überhaupt nicht nach Smalltalk; viel lieber hätte sie sofort alle wichtigen Angelegenheiten mit Norman geklärt. Sie wollte ihn aber nicht verärgern.

„Okay, für einen schnellen Kaffee hab ich noch Zeit."

Norman ging in die Küche und ärgerte sich über ihr abweisendes Verhalten. *Einen schnellen Kaffee und dann nichts wie weg? Der Kuchen wird es richten, das hat bisher immer funktioniert!* Norman streute noch schnell Kakaopulver über sein Backwerk.

Zuerst servierte er ihr den Milchkaffee, bevor er den „Afrikanischen Traum" mit einer brennenden Kerze auf den Tisch stellte. Doch statt eines freudigen und erstaunten Gesichtsausdrucks sah er, wie sie kopfschüttelnd die Augen verdrehte. Das hatte er nicht erwartet.

„Norman, ich bin nicht zum Kaffeeklatsch hier! Lass uns kurz ein paar wichtige Dinge klären, dann nehme ich meine restlichen Sachen und bin wieder weg."

Im ersten Moment war Norman sprachlos. Vor zwei Jahren hatte er eine Nacht lang zig Backzutaten ausprobiert, um diesen Schoko-Sahne-Kuchen nur für sie zu entwerfen. Damals war sie so begeistert gewesen, dass sie geschworen hatte, ihn alleine schon wegen dieser Torte niemals zu verlassen.

„Nicki, du bist immer noch enttäuscht, weil ich dir weh getan habe. Ich kann das leider nicht mehr rückgängig machen, aber du sollst wissen, wie unendlich leid mir das tut."

„Weh getan!? Du hast mich fast ohnmächtig geschlagen! Ich hatte Todesängste, ich …"

„Jetzt beruhig dich bitte und hör mir zu. Ich kann dir alles erklären. Gewissermaßen – gewissermaßen war ich das nicht …", unterbrach Norman sie. Er konnte seinen Satz jedoch nicht beenden, da Veronika wieder dazwischenfuhr.

„Bist du jetzt völlig durchgeknallt? Du gehörst doch in die Klapse! Den Scheiß höre ich mir nicht an. Gib mir sofort meine restlichen Sachen! Ich will hier weg!"

Veronika war völlig außer sich, so dass sie ihre Angst vollkommen verdrängte. Gerade wollte sie aufstehen, als Norman eine Hand hob und mit voller Wucht auf den Tisch schlug. Die leeren

Kuchenteller sprangen in die Höhe und schlugen klappernd wieder auf den Tisch, der Kaffee schwappte aus den Tassen. Veronika erschrak und bereute jetzt, nicht auf Dieter gehört zu haben.
„Jetzt hörst du mir gefälligst zu!", schrie Norman sie an. „Ich werde dir wenigstens etwas erklären dürfen", fuhr er mit gedämpfter Stimme fort. „Du hattest mir doch einmal geraten, dass ich wegen meiner Stimmungsschwankungen einen Arzt aufsuchen sollte. Das ist mir jetzt etwas peinlich, aber dir zuliebe hab ich das gemacht. Das war ein gutes und langes Gespräch mit einer Psychologin, Frau … wie hieß sie noch gerade? Ach ja, Frau Dr. Zimmermann. Also, um das vorweg zu nehmen, ich bin nicht psychisch krank. Die Ärztin hat mir erklärt, dass Stressfaktoren bei bestimmten Menschen Stimmungsschwankungen auslösen können. Das hört sich jetzt etwas überheblich an, aber in ihrer Praxis seien derartige Symptome fast ausschließlich bei besonders intelligenten Menschen, insbesondere Naturwissenschaftlern, aufgetreten. Mein Unterbewusstsein hatte sich immer weiter mit den Themen aus meinem Studium befassen, auch wenn ich längst gedanklich bei dir war. Einige Gehirnregionen waren dadurch überlastet. So ähnlich hat sie mir das jedenfalls erklärt. Ich bekam Tabletten, die mich ruhiger hätten machen sollen, aber anscheinend ist an dem einen Tag genau das Gegenteil passiert. Ich habe die Tabletten sofort abgesetzt und mache jetzt Stressbewältigung durch autogenes Training. Mir geht es sehr gut."
Veronika hatte ihm aufmerksam zugehört, aber kein Wort geglaubt. *Für wie doof hält der mich eigentlich? Psychopharmaka, die einen aggressiv machen? So ein Quatsch!*
„Was es alles gibt. Ich freue mich, dass es dir besser geht." Ihre Stimme klang gleichgültig, aber höflich.
„Hast du nicht doch noch ein bisschen Zeit? Ich würde mich gerne mit dir unterhalten, so wie früher. Bitte?"
Immer diese Anspielungen auf früher! So langsam muss er doch begreifen, dass es zwischen uns nicht mehr wie früher ist, dachte Veronika

und überlegte, wie sie es ihm beibringen könnte. Dieter saß bestimmt schon nervös im Auto und scharrte mit den Hufen.
„Norman, wir hatten eine schöne Zeit, aber es ist nicht mehr so, wie es einmal war. Ich brauche Abstand von dir. Versteh das doch bitte!“ Diesmal erhob sie die Stimme.
„Nicki, ich glaube, du hast mich nicht richtig verstanden. Es *ist* immer noch wie früher. Wir lieben uns und wir gehören zusammen. Zieh wieder hier ein und alles wird gut.“
Veronika konnte keinen klaren Gedanken fassen. Das Gespräch lief in die falsche Richtung! Sie musste jetzt die richtigen Worte finden, auch wenn diese ihn verletzen würden.
„Norman, willst du mich nicht verstehen oder was ist mit dir los? Wir sind nicht mehr zusammen! Ich möchte nur meine Sachen abholen. Mach jetzt bitte kein Drama daraus!“
Was erlaubte dieses Miststück sich eigentlich? So durfte niemand mit Norman reden! Nein, das konnte er nicht zulassen. Eine letzte Chance wollte er ihr aber noch geben.
„Ich denke, du bist etwas verwirrt.“ Norman redete langsam und deutlich. „Ich kann das ja verstehen, nach all dem, was du über mich gedacht haben musst. Aber es ist nun an der Zeit, vernünftig miteinander zu reden.“
„Ich liebe dich nicht mehr! Geht das nicht in deinen Kopf rein?“, schrie sie ihn an und tippte sich dabei mehrfach an die Stirn.
Jetzt konnte Norman sich nicht mehr unter Kontrolle halten. Das Blut schoss ihm in den Kopf, Zornesfalten bildeten sich auf seiner Stirn, sein ganzer Körper bebte und für einen Augenblick glaubte er, seine Schädeldecke würde platzen.
Erschrocken nahm Veronika seine Gemütsveränderung wahr. Vorsichtig erhob sie sich von ihrem Stuhl, behielt Norman aber im Auge. Er stand auf der anderen Seite des Tisches; seine Hände verkrampften sich im Zipfel der Tischdecke.
Für einen Moment herrschte Totenstille. Dann riss Norman urplötzlich mit einem Ruck die Decke vom Tisch. Das Geschirr zerbrach auf dem Laminat, der Afrikanische Traum spritzte in alle Richtungen und die erloschene Kerze rollte wie

im Zeitlupentempo auf sie zu. Auf dem Tisch blieb lediglich das große Kuchenmesser liegen. Norman sah ihr in die Augen und setzte sich langsam in Bewegung. Veronika sah noch, wie er nach dem Messer griff, bevor sie sich umdrehte und zur Balkontür eilte. Norman war um den Tisch herumgegangen und stand jetzt mitten im Raum. Er hatte ihr den Weg zur Wohnungstür versperrt.
„Norman, was hast du vor?“, rief sie und tastete mit einer Hand nach dem Griff der Balkontür. „Norman, leg das Messer weg. Bitte, Norman …“, flehte sie ihn an und öffnete gleichzeitig die Tür.
Völlig unerwartet hörte sie ein Klingeln an der Haustür und schöpfte wieder Hoffnung. Norman ignorierte das folgende Dauerläuten und ging weiter mit starrem Blick auf sie zu. Veronika flüchtete auf den Balkon und schrie laut um Hilfe. Schlagartig beschleunigte Norman seinen Schritt und sprang auf sie zu.

Dieter stand unruhig vor seinem Mustang und starrte abwechselnd auf den Hauseingang und die Dachfenster. Was mag jetzt da oben in der Wohnung vorgehen? Er hoffte inständig, dass Veronika sich von diesem Schleimer nicht einlullen ließ. Nein, sie würde sich nicht noch mal auf so einen Psycho einlassen, das hatte sie ihm versichert. Aber warum dauerte das so lange? Mittlerweile waren zwanzig Minuten vergangen; das untätige Warten zerrte an seinen Nerven. Er überlegte, ob er einfach mal klingeln sollte, ohne etwas in die Sprechanlage zu sagen. Veronika könnte sich dann denken, dass er langsam ungeduldig wurde.
Nach zehn langen Minuten setzte er seine Idee in die Tat um. Er klingelte und wartete. Entweder würde er gleich Normans Stimme oder das Summen des Türöffners hören. In jedem Fall würde er zumindest den Hausflur betreten. Aber beides trat nicht ein. Er klingelte erneut, diesmal mehrfach hintereinander. Was hatte das zu bedeuten? Ein kalter Schauer durchfuhr seinen Körper. Er klingelte noch mal, diesmal Sturm. Nichts!

Er geriet in Panik und drückte jetzt auf jeden Klingelknopf. Sie musste in Gefahr sein, dachte er und wippte von einem Fuß auf den anderen. Wann machte denn endlich einer auf? Dann kam das erlösende Summen des Türöffners. Drei Stufen auf einmal nehmend sprintete er die Treppen hinauf. Hoffentlich kam er rechtzeitig.

Der Schlag mit der flachen Hand ins Gesicht ließ sie sofort verstummen. Ihre Wange schmerzte höllisch und sie suchte fieberhaft nach einem Ausweg. Wann kam Dieter endlich? Mit großen, von Panik gezeichneten Augen starrte sie auf das Messer in Normans rechter Hand. Würde ihr Ex-Freund zustechen? Als seine linke Hand nach vorne schnellte, zog sie in Erwartung der nächsten Ohrfeige den Kopf ein und hob schützend die Hände vors Gesicht. Doch diesmal griff Norman ihr an den Hals und drückte zu. Unvermittelt spürte sie den Druck seiner kräftigen Hand und wich zurück bis an das Balkongeländer. Ihr schwanden bereits die Sinne, als sie mit allerletzter Kraft ein Knie hochzog und es ihm in den Unterleib rammte.

Oben angekommen lauschte Dieter erstmal an der Wohnungstür. Warum vernahm er überhaupt keine Stimmen? So groß war die Wohnung doch nicht! Er wollte gerade den Klingelknopf drücken, als er den Hilfeschrei hörte. Jetzt zögerte er keinen Moment mehr. Er holte Schwung und warf sich mit der Schulter gegen die Tür. Nach dem zweiten gescheiterten Versuch erkannte er die Zwecklosigkeit seiner Anstrengungen und versuchte diesmal, die Tür einzutreten. Er lehnte sich mit dem Rücken an die gegenüberliegende Wand und trat mit der Schuhsohle gegen das Türschloss.

Der Tritt traf ihn völlig unerwartet. Er ließ sie los und krümmte sich; das Messer glitt ihm aus den Fingern, während die qualvollen Schmerzen in seinen Hoden ihm die Luft raubten. Veronika nutzte diesen kurzen Moment und kletterte über die

Brüstung. Das flach abfallende Dach gab ihr genügend Halt, um sich vorsichtig auf den Knien bis zur Dachrinne voranzutasten. Genau hier drunter musste der Balkon der Nachbarin liegen! Sie hoffte, sich dorthin herunter hangeln zu können.

Immer wieder trat Dieter unterhalb der Klinke gegen das Schloss, doch die Tür wollte und wollte nicht nachgeben.
Zur gleichen Zeit rief zwei Etagen tiefer ein Mann bei der Polizei an.
„Polizei-Notruf."
„Ja, hier Riebenknecht. Sie müssen sofort kommen! Wir haben einen Einbrecher im Haus", schrie der Mann aufgeregt ins Telefon.
„Beruhigen Sie sich. Was ist passiert und wohin müssen wir kommen?", fragte der Beamte am anderen Ende der Leitung emotionslos. Während er mit dem Anrufer sprach, tippte er Adresse, Name und das Einsatzstichwort „Täter am Ort" in den Computer und schickte zwei Streifenwagen zum Einsatzort.

Nach einigen kräftigen Atemzügen ließ der Schmerz langsam nach. Norman zog sich am Geländer hoch und sah, wie Veronika auf dem Bauch liegend die Dachrinne umklammerte und bereits ein Bein nach unten baumeln ließ. *Sie will also nach unten auf den Balkon!*, dachte er und konnte ein hämisches Lächeln nicht unterdrücken. *Du wirst noch alles bereuen!* Bei diesem Gedanken griff er nach dem Besen.

Veronika war nicht schwindelfrei und hatte große Mühe, sich auf ihr Vorhaben zu konzentrieren. Sie sah, wie er sich am Geländer aufrichtete und zog schnell das zweite Bein ebenfalls nach unten. Panik breitete sich in ihr aus, als sie plötzlich ihr ganzes Körpergewicht mit den Händen halten musste. Lange würde sie das nicht durchhalten, dachte sie und schaute vorsichtig nach unten. Das Geländer des Nachbarbalkons war nur wenige Zentimeter unter ihr. Jetzt musste sie nur ein wenig Schwung holen, um innen auf dem Balkon zu landen. Andernfalls würde sie drei Etagen tief stürzen.

Norman konnte nur noch die Veronikas Finger sehen, die sich in der Rinne festkrallten. Als er erkannte, dass sie versuchte, sich langsam nach innen zu schwingen. schrubbte er mit dem Besen leicht über ihre Finger. Bei seiner Armlänge konnte er es sich sparen, auf das Dach zu klettern. Als sie anfing zu schreien, erhöhte er den Druck. Veronikas rechte Hand löste sich von der Dachrinne.

Das Schließblech war innen mittlerweile schon so verbogen, dass ein kleiner Spalt entstanden war. Dieter setzte noch mal all seine Konzentration und Körperkraft in den Tritt. *Rumms!* Mit lautem Getöse sprang die Tür auf; Dieter stolperte in den Raum. Geradeaus sah er Norman mit einem Besen in der Hand auf dem Balkon stehen. Und wieder hörte er Veronika schreien. Dieter sprintete auf Norman zu und verpasste ihm sofort einen Kinnhaken. Er sah noch, wie dieser zu Boden sackte, als er über das Balkongeländer auf das Dach stieg.
„Veronika! Halt durch, ich helfe dir!“, schrie er.
Er hakte sich mit den Füßen am Geländer fest und robbte bauchwärts nach vorne. Dann versuchte er, an Veronikas Handgelenke zu kommen, um sie mit einem sicheren Griff wieder hochzuziehen. Doch er kam zu spät. Noch bevor er zupacken konnte, verließen Veronika die Kräfte und sie stürzte in den Abgrund.

Mit Martinshorn und Blaulicht kamen zwei Streifenwagen und ein Rettungswagen der Feuerwehr fast gleichzeitig vor dem Haus an. Mittlerweile hatten auch andere Hausbewohner die Polizei angerufen, weil sie einen Einbrecher im Haus vor der Tür der Dachgeschosswohnung vermuteten. Im Hausflur kam den Beamten Dieter entgegen, der die Rettungskräfte direkt in den Hinterhof dirigierte. Hoffentlich lebte Veronika noch! Vor Sorge konnte er kaum vernünftig sprechen.

„Er ist oben in der Wohnung, nehmen Sie ihn fest", stammelte er den Polizeibeamten zu und rannte in den Hinterhof. Die beiden Streifenwagenbesatzungen reagierten postwendend. Während das eine Team Dieter in den Hof begleitete, lief das andere nach oben. Die Polizisten verschafften sich einen Überblick in der Wohnung und fanden Norman ohnmächtig auf dem Balkon. Sie leisteten Erste Hilfe und forderten über Funk einen zweiten Rettungswagen an.

Veronika war aus sechs Metern Höhe gestürzt, bevor sie durch dichtes Buschwerk abgebremst wurde. Sie hatte Glück und blieb bei vollem Bewusstsein, klagte jedoch über starke Schmerzen am Becken und im linken Arm. Das schwarze Leinensakko hing in Fetzen an ihr herunter, ihre Lieblingsjeans war ebenfalls zerrissen.
„Veronika, du lebst!" Tränen vor Erleichterung kullerten Dieter übers Gesicht.
„Dieter! Gott sei Dank, ich … Ahh, tut das weh!" stöhnte sie.
Anschließend übernahmen die Sanitäter das Kommando. Sie versorgten notdürftig Veronikas Verletzungen und trugen sie erst dann aus dem Gestrüpp. Ihr Arm war offensichtlich gebrochen und man erkannte deutliche Würgemale an ihrem Hals. Die Hautabschürfungen und die Verletzung an der Hüfte mussten im Krankenhaus untersucht werden.
Während ein Beamter mit dem Streifenwagen hinter dem Rettungswagen herfuhr, befragte sein Kollege auf der Rücksitzbank Dieter zu den Ereignissen vor Ort.
Er schilderte ihnen die ganze Geschichte der letzten beiden Monate; er erzählte, wie er den Hilfeschrei gehört und später die Tür eingetreten hatte und endete mit dem Satz, dass er glaubte, Norman habe Veronika vom Balkon gestoßen. Der Polizist informierte sofort die Kollegen in der Dachgeschosswohnung und anschließend seinen Dienstgruppenleiter. Dieser sah sich veranlasst, das Kriminalkommissariat 11 anzurufen, da hier ein versuchtes Tötungsdelikt vorliegen könnte.

Norman erwachte aus seiner Ohnmacht und klagte über erhebliche Kieferschmerzen. Seine untere Gesichtshälfte war stark geschwollen, am Unterkiefer sah man einen Bluterguss. „Der scheint gebrochen“, waren die ersten Worte, die er von dem Sanitäter, der sich über ihn gebeugt hatte, hören konnte. Die Polizeibeamten wollten ihn zu den Ereignissen befragen, brachen aber sofort ab, als sie nur ein unverständliches Nuscheln zur Antwort bekamen.
Über Funk bekamen sie den Auftrag, einen Herrn Makele vom KK 11 in Köln anzurufen. Der ließ sich den Sachverhalt schildern und ordnete dann die vorläufige Festnahme und Bewachung des Verletzten an. Die Wohnungstür sollte notdürftig verschlossen und versiegelt und die Absturzstelle im Hinterhof abgesperrt werden. Er hinterließ seine Erreichbarkeit und wollte zeitnah darüber informiert werden, in welche Kliniken man den Tatverdächtigen und das Opfer bringen würde.
Veronika wurde in die Notaufnahme des St. Remigius-Krankenhauses in Leverkusen-Opladen gebracht. Die ersten Untersuchungen und Röntgenaufnahmen bestätigten den Verdacht einer Unterarmfraktur. Die Elle des rechten Armes war gebrochen und musste operiert werden. Ansonsten diagnostizierte der Notarzt Prellungen am ganzen Körper, unter anderem eine schwere Hüftprellung. Nachdem eine Schwester die Hautabschürfungen versorgt hatte, wurde Veronika auf die Station gebracht.

Die Rettungssanitäter in Normans Wohnung wurden angewiesen, ihren Patienten in die Poliklinik für Kieferorthopädie der Universitätsklinik nach Köln zu bringen. Ein Polizeibeamter fuhr im Rettungswagen mit, während sein Kollege in der Wohnung versuchte, die beschädigte Tür notdürftig zu reparieren. In einer Schublade der Flurkommode fand er eine Zange und einen Hammer, mit denen er das Schließblech wieder halbwegs geradebiegen und die Tür zumindest zuziehen konnte. Danach verließ er die Wohnung, klebte noch einen Streifen Siegelband über das Schloss und fuhr dann mit dem Streifenwagen ebenfalls zur Uniklinik.

Mit 28 Jahren war Fisch nach seinem Fachhochschulstudium zum Kriminalkommissar ernannt und zum Polizeipräsidium Köln ins Kriminalkommissariat 11 versetzt worden.
Sein guter Ruf als besonnener, fleißiger Schutzmann und seine hervorragenden Noten im Hauptfach Kriminalistik hatten ihm die Tür zu dieser privilegierten Dienststelle geöffnet.
Mittlerweile bearbeitete er seit zwei Jahren Tötungsdelikte. Gemeinsam mit seinem Kollegen Sebastian Neumann, den alle nur Seb nannten, fuhr er nach Leverkusen-Opladen, um Veronika Strack im St. Remigius Krankenhaus zu vernehmen.

Nach einer notfallmäßigen Schmerzbehandlung ließ der diensthabende Arzt Normans Gesicht röntgen. Das Ergebnis war eindeutig. Der Unterkiefer war an mehreren Stellen gebrochen und musste operiert werden. Der Arzt klärte seinen Patienten über die operative Behandlung auf, die erst nach Abklingen der Schwellung möglich sei. Die verstellten Knochenanteile müssten dann gerichtet und über kleine Titan-Metallplatten mit dem Unterkieferknochen verschraubt werden.
Normans geschwollener Unterkiefer bewegte sich seitlich versetzt nach oben, als er den Arzt fragend anschaute und mit schwacher Stimme nuschelte: „Wann kanisch Schpreschen uneschen?“
Der Arzt verstand Normans Frage auf Anhieb und antwortete lächelnd: „Unmittelbar nach der Operation ist Ihr Unterkiefer wieder funktionsstabil, das heißt, Sie können Ihren Mund dann normal öffnen und den Kiefer bewegen. Also, keine Sorge, Sie werden wieder normal sprechen können.“
„Uneschen?“
„Zunächst werden Sie nur weiche Kost zu sich nehmen können. Ich werde Ihnen jetzt eine vorübergehende Schiene anlegen und dann sehen wir uns morgen.“

Als Fisch und Seb im Krankenhaus ankamen, war Veronika gerade im OP. Im Wartebereich trafen sie auf Dieter, der ihnen voller Dramatik das Geschehen aus seiner Sicht schilderte. Er beschuldigte Norman, ein Psychopath und Mörder zu sein, der sofort hinter Gitter gehöre. Fisch zeichnete alles mit seinem Diktiergerät auf und stellte anschließend ergänzende Fragen.
„Sie haben also vor dem Haus gewartet und sind dann ins Haus gegangen …?"
„Entschuldigung, bevor Sie was Falsches denken, Veronika ist nicht meine … Also, sie ist schon eine Freundin, aber halt nicht … Sie wissen, was ich meine! Wir sind kein Paar." Nach einer kurzen Pause fuhr er fort: „Noch nicht."
„Ja, verstehe. Sie sind also nach einer halben Stunde ins Haus, weil Sie glaubten, Veronika sei in Gefahr. Wieso hatten Sie auf einmal dieses Gefühl? Warum sind Sie nicht früher ins Haus gegangen?"
„Ich sollte ihr dreißig Minuten Zeit lassen. Sie wollte nur kurz reden und ein paar persönliche Sachen abholen."
„Und oben haben Sie dann die Tür eingetreten. Haben Sie vorher Stimmen aus der Wohnung gehört?"
„Nein, nichts. Ich hatte echt gedacht, die liegt tot in der Wohnung. Der Typ ist vollkommen irre, dem traue ich alles zu."
„Haben Sie erst geklingelt oder geklopft?"
„Ja … Das heißt, Moment mal! Habe ich jetzt geklingelt oder nicht? Entschuldigung, ich bin noch völlig durch den Wind. Nee, jetzt fällt es mir wieder ein. Ich habe einen Hilfeschrei gehört und mich dann sofort gegen die Tür geworfen und mehrfach dagegengetreten."
Fisch nickte verständnisvoll und ließ spielerisch den Kugelschreiber durch seine Finger gleiten. Das machte er immer, wenn er sich konzentrierte.
„Als Sie Zugang zur Wohnung hatten, was haben Sie gesehen und was haben Sie gemacht?"
„Ich bin direkt auf den Balkon und …"
„Stopp!", unterbrach Fisch ihn. „Schildern Sie mir bitte zuerst,

was Sie gesehen haben. Also, die Tür ist offen und Sie machen beispielsweise ein Foto. Was würde ich jetzt auf dem Foto erkennen?"
„Vorne ist so ein kleiner Flur, der direkt in das Wohnzimmer übergeht. Also ohne Tür, man kann geradeaus bis auf den Balkon blicken. Die Balkontür ist offen. Auf dem Balkon steht Norman mit einem Besen in der Hand."
„Und Veronika?"
„Die konnte ich nicht sehen, aber ich habe mir sofort gedacht, dass sie aufs Dach geklettert sein musste."
„Was hat Norman genau gemacht?"
„Mit dem Besen auf dem Dach rumgestochert. Der hat sich erst zu mir umgedreht, als ich vor ihm stand. Da habe ich ihm einen Haken verpasst und hörte plötzlich Veronika schreien. Ihre Finger krallten sich an der Dachrinne fest. Sie können sich gar nicht vorstellen, wie verzweifelt ich war. Ich bin auf das Dach und wollte sie hochziehen und dann … dann ist sie abgestürzt."
Die Tür zum OP-Bereich öffnete sich und ein Mann im grünen Kittel kam heraus. Fisch blickte auf sein Namensschild: „Dr. J. Okudera". Irgendwie kam ihm der Name bekannt vor. Er sprach den Arzt an und erfuhr, dass sie Veronika Strack gleich in ihrem Zimmer auf der Station vernehmen könnten. Sie ließen sich den Weg beschreiben und gingen gemeinsam mit Dieter zum Aufzug.
Während der Vernehmung musste Dieter vor der Tür warten. Fisch und Seb hörten zwanzig Minuten aufmerksam zu, in denen Veronika teils unter Tränen die Ereignisse des Abends schilderte. Bevor sie gingen, stellte Seb ihre Kleidung als Spurenträger sicher und fotografierte die Würgemale an ihrem Hals. Dieses Indiz würde die Aussage des Opfers untermauern.
Anschließend verließen Fisch und Seb zufrieden das Krankenhaus. Der Fall war erledigt; jetzt mussten sie nur noch die Spurensicherung in der Tatortwohnung veranlassen, Norman vernehmen und einen Haftbefehl beantragen.

Auf der Fahrt in die Kölner Poliklinik für Kieferorthopädie fiel Fisch dann der Name Yasuhiko Okudera ein. Das war doch damals der erste Japaner in der Bundesliga! Auf dem linken Flügel hatte er beim 1. FC Köln gespielt. Nicht, dass der Arzt mit der japanischen Fußballlegende am Ende noch verwandt ist, dachte Fisch und ließ die glorreiche Zeit des FC in Gedanken noch mal Revue passieren.
Um 22:30 Uhr trafen die Beamten in der Klinik ein und wollten direkt zu Normans Patientenzimmer durchgehen. Sie sahen am Ende des Flures schon die zur Bewachung abgestellten Kollegen vor der Zimmertür sitzen, als eine resolute Nachtschwester sie aufhielt. Um diese Uhrzeit sei kein Besuch erlaubt, schimpfte sie und wies mit dem Zeigefinger wieder in Richtung Ausgang. Fisch zeigte ihr seinen Dienstausweis und hoffte, sie damit gnädig stimmen zu können. Er schätzte ihr Alter auf Ende fünfzig. Mit einer tiefen Bassstimme und deutlich über der sogenannten Zimmerlautstärke entgegnete sie, dass der Patient Ruhe brauche. Außerdem könne er aufgrund seiner Kieferschiene sowieso nur bedingt sprechen.
Bedingt reicht mir, dachte Fisch und erklärte ihr, wie wichtig die sofortige Vernehmung sei. Schwester Gudrun Glowacz ließ sich aber nicht überzeugen. Sie sei für den Patienten verantwortlich und müsse die Beamten bitten, morgen wiederzukommen. Dann sei auch der Arzt da. Das Stichwort Arzt nahm Fisch sofort auf und bat um dessen Telefonnummer. Hier gehe es schließlich um die Klärung eines Mordfalles, da könne er auf Uhrzeiten keine Rücksicht nehmen. Seb nickte zustimmend und spielte demonstrativ mit seiner Kriminalmarke. Es dauerte ein paar lange Sekunden, während derer die Schwester griesgrämig von einem Beamten zum anderen schaute. Sie überlegte, welche Konsequenzen sie zu erwarten hätte, wenn die Beamten den Stationsarzt um diese Uhrzeit anriefen. Schließlich gab sie ihr Okay, jedoch dürfe das Gespräch mit dem Patienten nicht länger als fünf Minuten dauern. Fisch ließ ihr das letzte Wort und gab Seb ein Zeichen, es ebenfalls dabei beruhen zu lassen. Er wusste, dass sein Kollege eine solche Bevormundung nicht unkommentiert gelassen hätte.

Norman war wach und sah fern, als die Kriminalbeamten sein Zimmer betraten. Fisch stellte sich und seinen Kollegen vor, erläuterte ihm den Tatvorwurf und belehrte ihn als Beschuldigter eines versuchten Tötungsdeliktes zum Nachteil von Veronika Strack über seine Rechte.

„Ich brauche keinen Anwalt, ich kann Ihnen das alles erklären", erwiderte Norman mit leiser, undeutlicher Stimme. Mit der Kieferschiene konnte er sich wesentlich besser verständigen als zuvor.

„Veronika ist meine Freundin. Wir hatten einen Streit und uns eine Auszeit genommen. Heute kam sie zu mir und wollte sich versöhnen. Dann erzählte sie mir von diesem Schläger, ihrem Ex-Freund Dieter. Der würde ihr nachstellen und sie verfolgen. So war es dann auch, er stand vor meiner Tür und da ist sie voller Panik auf den Balkon geflüchtet. Ich bin hinterher, da trat der die Tür ein und stürzte sich auf mich. Sie sehen ja, was der mit mir gemacht hat. An mehr kann ich mich nicht erinnern. Was ist mit Veronika?"

Fisch und Seb schauten sich an und verstanden die Welt nicht mehr. Was war das denn für eine Geschichte? Ihm musste doch klar sein, dass sie Veronika und Dieter bereits angehört hatten. Sonst hätten sie ihm kaum den Tatvorwurf machen können.

„Sie ist im Krankenhaus, aber ihr geht es den Umständen entsprechend. Wir haben beide bereits vernommen und sie haben übereinstimmend ausgesagt, dass Sie beide sich getrennt hätten und Frau Strack nur ihre persönlichen Sachen holen wollte. Sie gab an, Sie hätten sie mit einem Messer bedroht und dass sie aus Angst auf das Dach geflüchtet sei."

„Das ist doch alles Quatsch. Wir hatten einen kleinen Streit, nichts Besonderes. Sie ist aber wegen ihrem Ex-Freund auf das Dach geflüchtet und irgendwie gestürzt."

„Sie hätten sie mit einem Besen traktiert, bis sie stürzte."

„Was soll ich gemacht haben?" Mit schmerzverzerrtem Gesicht zog Norman sich am Bettgalgen hoch und richtete sich mühevoll in seinem Krankenbett auf. Fisch wurde misstrauisch, denn er

konnte sich kaum vorstellen, dass ihm seine Kieferschmerzen dabei derartige Probleme bereiteten.
„Sie hing an der Dachrinne und ich wollte sie mit dem Besen wieder hochziehen. Sie ist wahrscheinlich nur verwirrt, " fuhr Norman fort.
„Sie machte auf uns aber keinen verwirrten Eindruck, ganz im Gegenteil. Wollen Sie wirklich bei dieser Geschichte bleiben? Letztendlich wird der Richter der Aussage des Opfers mehr Glauben schenken als Ihnen."
„Sie beschuldigen mich? Was bilden Sie sich ein?! Gehen Sie, ich brauche jetzt meine Ruhe!"
Fisch ließ sich nicht provozieren und antwortete sachlich: „Herr Temmis, Sie sind hiermit vorläufig festgenommen. Bis Sie transport- und haftfähig sind, werden zwei Beamte vor Ihrer Zimmertür stehen. Ich werde morgen einen Haftbefehl gegen Sie beantragen."
„Mein Anwalt wird das schon regeln."

Die beiden Beamten stellten auch Normans Kleidung sicher und verließen um 23:45 Uhr nachdenklich die Klinik. Auf dem Weg zur Dienststelle besprachen sie die weitere Vorgehensweise. Für eine Durchsuchung und Spurensicherung in Normans Wohnung und an der Absturzstelle im Hinterhof war es jetzt zu spät. Sie würden morgen früh ein Team vom Erkennungsdienst hinschicken. Seb wollte dann die Nachbarn befragen und Fisch sich um den Haftbefehl kümmern.

***

Norman hatte die Nacht kaum geschlafen; zu viele Gedanken schwirrten in seinem Kopf herum. Zum einen schmerzte sein Kiefer, zum anderen ärgerte er sich über die dämliche Aktion mit dem Besen. Es wäre schlauer gewesen, ihr eine Hand zu reichen und sie dann abrutschen zu lassen. Aber noch war nichts verloren, es stand Aussage gegen Aussage. Nachbarn dürften durch den dichten Baumbewuchs in dem weitläufigen

Hinterhof eigentlich nichts beobachtet haben. Blieb noch Dieter, der ihn aber nur mit dem Besen in der Hand gesehen haben konnte, mehr nicht. *Es sei denn, dieser Dreckskerl belügt die Bullen. Das traue ich ihm zu, diesem Wichser!* Wütend schlug er mit voller Wucht gegen den Triangel-Haltegriff an seinem Bettgalgen. Er musste Dampf ablassen und seine Aggressionen loswerden. In diesem Moment kam eine Schwester ins Zimmer, schüttelte nur den Kopf und sagte: „Guten Morgen, Herr Temmis. Ich fahre Sie jetzt in den OP."

Fisch hatte sich bereits die zweite Tasse Kaffee eingeschüttet, als Seb um 07:30 Uhr laut gähnend in seinem Büro erschien und ihn fragte, um wie viel Uhr er den Erkennungsdienst in die Wohnung Temmis bestellt habe.

„Um acht. Sieh zu, dass du rechtzeitig vor Ort bist."

„Ey, mach mal langsam, das war 'ne kurze Nacht. Haste noch einen Kaffee?"

Fisch schob ihm seine Tasse hin. „Hier, nimm den und dann beeil dich, die meisten Nachbarn werden sowieso schon auf der Arbeit sein. Frag jeden, den du antriffst, auch nach den Arbeitgebern der Nachbarn. Wir brauchen dringend Zeugen! Eigentlich haben wir nur Veronika Stracks Aussage, ich weiß nicht, ob wir ihn damit in den Bau kriegen. Zudem hat er einen festen Wohnsitz, studiert und geht nebenbei arbeiten; alles Indizien, mit denen wir keinen Fluchtanreiz begründen können."

„Alles wird gut. Ich bin ja schon fast unterwegs."

Das war Seb – immer entspannt und optimistisch. Man konnte gar nicht glauben, dass er erst kürzlich Vater von Zwillingen geworden war, dachte Fisch.

Veronika hatte ebenfalls eine unruhige Nacht hinter sich. Normalerweise schlief sie immer auf ihrer rechten Körperseite, was jetzt mit dem Gips aber unmöglich war. Auf der ungewohnten linken Seite fand sie nicht die nötige Entspannung und musste zwangsläufig an Norman denken.

Er hatte versucht, sie umzubringen. Sie wollte es immer noch nicht wahrhaben. Norman, den sie zwei Jahre lang geliebt hatte, wie nie einen Menschen zuvor. Konnte man sich so in einem Menschen täuschen? Er war ganz offensichtlich krank und gehörte in eine psychiatrische Klinik. *Was wird sein, wenn er entlassen wird? Muss ich mein Leben lang vor ihm Angst haben?*
Ein Klopfen an der Tür riss sie aus ihren Gedanken. Dieter und ihre Eltern waren gemeinsam zu Besuch gekommen und brachten einen Korb voll mit Obst und Schokolade.

Im Wohnzimmer sah es aus wie auf einem Schlachtfeld. Tischdecke, zerbrochenes Geschirr und Essensreste lagen auf dem Laminatboden. Die Nachspeise war bis zum Sideboard, an den Heizkörper und auf die Balkontürscheibe gespritzt. Die Beamten des Erkennungsdienstes fotografierten jedes Detail; so konnte sich später jeder ein genaues Bild vom Zustand der Wohnung machen. Auf dem Sideboard stand ein gerahmtes Foto, auf dem Veronika und Norman Arm in Arm abgebildet waren. Im Schlafzimmer hing ein weiteres Bild von den beiden am Strand. Den Bildern nach hätte man glauben müssen, hier würde ein glückliches Paar wohnen. Der Erkennungsdienst sicherte mehrere Fingerspuren, unter anderem auf dem Balkongeländer und an der Dachrinne. Auf dem Balkonboden lag eine zerbrochene Sonnenbrille. Das große Küchenmesser fanden sie nicht.
Seb war um 08:30 Uhr in der Ortelsburgerstraße und begrüßte zuerst die Kollegen von der Spurensicherung. Dann ging er von Tür zu Tür und fragte die wenigen Nachbarn, die er antraf, ob und was sie am Vorabend beobachtet oder gehört hatten. Von ihnen erfuhr er lediglich, dass sie den Krach wahrgenommen, aber ansonsten nichts mitbekommen hätten. In den angrenzenden Häusern traf er nur einige Studenten an, die aber alle am vorigen Abend nicht in ihren Wohnungen gewesen waren. Als Seb das gegenüberliegende Haus aufsuchte, rechnete er nicht mehr damit, einen Zeugen zu finden. In der Dachgeschosswohnung öffnete ihm jedoch ein älterer Herr,

der überraschend angab, er habe gestern Abend von seinem Balkon aus beobachtet, wie eine Frau an der Dachrinne hing und schrie. Er habe auch gesehen, wie ein Mann mit einem Besen immer wieder auf die Finger der Frau schlug. Seb machte sich Notizen und ließ sich die Örtlichkeit zeigen, von wo aus der Zeuge seine Beobachtungen gemacht hatte. Der Blick auf die Wohnung des Tatverdächtigen war aufgrund einer Baumkrone etwas versperrt, man konnte aber noch genug erkennen. Seb lud den Mann für den nächsten Tag als Zeugen zur Vernehmung ins Polizeipräsidium am Waidmarkt vor.
Um 11:45 Uhr hatte er alle in Frage kommenden Wohnungen aufgesucht und sich dort, wo ihm nicht geöffnet wurde, die Namen notiert. Die genauen Personalien würde er durch Meldeüberprüfungen, die Rufnummern durch Anschlussinhaberfeststellungen vom Büro aus ermitteln. Seb war zufrieden – eine Aussage hatte er bereits und es bestand noch die Chance auf weitere Zeugen.
Bevor er zur Dienststelle zurückfuhr, suchte Seb noch mal die Kollegen vom Erkennungsdienst auf, die gerade die Spuren an der Absturzstelle im Hinterhof sicherten. Von ihnen erfuhr er, dass sie das Küchenmesser immer noch nicht gefunden hatten. Die einzigen Messer in der Täterwohnung lagen sauber sortiert in der Besteckschublade oder steckten im Messerblock in der Küche.

Fisch ließ sich von Seb die vorläufigen Ergebnisse der Spurensicherung und Zeugenbefragung telefonisch durchgeben und schrieb darüber einen Aktenvermerk. Der Staatsanwalt hatte ihn unter Zeitdruck gesetzt, weil die Ermittlungsakte mit dem Haftbefehlsantrag bis 14:00 Uhr dem Richter vorgelegt werden musste. Um 12:15 Uhr fuhr er zur Staatsanwaltschaft auf der Luxemburger Straße, um persönlich mit Staatsanwalt Dr. Schumacher über den Fall zu sprechen. Dieser sah ein Problem, den Tatverdächtigen in Untersuchungshaft zu bekommen, da die Beweislage sehr dünn sei. Er würde den Antrag für den Haftrichter schreiben, gab aber deutlich zu verstehen, dass bis zum Haftprüfungstermin dringend weitere Beweise nachgeliefert werden müssten. Der Vermerk über die Aussage des Nachbarn sei etwas dürftig, er brauche dringend eine detaillierte Schilderung seiner Beobachtungen im Rahmen einer Zeugenvernehmung. Außerdem sei es sehr wichtig, dass das Messer gefunden werde. Ohne dieses Tatmittel sei die Glaubwürdigkeit des Opfers in Frage gestellt. Fisch versprach, das Opfer heute noch mal zu diesem Punkt zu vernehmen und wies auf die noch ausstehende Auswertung der anderen Spuren hin. Er werde den Bericht und die weiteren Zeugenvernehmungen sofort nachreichen.

Auf dem Rückweg zum Polizeipräsidium funkte Fisch Seb an. Nach mehrfachen Versuchen hörte er am anderen Ende der Leitung ein lautes Schmatzen, das sich ganz entfernt nach „Hallo“ anhörte.
„Seb?“
„Mhm.“ Seb schluckte den Bissen runter und antwortete erst nach einigen Sekunden. „Fisch?“
„Wo bist du und was machst du überhaupt?“
„Ich steh am Kaufhof und esse ’ne Currywurst.“
„Wir müssen ins Krankenhaus nach Leverkusen und die Strack nach dem Messer befragen.“
„Ich hab Mittagspause. Kann ich wenigstens aufessen?“
„Beeil dich. Ich komme gerade vom Staatsanwalt und bin auf dem Weg zum Polizeigewahrsam, um dem Haftrichter den Haftbefehlsantrag vorzulegen. Wir treffen uns in zehn Minuten dort.“ Fisch unterbrach die Verbindung.

Der Haftrichter las sich die Ermittlungsakte sorgfältig durch. Fisch sah ihm an, dass er sich schwertat, einen Haftbefehl für einen nicht vorbestraften Studenten mit festem Wohnsitz im Bundesgebiet auszustellen. Er fragte Fisch nach seinem persönlichen Eindruck von der Tat und dem Opfer. Fisch argumentierte in seiner ruhigen und besonnenen Art mit den Fakten, dass er von der Glaubwürdigkeit sowohl des Opfers als auch des Zeugen überzeugt sei und dass er die hohe zu erwartende Haftstrafe für einen großen Fluchtanreiz halte. Letztendlich erließ der Richter einen Untersuchungshaftbefehl, lehnte es aber ab, in die Universitätsklinik zu fahren. Stattdessen ordnete er die Verlegung des Tatverdächtigen in das Justizvollzugskrankenhaus Nordrhein Westfalen in Fröndenberg/Ruhr an. Dort solle ihm dann der Haftbefehl verkündet werden.

Veronika war nicht in ihrem Zimmer, aber Fisch entdeckte ein kleines Ameisenbär-Kuscheltier auf ihrem Bett und erinnerte sich, dieses Stofftier bereits auf ihrem Nachtschränkchen gesehen zu haben. Sie war also noch nicht aus dem Krankenhaus entlassen worden. Seb stand am Fenster und entdeckte Veronika und Dieter, die händchenhaltend durch den Garten spazierten.
Die Beamten gingen ebenfalls nach draußen und sprachen die beiden an.
„Hallo, Frau Strack, Herr Müller. Wie geht es Ihnen?"
„Soweit ganz gut. Allerdings hat mich das alles sehr mitgenommen. Was passiert mit Norman? Kommt er ins Gefängnis oder in eine Klinik?", fiel Veronika sofort mit der Tür ins Haus. Diese Frage hatte sie eben erst mit Dieter diskutiert.
„Der Richter hat einen Haftbefehl gegen Herrn Temmis erlassen. Er wird in Untersuchungshaft kommen und dann muss man weitersehen. Wir hoffen noch auf weitere Aussagen von Nachbarn, die bestätigen, dass …"
„Moment mal, ich habe doch ihre Angaben bestätigt. Zweifeln Sie etwa an Veronikas Aussage?" mischte sich Dieter entsetzt ein.
„Sie sind kein unmittelbarer Tatzeuge und zudem aufgrund Ihrer Verbindung zum Opfer auch nicht objektiv. Unsere Meinung ist auch nicht entscheidend, urteilen wird später ein Gericht." Fisch wandte sich wieder Frau Strack zu. „Sie beschrieben gestern ein großes Küchenmesser, mit dem Sie

bedroht wurden. Wir haben das Messer weder in der Wohnung noch auf dem Balkon gefunden."

„Oh, entschuldigen Sie bitte, daran hatte ich nicht mehr gedacht. Als ich Norman in die … äh, Hoden getreten hatte, ließ er das Messer fallen. Ich habe es genommen und weggeschmissen. Als er dann so gekrümmt in der Balkontür stand, bin ich über das Geländer aufs Dach und den Rest kennen Sie ja." Veronika hielt ihm ihren Gipsarm hin.

„Können Sie sich noch erinnern, wie weit und in welche Richtung Sie das Messer geworfen haben?"

„Nee, ich dachte nur: *Weg damit!*" Sie kämpfte mit den Tränen.

„Okay. Wissen Sie schon, wann Sie entlassen werden?"

„Morgen früh, hat mir Dr. Okudera gesagt." Die ersten Tränen liefen ihr über die Wangen.

Fisch und Seb wünschten gute Besserung und verabschiedeten sich. Die beiden sahen ihr an, unter welchem Schock sie immer noch stand. Sie mussten jetzt schnellstmöglich den Hinterhof durchsuchen, bevor ein Dritter das Tatmittel entdeckte.

600 Quadratmeter hochgewachsener Rasen, Sträucher und Bäume, ein Biotop für Vögel, Insekten und viele kleine Säugetiere. Fisch dachte aber nicht an den Lebensraum diverser Tierarten, als er den Hinterhof betrat. Vielmehr überlegte er, wie sie dieses unübersichtliche Gelände am besten durchsuchen konnten. Sie einigten sich dann darauf, dass Seb die große Rasenfläche in der Mitte und er den zugewachsenen Randbereich übernehmen sollte. Er ging in das Gestrüpp und verletzte sich sofort an einem Dornenstrauch. Schimpfend setzte er seine Suche fort, während Seb gemächlich durch das hohe Gras schlurfte. Er war es auch, der das Messer nach zwanzig Minuten entdeckte und spurenschonend in einem Umschlag verstaute. Danach beobachtete er Fisch, der nichts mitbekommen hatte und weiter mit einem Ast in dem Dickicht herumstocherte. Es dauerte einige Zeit, bis Fisch spitzkriegte, dass sein Kumpel hinter ihm gemütlich mit dem Asservat wedelte. *Dieser Scheißkerl*, dachte er, *das werde ich ihm heimzahlen.*

Ein unbeteiligter Außenstehender hätte sich in solchen Momenten gewundert, dass sich Kriminalbeamte offenbar manchmal auch wie Kinder verhalten konnten. Aber dieser entspannte, lockere Umgang miteinander war vermutlich das beste Rezept, um Abstand von den Bildern zu bekommen, die gerade Mordermittler in ihrem Kopf mit sich herumschleppten.

Normans Eltern – er promovierter Physiker, sie Lehrerin – fielen aus allen Wolken, als sie von der Inhaftierung ihres Sohnes hörten. Sofort kümmerten sie sich um einen Anwalt, einen Spezialisten in Strafrechtssachen, und fuhren mit ihm gemeinsam ins Justizvollzugskrankenhaus nach Fröndenberg.

Seb blieb an diesem Abend länger im Büro, um die Nachbarn außerhalb ihrer Arbeitszeit anzurufen. Um 22:00 Uhr hatte er den letzten potentiellen Zeugen auf seiner Liste erreicht. Leider konnte keiner tatrelevante Angaben machen.

***

Um 09:00 Uhr erschien Heinrich Gerber im Polizeipräsidium Köln und zeigte dem Pförtner die Zeugenvorladung von Kriminaloberkommissar Neumann. Zehn Minuten später holte Seb den Zeugen im Eingangsbereich des Präsidiums ab und brachte ihn in Fischs Büro. Sie wollten sich diesen wichtigen Zeugen zu zweit anhören. Fisch, der den Mann zum ersten Mal sah, hatte ihn sich anders vorgestellt. In der grauen Stoffhose, die um seine dürren Beine herumschlackerte, und mit dem abgewetzten, ebenfalls grauen Jackett wirkte der alte Mann auf ihn wie ein Obdachloser. Und roch er da eine Alkoholfahne? Herr Gerber sah ihn mit seinen wässrigen, traurigen Augen an und verschränkte die Arme vor seiner Brust.
„Herr Kommissar, war das denn nötig, dass ich extra aus Leverkusen nach Köln kommen musste?“
Jetzt roch Fisch ganz deutlich den Alkohol.

„Es tut mir leid, Herr Gerber, aber Ihre Aussage ist für uns sehr wichtig. Haben Sie einen Personalausweis dabei?"
Der Zeuge reichte ihm seinen Ausweis und Fisch wunderte sich. 65 Jahre? Er hätte ihn vom Gesicht her zehn Jahre älter geschätzt. Nachdem er die Personaldaten aufgeschrieben hatte, begann er mit der Vernehmung. Seb saß ihm gegenüber und hörte aufmerksam zu.
„Schildern Sie mir bitte noch mal, was Sie vorgestern von Ihrem Balkon aus beobachtet haben."
„Also, ich rauchte eine Zigarre auf meinem Balkon und hörte dann das Geschrei. Das kam von dem Dachbalkon auf der anderen Seite. Na ja, der Baum ist dazwischen und es war dunkel. Ich konnte aber erkennen, dass eine Person an der Dachrinne hing."
„Sie sind also erst auf die Person aufmerksam geworden, als sie an der Dachrinne hing?"
„Da waren vorher auch schon laute Stimmen, die habe ich aber ignoriert. Ich dachte, da würde sich irgendwer streiten oder laut diskutieren. Mich geht das ja nichts an. Als die Frau dann um Hilfe schrie, habe ich versucht, genauer hinzugucken."
„Woher wussten Sie, dass es eine Frau war?"
„Na, da lag doch nachher eine verletzte Frau im Hof."
„Also wussten Sie nicht, ob ein Mann oder eine Frau um Hilfe geschrien hatte?"
„Wissen Sie, ich höre nicht mehr so gut, aber es war deutlich ein Hilfeschrei."
„Was haben Sie dann gesehen?"
„Also, auf dem Balkon stand ein Mann, den konnte ich noch einigermaßen erkennen. Die Sicht auf die Frau an der Dachrinne war durch den Baumwipfel etwas versperrt. Der Mann hat vom Balkongeländer aus mit einem Besen in Richtung der Dachrinne geschlagen. Die Frau ist dann laut schreiend abgestürzt."
„Und was haben Sie dann gemacht?"
„Nichts. Ich hörte den Rettungswagen und bin dann wieder in meine Stube gegangen."

„Warum sind Sie nicht sofort nach unten gelaufen, um der Frau unter Umständen Hilfe zu leisten?"
„Ich bin nicht mehr der Jüngste und da waren auch ganz schnell viele Leute im Hof."
„Kennen Sie den Mann mit dem Besen?"
„Ich glaube, der wohnt da. Den habe ich schon häufiger auf dem Balkon gesehen."
„Was hat der Mann mit dem Besen genau gemacht?"
„Ja, so über das Dach geschrubbt und dann geschlagen." Der Zeuge nahm einen imaginären Besen in seine Hände und bewegte sie auf- und abwärts.
„Und da kamen Sie nicht auf die Idee, die Polizei zu rufen?"
„Ich, äh, das ging doch alles so schnell."
„Hatten Sie an dem Abend Alkohol getrunken?" Fisch sah ihm ernst in die Augen.
„Etwas Wein, aber nicht viel."
„Herr Gerber, wir ermitteln hier in einem versuchten Tötungsdelikt. Es ist durchaus möglich, dass Sie Ihre Aussage vor Gericht, möglicherweise sogar unter Eid, bestätigen müssen. Dort werden auch solche Fragen auf Sie zukommen. Also, wie viel Wein oder anderen Alkohol hatten Sie getrunken?"
„Vielleicht ein oder zwei, mehr aber nicht."
„Ein oder zwei Gläser?"
„Äh, nein, Flaschen. Ich war an dem Abend traurig und allein. Deshalb hatte ich mir ein paar Flaschen Rotwein beim Aldi gekauft."

Fisch und Seb waren sich einig: Diese Aussage war vor Gericht keinen Pfifferling wert. Aber es kam noch schlimmer. Am Nachmittag erschien Carsten Eholf, Leiter des Kommissariats 11, in Fischs Büro und brachte ihm den Spurensicherungsbericht. Dieser bestätigte die bisherigen Ermittlungsergebnisse: Demnach hatte es einen Streit gegeben, Veronika Strack war über das Geländer auf das Dach geklettert und hatte sich an der Regenrinne festgehalten. Fingerabdrücke und Faserspuren ihrer Kleidung fand man an den entsprechenden Stellen.

Vom Wohnungsinhaber wurde Blut auf dem Balkonboden gefunden.
Auf dem Griff des Küchenmessers wurden ausschließlich Fingerspuren von Veronika Strack gesichert. *Das wird dem Anwalt des Tatverdächtigen in die Karten spielen*, dachte Fisch und fragte sich, was er eigentlich erwartet hatte. Beide hatten das Messer angefasst, also war zu vermuten, dass auch ihre Fingerabdrücke darauf waren.
Dieser Bericht würde den Tatverdacht gegen den Beschuldigten nicht unbedingt erhärten. Jetzt bliebe nur noch die Auswertung der DNA-Spuren, aber da hatte Fisch auch keine große Hoffnung mehr.
Kurz vor Feierabend rief der Staatsanwalt Dr. Schumacher an und teilte mit, dass der Rechtsanwalt von Herrn Temmis bereits einen Haftprüfungstermin beantragt habe.

***

Veronika Strack wurde nach vier Tagen aus dem Krankenhaus entlassen und von ihrem Hausarzt weiter ambulant behandelt. Auf sein Anraten begab sie sich auch in psychotherapeutische Behandlung, um die schrecklichen Ereignisse zu verarbeiten.

Norman Temmis wurde nach einer Woche aus dem Justizvollzugskrankenhaus in Fröndenberg entlassen und in die JVA Köln verlegt. Aus der Untersuchungshaft heraus erstattete er Strafanzeige gegen Dieter Müller wegen Körperverletzung und Sachbeschädigung an seiner Wohnungstür.

Dr. Schumacher sank immer tiefer in seinen Stuhl, als Rechtsanwalt von Leffenberg während des Haftprüfungstermins die Stellungnahme seines Mandanten Norman Temmis verlas. Sein Mandant gab zu, sich am Tattag mit seiner ehemaligen Lebensgefährtin in seiner Wohnung gestritten zu haben. Zu dem Streit sei es gekommen, weil er ihr ein Verhältnis mit Dieter

Müller vorgeworfen habe. Sie habe das energisch bestritten und verlangt, dass er diese Aussage zurücknehme. Sein Mandant habe ihr dann gesagt, dass er sie beide zusammen in einem Park beobachtet hätte, woraufhin sie hysterisch reagiert habe. Wie von der Tarantel gestochen sei sie aufgesprungen, habe das Kuchenmesser gegriffen und ihn mit den Worten bedroht: „Du Schwein spionierst uns nach, das wirst du büßen!" Er sei dann auf sie zugegangen, habe beruhigend auf sie eingesprochen, habe die schönen gemeinsamen Jahre erwähnt und versucht, sie zu überzeugen, das Messer wegzulegen. Sie sei dann bis auf den Balkon zurückgewichen, wo es ihm gelungen sei, ihren Arm mit dem Messer zu packen und in einer schnellen Bewegung gegen das Geländer zu schlagen. Hierbei sei das Messer aus ihrer Hand geschleudert worden und sie habe um Hilfe geschrien. Um diesen Schrei zu unterdrücken, habe sein Mandant sich nicht anders zu helfen gewusst, als ihr kurzfristig an den Hals zu packen.

Der Staatsanwalt rollte bei diesen Worten verärgert mit den Augen. Der Rechtsanwalt hatte erst gestern den Bericht, wonach die DNA-Spuren am Hals von Veronika Strack dem Tatverdächtigen Temmis zugeordnet werden konnten, zugesandt bekommen. Da hatte er die Aussage seines Mandanten schnell auf das Ergebnis abgestimmt.

Sie habe ihm postwendend ihr Knie in den Unterleib gerammt und sei dann auf das Dach geklettert, fuhr von Leffenberg fort. Nachdem die Unterleibsschmerzen erträglicher geworden waren, habe sein Mandant Frau Strack an der Dachrinne hängen sehen. Er habe gesehen, wie ihre Kräfte nachließen und sich der Griff einer ihrer Hände löste. Sofort habe er sich den Besen auf dem Balkon geschnappt und versucht, ihr damit Hilfe zu leisten. Im gleichen Moment sei Dieter Müller in die Wohnung eingebrochen und habe ihn mit gezielten Schlägen niedergestreckt.

Staatsanwalt Dr. Schumacher konnte nur den Kopf schütteln. Diesen Ausführungen hatte er nicht viel entgegenzusetzen. Die Geschichte war haarklein auf die Spurenlage ausgerichtet,

somit stand Aussage gegen Aussage. In seiner Stellungnahme versuchte er noch mal, die ausgeprägten Würgemale am Hals des Opfers hervorzuheben und wies mit Nachdruck auf die Aussage von Dieter Müller als mittelbarem Zeugen hin.
Der Richter hörte sich die Erklärungen der beiden Parteien gewissenhaft an und bewertete anschließend die Beweise und Indizien. Letztendlich konnte er nur eine Entscheidung treffen und entließ Norman Temmis aus der Untersuchungshaft. Als Tatvorwurf blieb nur noch die Körperverletzung bestehen.

20 Jahre später

Der VW-Transporter fuhr nachts um 02:00 Uhr in Schrittgeschwindigkeit durch das Gewerbegebiet Hürth-Kalscheuren. Zu fünft saßen sie im Fahrzeug und versuchten, die Firmenschilder an den Gebäuden zu erkennen. Es war mucksmäuschenstill; eine knisternde Spannung lag in der Luft. Jeder war auf seine Art aufgeregt und nervös. Daniel, der jüngste der Gruppe, kaute auf seinen Nägeln und versuchte gleichzeitig, einen plötzlich einsetzenden Schluckauf zu unterdrücken. Yannick zappelte unruhig mit den Beinen und Carsten strich sich ständig durch die Haare. So eine Aktion hatten sie noch nie gestartet.
„Hier muss es irgendwo sein. Mist, dass man keine Hausnummern erkennen kann“, sagte der Fahrer zu seinem Beifahrer. Sie leuchteten durch die Scheiben des Transporters mit Taschenlampen den Eingangsbereich der Lagerhallen und Werkstätten ab. Zum Glück wohnte hier niemand, sonst hätten sie schon längst die Bullen am Hals gehabt.
„Da“, rief der Fahrer plötzlich und zeigte auf eine Einfahrt auf seiner Seite. Auf dem Schild stand „Kfz-Müller“. Hier wollten sie hin! Er parkte den Wagen ein Stück weiter in einer Seitenstraße. Falls zufällig eine Streife durch die Straße fuhr, war es besser, wenn der Wagen nicht vor der Werkstatt stand. Ausgerüstet mit Einweghandschuhen, einem großen

Bolzenschneider und einem Brecheisen stiegen sie aus und gingen zurück. Die Toreinfahrt war circa 2,50 Meter hoch. Sie vermieden es, hier Aufbruchsspuren zu hinterlassen, und kletterten über das Portal.

„Was ist, wenn jemand hier übernachtet?“, fragte Daniel. Er bereute mittlerweile, dass er sich hatte breitschlagen lassen, mitzumachen. Gerade hatte er eine Lehre als Industriekaufmann begonnen, er war noch in der Probezeit.

„Wieso sollte da einer übernachten? Mach dir nicht in die Hose, du Pissnelke. Wir waren uns alle einig, das Ding heute durchzuziehen. Freu dich auf Sonntag, dann werden wir gefeiert.“

Michael war ihr Anführer. Er ging selbstsicher vorweg und leuchtete durch die Fensterscheiben.

„Hier schläft niemand; lasst uns reingehen.“

Das Tor zur Werkstatthalle war mit Rollläden verschlossen – hier kamen sie so ohne Weiteres nicht rein. Die Tür nebenan zum Bürotrakt war mit einem Sicherheits-Zylinderschloss versehen, sie ließ sich also auch nicht mal eben aufhebeln. Das hatten sie sich einfacher vorgestellt.

„Wir könnten ein Fenster einschlagen.“

„Das würde man meilenweit hören. Lasst uns einmal ums Gebäude rumgehen.“ Michael schritt vorneweg und leuchtete dabei die Gebäudefassade ab. Auf der Rückseite entdeckte er ein auf Kipp stehendes Oberlicht.

„Die Öffnung scheint mir groß genug, hier gehen wir rein.“

Michael ließ Carsten auf seine Schultern steigen, der dann mit dem Brecheisen das Fenster aufhebelte und anschließend durchkletterte. Er hing mit den Ellenbogen noch auf dem Sims, als er auf der anderen Seite mit einem Fuß auf Widerstand stieß. Vorsichtig tastete er mit dem anderen Fuß den Gegenstand ab und stellte erleichtert fest, dass er auf einem Toilettendeckel stand. Anschließend half Michael Yannick beim Einstieg und wartete vor dem Fenster. Die beiden anderen hatte er nach vorne geschickt; sie sollten Schmiere stehen.

Von der Toilette aus gelangten sie direkt in die Werkstatthalle.

Hier roch es extrem nach Farbe. Sie leuchteten den Raum aus und sahen auf den beiden Hebebühnen Fahrzeuge der Firma *Breckmann-Feinkost*. In der Mitte stand ein frisch lackierter BMW 2er Coupé, der sofort Yannicks Interesse weckte: „Geiles Teil! Lass uns den nehmen, da haben wir mehr von!" Er machte Anstalten, die Wagentür zu öffnen.

„Du spinnst wohl! Wir dürfen doch keine Spuren hinterlassen. Was ist eigentlich mit deinem rechten Handschuh los? Da guckt ja der Zeigefinger raus."

„Ich hab mir am Fenster so einen dämlichen Holzsplitter in den Finger gerammt. Dabei ist diese Latexscheiße zerrissen."

„Pass auf, dass du nichts anfasst. So, lass uns jetzt das blöde Stück Stoff suchen."

Ein offener Durchgang führte zu einem angrenzenden, fensterlosen Raum, in dem Arbeitstische standen und Ersatzteile gelagert wurden. Sie sahen das Objekt ihrer Begierde sofort. Es war bestimmt fünf bis sechs Meter lang und hing über Eck an einer Wäscheleine. Der Tipp war also goldrichtig gewesen. Das lange Tuch wurde tatsächlich heute Nacht hier getrocknet. Sie falteten es grob zusammen und packten es in einen Rucksack. Beim Rausgehen entdeckte Yannick im Regal eine Schnapsflasche, die er kurzerhand in die Seitentasche seiner Trekkinghose stopfte.

Sonntag – sechs Tage später

O*b zehn Eier reichen?*, dachte Veronika, während sie den Quirl in die Rührschüssel hielt. Ihre Jungs waren morgens immer hungrig und brauchten gerade heute eine Grundlage. Es hatte mittlerweile schon Tradition, dass sie ihren Söhnen und auch ihrem Mann sonntags Omeletts zum Frühstück zubereitete. Sie goss die verquirlten Eier in eine große Pfanne und ließ die Masse einige Minuten stocken. Die Oberseite des Omeletts war noch flüssig, als sie die dünn geschnittenen Fleischwurstscheiben darauf verteilte. Vom Bratenduft der Eier angelockt, kam Timo in die Küche gestürzt.

„Hmm, lecker! Das erste Omelett ist mir."
„Deck erstmal den Tisch! Dein Bruder soll auch kommen, es wird langsam Zeit."
„Der ist im Bad." Timo kramte Teller und Besteck aus dem Küchenschrank und verteilte sie lustlos auf dem Tisch.
„Wo ist Papa?", fragte er, während er sich mit angewinkelten Beinen auf die Eckbank kauerte.
„Brötchen holen."
Lukas kam mit verschlafenen Augen in die Küche getrottet, holte sich Orangensaft aus dem Kühlschrank und trank aus der Flasche.
„Lukas, du sollst doch nicht aus der Flasche trinken", schimpfte Veronika und ließ das erste Omelett vorsichtig auf Timos Teller gleiten.
„Ich trinke die doch leer."
Die Haustür öffnete sich und Dieter kam mit den Brötchen herein.
„Ah, da komme ich ja gerade rechtzeitig." Er legte die Brötchen in einen Korb und setzte sich an den Tisch.
„Draußen ist jetzt schon eine Bullenhitze. Was soll das erst heute Mittag werden?"
„Dass ihr bei so einem Wetter morgens überhaupt Omeletts essen könnt, ist mir unverständlich." Veronika schüttelte den Kopf.
„Tradition", kam es unisono von Lukas und Dieter zurück.
Timo hatte sein Omelett im Eiltempo gegessen und pulte nun die Kürbiskerne von den Brötchen ab.
„Timo, du kannst dir gern ein Brötchen nehmen. Aber nicht von allen nur die Kerne essen." *Jeden Sonntag das gleiche Spiel. Wann wird er das lernen?*, dachte Veronika und reichte Lukas das zweite Omelett.
„Papa, fährst du uns gleich zum Spiel oder leiht mir Mama ihr Auto?" Timo legte den Kopf zur Seite und schaute abwechselnd seine Mutter und seinen Vater freundlich bittend an.
„Wolltet ihr nicht mit dem Fahrrad fahren?"
„Ich habe einen Platten", rief Lukas mit vollem Mund.

„Das fällt dir aber früh ein. Okay, ich fahre euch ausnahmsweise. Am Stadion würdet ihr heute sowieso keinen Parkplatz bekommen.“ Dieter schaute auf seine Armbanduhr und fuhr dann fort: „Wir haben jetzt 09:10 Uhr – in einer halben Stunde geht’s los!“

Veronika und Dieter wären auch gerne ins Stadion gegangen, aber Dieters Mutter lag nach einer Hüftoperation im St. Elisabeth-Krankenhaus, ausgerechnet heute an ihrem achtzigsten Geburtstag. Sie war nach dem Eingriff noch sehr schwach und bekam starke Schmerzmittel. Der Arzt meinte, dass sie viel Ruhe brauche und der Besuch sich nicht über den ganzen Tag ziehen sollte. Ihre Geschwister hatten sich für 14:00 Uhr angesagt und so hatten sich Veronika und Dieter diesem Termin angeschlossen. Ihren Kindern wollten sie – eine Woche nach dem Diebstahl ihres Clubbanners – ebenfalls den Stadionbesuch ausreden, aber bei ihnen bissen sie auf Granit. Den Hinweis auf die befürchteten Fanausschreitungen konterten sie mit dem Argument, dass sich der Fanclub *Rotweiße Elite* bisher immer von den Fußballchaoten ferngehalten habe. Als Eltern war man natürlich trotzdem in Sorge.

Vor der Fahrt rangen Lukas und Timo um den Beifahrersitzplatz. Keiner wollte den anderen vorne einsteigen lassen, bis Dieter laut wurde; beide mussten im Fond Platz nehmen, ansonsten könnten sie zu Fuß gehen! Die kleinen Reibereien waren normal zwischen den beiden Teenagern. Lukas, 16 Jahre alt, war der temperamentvollere der beiden. Der zwei Jahre ältere Timo war ruhiger, ließ sich aber von seinem Bruder dennoch nichts gefallen.

Sie trugen an Spieltagen immer ihre Fankluft: rot-weißer Schal, FC-Käppi und weißes T-Shirt mit dem Aufdruck „Rotweiße Elite“.

Um 10:00 Uhr ließ Dieter seine Söhne vor der Sportsbar *Geißbock* aussteigen. „Viel Spaß, passt auf euch auf und bringt die drei Punkte mit nach Hause!“, rief er ihnen hinterher. Er beobachtete noch, wie sie von anderen Clubmitgliedern mit dem Lied „Viva Colonia“ empfangen wurden.

Um 12:00 Uhr marschierten sie los. Das RheinEnergieStadion war nur wenige Gehminuten entfernt. Sie trafen auf eine Gruppe Düsseldorfer Fans, die von Bundespolizisten flankiert wurden. Sofort kam es zum verbalen Schlagabtausch. Die Kölner beschimpften und bedrohten die gegnerischen Anhänger, denen sie den Diebstahl ihres Clubbanners unterstellten. Diese Aktion hatte schon im Vorfeld des Derbys die Gemüter erhitzt und für heftige Diskussionen auf verschiedenen Internetplattformen gesorgt. Allgemein rechnete man damit, dass das Banner heute während des Spiels von den Düsseldorfern präsentiert und vernichtet werden würde.

Rotweiße Elite hatte fünfundfünfzig Mitglieder, von denen etwa vierzig jedes Heim- und Auswärtsspielspiel des 1. FC Köln besuchten. Sie standen als einheitliche Gruppe gemeinsam mit den anderen Fanclubs in der Südkurve und beklatschten die FC-Spieler, die gerade den Rasen betraten, um sich warm zu machen. Mittlerweile hatte das Thermometer die 25-Grad-Marke erreicht und viele Fans nutzten ihre T-Shirts als Kopfbedeckung. Mit ihren freien Oberkörpern ähnelten sie einer Horde von Piraten.

Als die Spieler wieder in die Kabine gingen und die FC-Hymne ertönte, schwenkten sie ihre Schals und sangen lauthals:

Mer stonn zo dir, FC Kölle …

Nach dem Anpfiff überschatteten dramatische Ereignisse in der Nordkurve das Spiel. Die Kölner Fans konnten nur erkennen, dass Bundespolizisten und Sanitäter im gegnerischen Fanblock für Aufruhr sorgten. Die Aktionen beschränkten sich auf eine kleine Fläche im Eingangsbereich. Nach wenigen Minuten hörte man die Sirenen von mehreren Rettungswagen, die sich vom Stadion entfernten.

Trotz allem wurde das Spiel fortgesetzt. Die Zuschauer, die diese Vorfälle mitbekommen hatten, gingen von Hitzeopfern aus. Schnell machten die Worte *Jugendliche und Alkohol* die Runde.

In der 38. Spielminute ging Fortuna Düsseldorf durch einen unberechtigten Elfmeter in Führung. Der Düsseldorfer Jubel brachte die Kölner Seele zum Kochen, die Kölner Fans pfiffen minutenlang den Schiedsrichter aus. In der Halbzeit hatten die Beamten der Bereitschaftspolizei alle Hände voll zu tun, die Menge in den Stehplatzrängen zu beschwichtigen und davon abzuhalten, den gegnerischen Block zu stürmen. Als unmittelbar nach Wiederanpfiff in der 46. Minute der Ausgleich fiel, beruhigten sich die Gemüter. Bis zur 87. Minute sahen die Zuschauer ein spannendes, hart umkämpftes Fußballspiel. Dann passierten zwei Dinge fast zeitgleich. Zuerst fiel das 2:1 für den 1. FC Köln und im unmittelbaren Anschluss wurde das Club-Banner der *Rotweißen Elite* in der Nordkurve ausgerollt und dem Kölner Publikum präsentiert. Anschließend zerrissen die Düsseldorfer provokativ das Banner.

„Cologne, Cologne, die Scheiße vom Dom …"

Die Kölner zündeten wutentbrannt bengalische Feuer und warfen die Fackeln in den Innenraum. Sofort entwickelte sich intensiver Rauch und das Spielfeld war in kürzester Zeit eingenebelt. Der Schiedsrichter unterbrach das Spiel und die Polizei riegelte den Zaun zum Innenraum und die Ausgänge ab. Bevor die Situation weiter eskalierte, musste ein Kontakt zwischen den verfeindeten Fangruppen unter allen Umständen verhindert werden. Beamte der Bereitschaftspolizei stürmten in den Kölner Block, um gewalttätige Fans zu isolieren und das Abbrennen von Pyrotechnik zu unterbinden.
Nach circa fünf Minuten war der Rauch abgezogen und der Schiedsrichter konnte das Spiel für die letzten drei Minuten wieder anpfeifen.

In acht Rettungswagen versuchten Notärzte, das Leben ihrer Patienten zu retten. Es waren alles junge Menschen, Teenager oder gerade erst volljährig gewordene Männer und Frauen, die sich vor Schmerzen krümmten und krampfhaft hin und her

wälzten. Sie bekamen kaum Luft und drohten zu ersticken. Die Rettungssanitäter und Ärzte konnten sich keinen Reim auf diese heftigen Reaktionen machen – typische Hitzeopfer waren es offenbar nicht!
Sie sollten in die nächstgelegenen Kölner Krankenhäuser St. Elisabeth, St. Franziskus und in die Universitätsklinik sowie ins St. Katharinen-Hospital in Frechen gebracht werden.
Für zwei Jugendliche jedoch kam jede Hilfe zu spät. Alle Reanimationsversuche schlugen fehl – sie verstarben noch im Rettungswagen.

Veronika und Dieter wollten gerade das Krankenhaus verlassen, als ihnen an der Notaufnahme mehrere Schwestern und auch einige Männer in grünen Kitteln aufgeregt entgegenkamen. Soviel Hektik an einem Sonntagnachmittag – es musste was passiert sein! Sofort dachten sie an ihre Kinder. Veronika schrieb ihnen sofort eine SMS und fragte, ob alles okay sei. Vom Pförtner erfuhren sie dann von den Ereignissen im Kölner Stadion und dass ausschließlich verletzte Düsseldorfer Fans in Krankenhäuser gebracht worden seien. Dennoch waren sie erst beruhigt, als ihre beiden Söhne geantwortet hatten.

Montag, 08:00 Uhr

Fisch und Kid saßen im Büro und diskutierten das allgegenwärtige Hitzethema. Kid war der Auffassung, dass das Arbeiten in den nicht klimatisierten Räumen des Polizeipräsidiums bei diesen Temperaturen eine Körperverletzung sei. Spätestens ab Mittag schmore man in seinem eigenen Saft, von den Körpergeruchsbelästigungen einiger Kollegen ganz zu schweigen. Fisch trug heute ein weit geschnittenes, kurzes Sommerhemd. Er hob die Arme und roch demonstrativ unter seinen Achseln.
„Mein Deo hält noch."
„Fragt sich, wie lange. Die Höchstwerte sollen heute wieder bei weit über dreißig Grad im Schatten liegen."

„Trotzdem sitze ich lieber bei leichtem Durchzug hier im Büro, als dass ich bei der Affenhitze draußen ermitteln muss."
„Ich wäre lieber in der Eifel, da ist es mindestens fünf Grad kühler als hier in der Stadt."
„Du Glücklicher! Bei mir zu Hause ist es nur im Keller auszuhalten."
Arndt Siebert schritt durch die offenstehende Tür ins Büro und bekam noch die letzten Sätze des Gespräches mit.
„Dann habe ich ja eine gute und eine schlechte Nachricht für euch."
Die beiden drehten sich zu ihrem Chef um und sahen ihn verwundert an.
„Wenn du schon so kommst, dann bitte erst die schlechte Nachricht!" Fisch ahnte schon Schlimmes. Sie hatten in den letzten vier Wochen kein Tötungsdelikt in Köln gehabt – bei der Frühbesprechung scherzte man schon, den Gewaltverbrechern sei es in Köln zu heiß geworden.
„Zwei Obduktionen stehen an und zwar die beiden Jugendlichen, die gestern im Stadion zusammengebrochen und auf dem Weg ins Krankenhaus gestorben sind. Sechs weitere Düsseldorfer, allesamt Mitglieder des Fanclubs *Düsseldorfer Devil Boys* liegen in Krankenhäusern und sind noch nicht außer Lebensgefahr. Nach Ansicht der Mediziner könnten Vergiftungen vorliegen. Fahrt also zuerst in die Gerichtsmedizin und kümmert euch anschließend um die anderen. Hier sind die Einsatzprotokolle der Leitstelle, mit den Namen der Fans und dem Hinweis, in welche Krankenhäuser sie gebracht wurden." Siebert reichte Fisch die Mappe und war schon wieder zurück auf dem Flur, als Kid ihm hinterherrief:
„Und was ist die gute Nachricht?"
„Ach ja, der Sektionssaal in der Gerichtsmedizin ist klimatisiert."

Hubert Makele feierte dieses Jahr „Silberhochzeit" beim KK 11. Im Oktober war er seit fünfundzwanzig Jahren Todesermittler und wurde nicht ohne Grund als Koryphäe

der Dienststelle bezeichnet. Seinen Spitznamen „Fisch“ hatte er schon im ersten Jahr weg, als ihn damals ein Praktikant bei einer Dienstbesprechung versehentlich mit „Herr Makrele“ ansprach.
André Moritz war jahrelang Fachmann für gewerbs- und bandenmäßige Schleusungen von Ausländern gewesen, bis Fisch ihn vor einem Jahr überredet hatte, zu seiner Dienststelle zu wechseln. Auch er wurde nicht bei seinem richtigen Namen genannt. Er erhielt seinen Spitznamen „Kid“ in Anspielung auf Billy the Kid, nachdem er vor Jahren beim Schießtraining eine hundertprozentige Trefferquote auf eine fünfzentimetergroße Scheibe hatte. Alle Schüsse hatte er aus der Hüfte heraus abgegeben.

Sie fanden einen Parkplatz am Melatengürtel und trotteten gemächlich die letzten hundert Meter bis zum Gebäude der Gerichtsmedizin. Es war sehr schwül und absolut windstill. Jeder in der Stadt sehnte sich nach einem erfrischenden Regenschauer oder zumindest nach einem Luftzug. Fisch, leicht übergewichtig, hatte besonders mit der Hitze zu kämpfen. Fortlaufend wischte er sich den Schweiß von der Stirn und atmete schwer.
Frau Willmer saß heute am Empfang. Sie winkte Fisch, den sie schon seit Jahren kannte, freundschaftlich zu und drückte die Tür zum Institut auf. Die Beamten kannten den Weg zum Sektionssaal im Keller. Im Untergeschoss strömte ihnen der leichte Geruch von Formaldehyd entgegen, doch immerhin war es hier unten angenehm kühl. Professor Marc Ullmann begrüßte die beiden Beamten im Flur und begleitete sie in die Sektionssäle. Die Assistenten bereiteten gerade die Sezierungen vor. Die Leichen waren in Schubfächern in einem Kühlraum gelagert worden und wurden jetzt auf Metallbetten hereingerollt. Fisch blieb an der Seite von Professor Ullmann, während Kid im Nebenraum Dr. Julius Nicot bei der Obduktion des zweiten Jugendlichen zuschaute.
Kid wusste, dass man Formalin zur Leichenkonservierung

nutzte und hatte sich an diesen stechenden Geruch gewöhnt. Aber nie würde er sich an diesen leicht süßlichen, etwas beißenden Geruch, den nur Leichen verströmten, gewöhnen. Vielleicht war es nur Einbildung, aber als er den 16-jährigen Jungen unter dem grellen Neonlicht auf dem Seziertisch liegen sah, stieg ihm genau dieser Gestank in die Nase.
Dr. Nicot diktierte die Personalien des Jungen, die ihm bekannten Ermittlungsergebnisse und die im Totenschein enthaltenen Feststellungen auf Band. Dann folgte die äußere Besichtigung und die Beschreibung der jugendlichen Leiche. Der muskulöse Körper wies weder Narben noch Verletzungen auf. Am linken Oberarm befand sich eine Tätowierung, die Buchstaben F und D in einem Kreis. Die Leichenstarre war voll ausgeprägt.
Kid beobachtete, wie der Gerichtsmediziner den Körper aufschnitt, Hautlappen aufklappte und die inneren Organe betrachtete, wie er sie herauslöste, wog und beschrieb. Krankhafte Veränderungen von Herz, Lunge und Leber konnte er nicht feststellen. Er nahm Proben von den inneren Organen für die toxikologischen Ergänzungsuntersuchungen; dafür legte er sie in Gefäße mit einer Formalin-Lösung. Zur genauen Todesursache wollte er sich erst im abschließenden schriftlichen Gutachten äußern.
Kid war froh, den Sektionssaal wieder verlassen zu dürfen. Auf dem Weg zum Treppenhaus sah er, wie eine Frau mit weißem Kittel einen Raum rechts ansteuerte; durch die geöffnete Tür konnte er die Füße eines anderen Toten erblicken, die unter weißen Plastikplanen hervorlugten. An diesen Raum erinnerte Kid sich noch Raum aus seiner Zeit bei der Kriminalwache. Hier wurden die Leichen zuerst hingebracht, bevor sie präpariert wurden.
Kid hörte ein lautes Lachen, als er im Erdgeschoss anlangte. Fisch stand lässig an der Empfangstheke im Eingangsbereich und Frau Willmer amüsierte sich über eine Geschichte, die er ihr gerade erzählt hatte.

Um den Berufsverkehr am Nachmittag zu umgehen, fuhren sie zuerst zum St. Katharinen-Hospital nach Frechen. Hierhin waren zwei der verletzten Düsseldorfer Fans gebracht worden. Fisch und Kid hatten Glück, dem diensthabenden Stationsarzt auf dem Flur in die Arme zu laufen. Er kam gerade aus einem Patientenzimmer und wollte seine Visite im Nebenraum fortsetzen, als Fisch seine Dienstmarke zog und ihn ansprach: „Entschuldigen Sie bitte, wir sind von der Kripo Köln und ermitteln wegen den verletzten Stadionbesuchern."

Dr. Nieh wirkte gehetzt und fiel ihm grantig ins Wort: „Vergifteten! Sie meinen doch die beiden Düsseldorfer Fans?"

Fisch nickte. „Wissen Sie schon was Genaues?"

„Mein erster Gedanke war Methanolvergiftung, da sie angaben, Alkohol getrunken zu haben und ihre Symptomatik dafür sprach. Bei massiver Methanolaufnahme kann es durch die narkotische Wirkung zum sofortigen Tod kommen. Die Sanitäter haben mich bei Einlieferung darüber informiert, dass bereits zwei Fans in den Rettungswagen verstorben seien. Daher lag dieser Gedanke nahe. Die Ergebnisse der Blut- und Urinuntersuchungen haben dann aber den Verdacht nicht bestätigt. Vermutlich ist es eine Lebensmittelvergiftung; wir müssen die weiteren Untersuchungen abwarten." Dr. Nieh sah durch seine Nickelbrille auf sein Klemmbrett und studierte das nächste Patientenblatt. Für ihn war das Gespräch beendet.

„Wie geht es den beiden denn?", ließ Fisch nicht locker.

„Den Umständen entsprechend. Wie es einem halt so geht, wenn man den Magen ausgepumpt bekommen hat. Sonst noch Fragen? Wie Sie sehen, habe ich zu tun."

Fisch vermutete, dass der Arzt aus der Nacht- in die Tagesschicht gewechselt hatte und ignorierte einfach seine brummige Art. In solchen Situationen kam man nur mit Diplomatie ans Ziel. Er lobte den hohen medizinischen Standard in Deutschland und speziell seinen Beitrag zur Rettung der beiden Jungen. Dann erklärte er dem Arzt die große Bedeutung einer frühzeitigen Zeugenbefragung – es seien bereits zwei Düsseldorfer Fans gestorben und hier liege der dringende Verdacht

einer gefährlichen Körperverletzung vor. Dr. Nieh wurde aufmerksam und entgegnete nun freundlicher, er könne aus medizinischer Sicht nicht zulassen, dass seine Patienten sich zu sehr aufregten. Sie bräuchten Ruhe und müssten sich erholen. Allerdings habe er auch Verständnis für die Belange der Polizei; fünf Gesprächsminuten gewähre er ihnen daher.
Aus den fünf wurden jeweils zehn Minuten, die den Beamten aber auch nicht viel weiterhalfen. Beide Teenager hatten nicht den blassesten Schimmer, womit sie sich hätten vergiften können. Sie gaben beide an, schon auf der Fahrt von Düsseldorf nach Köln Alkohol in Form von Bier und diversen Schnäpsen getrunken zu haben. Die Flaschen seien innerhalb des Fanclubs rumgereicht worden. Jeder habe irgendwas an Getränken mitgebracht. Man sei dann am Kölner Hauptbahnhof noch bei McDonald's gewesen.

Auf der Rückfahrt in die Stadt zogen Fisch und Kid noch mal ein Resümee. Falls das Gift durch Nahrungsmittel aufgenommen worden war, kamen nur die im Zug getrunkenen Alkoholika in Frage. McDonald's schlossen beide aus, sonst wären noch andere Vergiftungsfälle bekannt geworden. Aber wer könnte Interesse daran haben, Mitglieder des eigenen Fanclubs zu vergiften? Sie brauchten unbedingt eine Mitgliederliste und weiteres Personal für die Vernehmungen.

Die beiden Patienten im St. Elisabeth- und Dreifaltigkeits-Krankenhaus waren ebenfalls außer Lebensgefahr und wurden in ihren Zimmern auf der Station versorgt. Ihre Angaben deckten sich mit denen ihrer Leidensgenossen in Frechen.
Es war bereits Nachmittag, als Fisch und Kid in die Universitätsklinik fuhren, wo die letzten zwei verletzten Fußballfans stationär behandelt wurden. Die Vergiftungen dieser Jungen schienen schwerwiegendere Folgen zu haben – beide lagen auf der Intensivstation und waren nicht vernehmungsfähig. Der Stationsarzt teilte ihnen jedoch

mit, dass für beide keine Lebensgefahr mehr bestehe. Er vermutete, Giftstoffe hätten die Nerven der Jungen gelähmt und daraufhin sei es zum kurzfristigen Ausfall ihrer Herz- und Atemmuskulatur gekommen.

Um 17:00 Uhr fuhren die Ermittler zurück zum Polizeipräsidium und informierten umgehend Arndt Siebert über die Ermittlungen bei der Gerichtsmedizin und in den Krankenhäusern. Anschließend besprachen sie die weiteren Maßnahmen. Sie waren sich einig, dass ein Tötungsdelikt derzeit nicht ausgeschlossen werden konnte und dass alle Clubmitglieder vernommen werden mussten. Arndt Siebert wollte sich für den kommenden Tag um Verstärkung kümmern.

Im Büro setzte sich Kid sofort an den Computer, um mehr über den Fanclub *Düsseldorfer Devil Boys* zu erfahren. Er brauchte einen Verantwortlichen, der ihm alle Mitglieder nennen konnte.

„Mach Feierabend! Senna wird sich freuen, wenn du mal pünktlich zu Hause bist. Die Ermittlungen können wir morgen auch noch machen.“ Bei den letzten Worten gähnte Fisch herzerfrischend und hielt sich beide Hände vor den weit geöffneten Mund.

„Hau ruhig ab, ich bleib noch was.“

Fisch wurde aufmerksam. Hörte er da ein leichtes Jammern in Kids Stimme? Irgendwas stimmte nicht mit seinem Kumpel. Er setzte sich ihm gegenüber und verschränkte seine Hände hinter dem Kopf.

„Schieß los!“

„Was meinst du?“

„Ich will wissen, was los ist. Wir kennen uns schon ein paar Jahre. Mir kannst du nichts vormachen! Was ist denn los, Probleme mit Senna?“

„Alles okay.“

Schon am Tonfall erkannte Fisch, dass genau das Gegenteil der Fall war.

„Es gibt jetzt zwei Möglichkeiten: Entweder ich bleibe hier sitzen, bis ich zumindest weiß, warum es dir schlecht geht …“

„Mir geht es nicht schlecht, mach dir keine Sorgen …“, unterbrach Kid ihn und wurde sofort wieder übertönt.
„… oder wir gehen jetzt gemeinsam in die nächste Kneipe und trinken einen. Du kannst bei mir übernachten. Also Beichte oder Alkohol?“
Kid musste jetzt doch schmunzeln; im Grunde genommen war er dankbar für das Angebot. Er brauchte dringend jemanden zum Reden.
„Alkoholbeichte.“

Die *Düsseldorfer Devil Boys* hatten spontan ein außerordentliches Treffen für den Montagabend anberaumt. Von den achtzig Mitgliedern des Fanclubs erschienen über die Hälfte in ihrem Stammlokal in Düsseldorf-Erkrath. Einziger Tagesordnungspunkt waren die Ereignisse vom Spieltag. Sie begannen mit einer Schweigeminute für die beiden Verstorbenen und beteten für die noch in den Krankenhäusern befindlichen Kumpels. Fassungslosigkeit stand in ihren Augen geschrieben. Einige Jugendliche konnten ihre Tränen nicht zurückhalten. Ihr Vorsitzender Michael Ehrmann hatte sich mit den Angehörigen der Vergifteten in Verbindung gesetzt und berichtete über deren Gesundheitszustand. Sie diskutierten dann über die möglichen Ursachen der Vergiftung. Waren es verdorbene Lebensmittel? Noch stand ja nicht fest, welches Gift sie auf welche Art und Weise zu sich genommen hatten.
Einige äußerten den Verdacht, die Kölner Fans hätten damit etwas zu tun. Die *Devil Boys* hatten das Banner der *Rotweiße Elite* geklaut und vor deren Augen in ihrem Stadion vernichtet. War diese Blamage das Motiv für die Tat? So richtig glauben wollte das keiner. Sie alle waren Fußballfans, keine Mörder. Dennoch entstand Unruhe im Saal und einige sprachen laut über Rache. Michael Ehrmann versuchte, die Wogen zu glätten. Es habe doch keinen Sinn, die Kölner zu verdächtigen, während die polizeilichen und medizinischen Untersuchungen noch liefen. Außerdem fragte er sich, woher die Kölner hätten wissen können, dass die *Devil Boys* ihr Banner geklaut hatten. Sofort

nahmen die Gespräche eine andere Richtung. Wo war das Leck in ihren eigenen Reihen?

Kid hatte Senna in einer kurzen SMS darüber informiert, dass er heute bei Fisch übernachten würde. Anschließend fuhren er und Fisch mit der Bahn zum Heumarkt und gingen in die Kölner Altstadt. Das Thermometer zeigte am frühen Abend immer noch 27 Grad an, die Hitze war aber nicht mehr so drückend wie noch vor Stunden. Sie setzten sich in einen Biergarten am Rhein und bestellten kühles Kölsch. Nachdem der Kellner das Bier gebracht hatte, kam Kid sogleich auf seine private Situation zu sprechen.

„Senna hat sich verändert. Wir verstehen uns nicht mehr. Ich weiß nicht, ob das alles noch Sinn hat."

„Jetzt übertreibst du aber. Ihr habt 'ne Krise, das ist alles. Warum versteht ihr euch nach über zwanzig Jahren Ehe auf einmal nicht mehr?"

„Das geht schon über ein Jahr so. Wir haben uns auseinandergelebt. Sie will mich verlassen."

„Hat sie das gesagt?"

„Nicht direkt, aber ich spüre es."

„Weißt du, wie oft meine Elfi mich schon verlassen wollte? Das wird wieder, da bin ich mir sicher. Frauen ticken manchmal komisch – insbesondere, wenn sie in die Wechseljahre kommen. Hast du darüber mal nachgedacht?"

„Am Anfang, als sie mit ihrem Fitness- und Diätwahn anfing, habe ich das auch gedacht. Sie wurde zur Vegetarierin, das habe ich hingenommen. Dann kamen aber so viele andere Dinge hinzu. Sie empfängt mich abends nicht mehr so wie früher."

„Das ist typisch für dich. Du willst empfangen werden! Vielleicht solltest *du* sie mal mit einem Strauß Blumen oder einer Schachtel Pralinen empfangen."

„Das habe ich ja auch schon versucht. Ich meine aber, wenn ich sie zum Beispiel in den Arm nehme, dann spüre ich so eine

… wie soll ich das beschreiben? Eine … gewisse Distanz, eine emotionale Kälte."
„Hat sie einen anderen?"
„Ich weiß es nicht. Als ich sie darauf ansprach, hat sie ungehalten reagiert und geleugnet, ein Verhältnis zu haben. Ich bin trotzdem misstrauisch. Sie ist in letzter Zeit abends häufig mit ihrer Freundin unterwegs. Außerdem meckert sie schon lange nicht mehr über meine Überstunden. Ich verstehe sie …"
Kids Handy vibrierte in seiner Hosentasche und er wurde aus seinen Gedanken gerissen. Auf dem Display las er: „ok". Er zeigte Fisch Sennas Antwort und rieb sich grübelnd die Stirn.
„Kein Gruß, keine Frage, warum ich bei dir penne! Sie scheint sich nicht mehr für mich zu interessieren."
„Liebst du sie? Willst du um sie kämpfen?", fragte Fisch mit eindringlichem Blick.
Obwohl Kid häufig über seine Gefühle nachgedacht hatte, traf ihn diese Frage wie ein Blitz. *Was ist Liebe? Was fühlt man nach so einer langen Zeit?* Er war sich seiner Empfindungen nicht mehr sicher. Das Feuer der ersten Jahre war weg und jetzt, nachdem die Kinder aus dem Haus waren, hatte sich einiges geändert. Sie waren beide in ein tiefes Loch gefallen, doch sie schien wieder rausgekrochen zu sein. Irgendwas hielt ihn davon ab, sich ebenfalls hochzuziehen. Er fühlte sich nicht in der Lage, ihr zu folgen.
„Hallo, ich rede mit dir."
„Entschuldigung, ich kann dir keine Antwort geben. Ich weiß nur, dass ich im Moment nicht kämpfen kann. Könntest du dir vorstellen, dass sie einen anderen hat?"
„Das passt alles nicht zu der Senna, die ich kenne. Aber unter Freunden muss ich dir auch sagen, dass ich für keine Frau die Hand ins Feuer legen würde."
„Das sind genau die tröstenden Worte, die ich hören will", antwortete Kid mit einem gequälten Lächeln und zeigte dem Kellner mit zwei Fingern die neue Bestellung an.
Es war bereits nach Mitternacht, als Fisch und Kid deutlich

angetrunken das Taxi bestiegen. Elfi, die telefonisch von Fisch über den spontanen Besuch informiert worden war, hatte beiden ein Nachtlager im Gästezimmer vorbereitet. Sie konnte sich gut vorstellen, was die beiden diese Nacht noch für ein Schnarchkonzert veranstalten würden und zog es vor, alleine im Ehebett zu schlafen.

Dienstag

Fisch und Kid erschienen gerade noch rechtzeitig um 08:00 Uhr zur morgendlichen Frühbesprechung. Arndt Siebert forderte Fisch nach der Begrüßung auf, über die aktuellen Vergiftungsfälle zu berichten. Jeder im Raum wusste durch die Presse, was sich im Stadion ereignet hatte. Fisch verzichtete daher auf eine umfassende Einleitung und wies direkt darauf hin, dass man die toxikologischen Untersuchungen noch abwarten müsse, aber alle bisherigen Indizien gegen „normale Lebensmittelvergiftungen" sprächen. Das einzige, was alle gleichermaßen an Lebensmitteln verzehrt hätten, sei Alkohol gewesen, also müsse man hier ansetzen. Welche Alkoholika wurden getrunken? Woher kamen die Getränke? Diese Fragen mussten schnell geklärt werden. In der gemeinsamen Runde entwickelte sich eine Debatte über die möglichen Tatmotive. Das Vernichten des Banners der *Rotweißen Elite* galt als wahrscheinlichstes Motiv für die schrecklichen Taten, auch wenn sich das niemand richtig vorstellen konnte. Als die Meinungen immer spekulativer wurden, unterbrach Siebert die Diskussion und bat die Leiter der anderen Mordkommissionen, die neuesten Entwicklungen in ihren Fällen bekannt zu geben. Danach verteilte er noch ungeklärte Altfälle, die jetzt aufgrund neuer DNA-Erkenntnisse wieder aufgerollt werden sollten.

Mittels Recherchen im Internet ermittelte Kid den Vorsitzenden der *Düsseldorfer Devil Boys*. Michael Ehrmann war nicht überrascht, als er den Anruf der Kölner Kriminalpolizei erhielt. Er zeigte sich sehr entgegenkommend und schickte Kid

sofort per Mail eine Liste mit den achtzig Mitgliedern. Zudem erklärte er sich bereit, am Donnerstag zur Vernehmung ins Polizeipräsidium Köln zu kommen.
Fisch hatte währenddessen die Personalien der Verletzten in den polizeilichen Fahndungssystemen überprüft. Gegen vier Personen lagen kriminalpolizeiliche Erkenntnisse vor. Zwei von ihnen hatten in ihren Akten den Hinweis „Gewalttäter Sport", gegen die beiden anderen wurde wegen Landfriedensbruch ermittelt. Die Verfahren waren wegen geringfügiger Schuld von der Staatsanwaltschaft eingestellt worden.
Kurz vor Mittag kam Arndt Siebert zu Fisch und Kid ins Büro.
„Wisst ihr schon, wie viele Mitglieder vernommen werden müssen?"
„Achtzig Düsseldorfer und die *Rotweiße Elite*, da wissen wir noch nicht, wie viele das sind. Von hundertfünfzig Leuten kannst du aber ungefähr ausgehen." Kid konnte sich schon denken, warum sein Chef die Frage stellte.
„Okay, ich werde bei der Führungsstelle Kräfte für hundertfünfzig bis zweihundert Vernehmungen anfordern. Ich denke, morgen werden die zur Verfügung stehen."
„Das hört sich doch gut an. Kid, überprüf du die Düsseldorfer, ich kümmere mich um die Mitgliederliste der *Rotweißen Elite*." Fisch war sofort in seinem Element.
„Ach, einen Moment noch. Ich habe mit Charlie gesprochen, der kann euch heute schon unterstützen."
Fisch und Kid nickten Arndt gequält freundlich zu. Sie waren über diese Entscheidung nicht erfreut, mussten sie aber in ihrer jetzigen Lage akzeptieren. Charlie stand kurz vor seiner Pensionierung und war zweifellos ein erfahrener Sachbearbeiter, aber er war auch ein Einzelgänger und galt nicht unbedingt als teamfähig. Vor drei Jahren war er von der Kreispolizeibehörde Euskirchen gekommen, wo er ebenfalls Mordermittler gewesen war. Er schien sehr introvertiert; privat kannte ihn keiner. Im Kollegenkreis vermutete man, dass er alkoholkrank sei. Er kam

morgens mit glasigen Augen zum Dienst und hatte auch häufig eine Fahne. Tagsüber aß er dann ständig Pfefferminzpastillen.

Die *Rotweiße Elite* hatte fünfundfünfzig Mitglieder, es standen somit hundertfünfunddreißig Zeugenvernehmungen an. Etwas weniger als zunächst angenommen, dachte Fisch und entschied, Arndt diese Zahlen erst nach der Kräftezuteilung mitzuteilen. Am Nachmittag suchte Charlie dann Fisch in seinem Büro auf und ließ sich den aktuellen Stand der Ermittlungen erläutern. Fisch übergab ihm die Liste mit den Mitgliedern der *Rotweißen Elite* zur Überprüfung. Er sollte für die Vernehmungsteams Personalbögen mit den aktuellen Meldedaten und den kriminalpolizeilichen Erkenntnissen der Personen anlegen. Charlie war froh, sich in sein Büro zurückziehen zu können. Hier in seinem Einzelzimmer hatte er seine Ruhe, musste sich kein Kollegengeschwätz anhören und konnte unauffällig an seinem Haselnussbrand nippen.

Kid hatte inzwischen auf den Stationen der einzelnen Krankenhäuser angerufen und den voraussichtlichen Entlassungszeitpunkt der Jugendlichen erfragt. Von der Uniklinik bekam er keine Auskunft; die behandelnden Ärzte der anderen Kliniken rechneten damit, ihre Patienten innerhalb der nächsten drei Tage entlassen zu können. Kid bat um Aushändigung einer Zeugenvorladung, die er ihnen anschließend zufaxte.
Je länger der Arbeitstag wurde, desto deutlicher spürte er seine Müdigkeit. Er war sich nicht sicher, ob seine Kopfschmerzen der stickigen Büroluft oder dem gestrigen Alkoholkonsum zuzuschreiben waren. Gerade als er sich Gedanken über einen pünktlichen Feierabend machte, platzte Fisch in sein Büro.
„Weißt du, wo Charlie ist?“
„Ist er nicht in seinem Büro? Er sollte doch die Mitglieder des Fanclubs abklären.“
„Sein Büro ist zu.“
Kid tippte auf seine Uhr und schmunzelte.
„16:07 Uhr, der ist seit sieben Minuten weg. Du kennst doch Charlie, der geht immer pünktlich auf die Minute.“

„Mit dem werde ich morgen ein paar Worte wechseln. So geht das nicht. Der hätte sich zumindest bei mir abmelden können."
„Den wirst du nicht mehr ändern. Ich wollte jetzt übrigens abhauen."
„Bestell Senna ..." Fisch zögerte, bevor er weitersprach. „Ach Quatsch, sieh zu, dass du alles geregelt bekommst. Bis morgen!"

Mittwoch

Die starken Gewitter der letzten Nacht hatten die zähe Dunstglocke über der Stadt aufgelöst. Es war nicht mehr so extrem schwül; man konnte endlich wieder richtig durchatmen.
Dennoch kam Kid missgelaunt um 07:30 Uhr zum Dienst. Er hatte kaum geschlafen. Senna war erst um 01:00 Uhr nach Hause gekommen und hatte partout nicht mit ihm reden wollen. Seine private Situation beschäftigte ihn ununterbrochen, so dass er sich nur schwer auf die Arbeit konzentrieren konnte. Als Fisch dann noch mit der Mitgliederliste der *Rotweißen Elite* hereinkam und sagte, er müsse die restlichen Überprüfungen von Charlie übernehmen, weil der sich krank gemeldet habe, flippte er fast aus.
„Mach deine Scheiße alleine, ich habe keinen Bock mehr! Ich werd mich auch krank melden!"
So hatte Fisch seinen alten Kumpel noch nie erlebt. Er zog die Bürotür zu, setzte sich auf die Schreibtischkante und sah ihn verständnisvoll an. Dann führten beide ihr Gespräch von vor zwei Tagen fort. Fisch, immer ein guter Zuhörer, ließ seinen Freund einfach reden. Was hätte er auch sonst tun können? Argumente halfen in Beziehungskrisen meist wenig. Kid redete sich den Frust von der Seele. Er beschrieb, wie Senna sich in den letzten Monaten verändert hatte, dass sie ihm aus dem Weg ging und dass er vieles an ihrem Verhalten nicht mehr verstand.

Irgendwann unterbrach Fisch seinen Freund dann doch:
„Das mag ja alles so sein, wie du sagst, aber du stellst dich hier nur als Opfer dar. Wenn du sie liebst, spring über deinen Schatten und finde einen Weg, aber hör auf zu jammern."
Kid hielt einen Moment inne und dachte über Fischs Worte nach. *Was fällt ihm ein, so mit mir zu reden?*, war sein erster Gedanke. Doch nach und nach verstand er, dass es eigentlich nur um eine Frage ging: Liebte er Senna noch?
„Brauchst du mal einen freien Tag?"
Kid hatte sich wieder beruhigt und schüttelte den Kopf. Zu Hause würde er unter den jetzigen Umständen verrückt werden. Eigentlich war Arbeit für ihn zurzeit die beste Therapie.
„Tut mir leid, irgendwie lagen meine Nerven blank. Jetzt geht's wieder. Gib mir die verdammte Liste, ich werde die Überprüfungen machen. Sieh zu, dass du Ersatz für Charlie bekommst."

Die Beamten der anderen Dienststellen fanden sich bis 10:00 Uhr im Besprechungsraum des Kriminalkommissariats 11 ein. Arndt Siebert hatte dreißig Kräfte angefordert und letzten Endes vierundzwanzig bekommen. Die Abordnungen waren erst einmal bis Freitag befristet.
Fisch wies die neuen Kollegen in den Fall ein und erklärte ihnen, auf welche entscheidenden Aspekte sie bei den Zeugenvernehmungen eingehen mussten. Neben ihren persönlichen Angaben betraf es die Clubmitgliedschaft, die allgemeinen Abläufe bei Stadionbesuchen und speziell die Vorfälle am Sonntag im RheinEnergieStadion. Zudem sollten die Zeugen auf den Diebstahl und die Zerstörung des Kölner Clubbanners angesprochen werden. Wer hatte ein Tatmotiv? Anschließend bildete Fisch zwölf Vernehmungsteams und teilte ihnen jeweils elf Namen aus den Mitgliederlisten zu.

Gegen Mittag fuhr Fisch zur Polizeiwache Ehrenfeld und traf sich mit Polizeioberrat Reinhard Kurz, dem Leiter der

Polizeiinspektion West. In seinem Zuständigkeitsbereich lag das RheinEnergieStadion und er war verantwortlich für die Fußballeinsätze. Kollege Kurz bot Fisch sofort jede Hilfe an, denn es lag in seinem Interesse, die tragischen Ereignisse im Stadion schnell aufzuklären. Seit letztem Sonntag wurde unter den Fans gemunkelt, dass die Düsseldorfer den Kölnern die Anschläge zuschrieben und sich rächen wollten. Das bedeutete bei jedem Heimspiel höchste Sicherheitsstufe; die polizeiliche Präsenz musste deutlich erhöht werden.

Fisch ließ sich die genauen Abläufe solcher Fußballeinsätze erklären und ärgerte sich nach den ersten Informationen, Kid als Fußballexperten nicht dabei zu haben. Er machte sich insbesondere über den Diebstahl des Clubbanners der *Rotweißen Elite* reichlich Notizen. Dieser Fanclub war in der Vergangenheit kaum kriminalpolizeilich aufgefallen. Einige der Mitglieder waren mal mit Feuerwerkskörpern bei den Eingangskontrollen erwischt worden, ansonsten zeichnete sich diese Gruppe eher durch kreative Spruchbänder aus. Fisch erfuhr, dass der Diebstahl und das Vernichten des Banners unter Umständen die Auflösung des Clubs bedeuten könnte. Das wäre natürlich ein mögliches Tatmotiv.

Das Clubbanner der *Rotweißen Elite* war in der Nacht von Sonntag auf Montag der Woche zuvor aus einer Autowerkstatt in Hürth entwendet worden. Die Kriminalpolizei in Hürth war somit für den Fall zuständig. *Das passt doch*, dachte Fisch, als er auf die Uhr schaute und das Grummeln in seinem Magen spürte. Es war Mittagszeit, er hatte Hunger und im Hürthpark gab es die besten Spanferkel-Brötchen. Anschließend würde er den zuständigen Sachbearbeiter aufsuchen.

Der besagte Sachbearbeiter war gerade in einer Beschuldigtenvernehmung und hatte daher nicht viel Zeit. Er drückte Fisch im Türrahmen eine Kopie der Diebstahlsakte in die Hand und sagte lediglich: „Einbruchdiebstahl ohne Täterhinweise, keine Zeugen, keine Ermittlungsansätze“. Dann drehte er sich zu seinem Schreibtisch um, zeigte auf

einen Stapel mit Akten und ergänzte: „Von diesen Akten habe ich einen ganzen Haufen. Noch Fragen?“
Sein Frust war nicht zu überhören. Das waren die undankbaren Fälle, die bei der Kriminalpolizei nur verwaltet wurden. Fisch verabschiedete sich; er würde sich telefonisch melden, wenn er noch Fragen hätte.

Kid sah sich die Liste an und schüttelte unzufrieden den Kopf. Charlie hatte gestern Nachmittag nur wenige Namen durchgecheckt, die meiste Arbeit blieb jetzt an ihm hängen. Diese reinen Verwaltungsarbeiten versetzten ihn nicht gerade in Hochstimmung. Er ermittelte die Meldeanschriften und überprüfte danach die Personen in den polizeilichen Fahndungssystemen. Die Abfragen verliefen in den meisten Fällen negativ, nur bei wenigen lagen kriminalpolizeiliche Erkenntnisse vor. Kid stutzte, als er die Ergebnisse genauer studierte. Zwei Fans waren dem Düsseldorfer Hooliganmilieu zuzuordnen. Auf den Lichtbildern ihrer erkennungsdienstlichen Behandlungen sah er zwei junge Männer mit Glatzen. Beide waren wegen Gewaltdelikten, unerlaubtem Waffenbesitz und etliche Male wegen Körperverletzungen und Beleidigungen in Erscheinung getreten. Kid rief bei der Kriminalaktenstelle in Düsseldorf an und erfuhr, dass der Staatsschutz die beiden schon lange auf dem Radar hatte. *Was für eine Überraschung!*, dachte Kid beim Anblick der Kahlköpfe. Er ließ sich mit dem zuständigen Sachgebietsleiter verbinden und fragte nach weiteren Erkenntnissen zu den beiden Hooligans.
Erster Kriminalhauptkommissar Flöhr leitete beim Düsseldorfer Staatsschutz das Sachgebiet Rechtsextremismus. Auf Kids Frage holte er weit aus und hielt erstmal einen Vortrag über rechte Straftaten in Fußballstadien. Gerade die eigentlich links orientierte Düsseldorfer Fanszene werde zunehmend von Rechtsextremen unterwandert. Bisher hätten sich noch keine Neonazi-Strukturen etabliert, aber die Zahl der Fälle von rechten Straftaten steige ständig. Insbesondere Gewalttaten gegen Linke und andersdenkende Fans durch

Nazi-Hools würden der Polizei große Sorgen machen. Flöhr erwähnte aber auch, dass die gute Zusammenarbeit mit den Fanbeauftragten und dem Vorstand von Fortuna Düsseldorf schon Früchte trage.
Kid hörte interessiert zu; mit diesem Thema hatte er sich bisher noch nie auseinandergesetzt. Es beruhigte ihn etwas, dass sich immer mehr Fans öffentlich von den Schlägern aus dem Hooliganmilieu distanzierten. Schließlich erfuhr er, dass die beiden Hooligans vom Fanclub der *Düsseldorfer Devil Boys* erst kürzlich den Capo einer Ultra-Gruppe niedergeschlagen hatten und ansonsten immer wieder mit ausländerfeindlichen Parolen auffielen.
Nach dem Gespräch ergänzte Kid seine Notizen und schrieb hinter die Namen Norbert Weber und Wolfgang Schmitz den Hinweis „Nazi-Hools“. Die beiden wollte er noch genauer unter die Lupe nehmen; möglicherweise hatten sie ein Motiv, Mitglieder aus den eigenen Reihen zu vergiften. Er unterrichtete das entsprechende Vernehmungsteam, diese zwei Clubmitglieder erstmal nicht aufzusuchen.

Nachdem seine Frau vor drei Jahren an Lungenkrebs gestorben war, hatte sich Charlie nach Köln zum Kriminalkommissariat 11 versetzen lassen. Damals hatte er das Gefühl, ein Neuanfang wäre für ihn jetzt das Beste. Sein Haus auf dem Land tauschte er gegen eine Zweizimmerwohnung. Der Ortswechsel brachte jedoch nicht den gewünschten Effekt. Mit dem Stadtleben und den Menschen hier kam er überhaupt nicht zurecht. Ebenso erging es ihm mit seinen neuen Kollegen. Den Polizeidienst hatte er deshalb innerlich schon abgehakt, die restlichen Monate würde er nur noch absitzen.
Als begeisterter Hobbygärtner hatte er einen Schrebergarten gemietet – in der Hoffnung, hier Entspannung zu finden. Gerade jetzt im Sommer genoss er die Ruhe in seinem Garten. Jeden Nachmittag bis zum Abend zog er sich hierhin zurück. Die Gartenarbeit half ihm etwas, seine Trauer zu bewältigen. Den restlichen Schmerz linderte der Alkohol. Anfangs waren

noch Nachbarn aus der Kleingartenkolonie zum Kartenspiel gekommen, doch die Besuche wurden immer seltener, bis schließlich keiner mehr kam.
Er hatte noch sieben Monate bis zu seiner Pensionierung. Doch was kam danach? Diese Frage stellte er sich fortwährend. Irgendwie konnte er keinen Sinn mehr im Leben erkennen. Wofür jeden Morgen traurig aufstehen, lustlos zum Dienst gehen und abends in der Laube den Kummer wegsaufen?

Donnerstag

Charlie wurde um 06:30 Uhr durch das Klingeln des Weckers wach. Duschen oder Liegenbleiben? Er wusste, wenn er nicht zum Dienst ginge, würde er den ganzen Tag trinken. Er war sein Leben lang immer diszipliniert gewesen, zudem hatten ihn fünfundvierzig Dienstjahre geprägt. Doch heute fiel ihm die Entscheidung schwer. Eine Mischung aus Pflichtgefühl und schlechtem Gewissen führte ihn aber letztendlich doch in die Dusche.

Fisch war heute früh im Dienst und beschäftigte sich wieder mit der Diebstahlsakte aus Hürth. Das Banner war in der Werkstatt eines Vaters von zwei Mitgliedern der *Rotweißen Elite* entwendet worden. Es war ein liebevoll gestaltetes Banner: Die jugendlichen *Elite*-Mitglieder hatten ein circa fünf Meter langes Tuch mit ihrem Vereinsnamen beschriftet und einen rotweißen Geißbock daneben gemalt. In der Akte befanden sich Fotos, die die Herstellung des Banners zeigten. Fisch war beeindruckt: Das Wappentier war mit Hilfe eines Beamers auf den Stoff projiziert und dann nachgezeichnet worden. Ein wirklich gelungenes Kunstwerk, musste Fisch zugeben. Die beteiligten Vereinsmitglieder und der Werkstattbesitzer wurden als Zeugen vernommen, konnten aber keine konkreten Täterhinweise geben. Sie alle beschuldigten die Düsseldorfer Fans, was jetzt im Nachhinein auch naheliegend war. Der Erkennungsdienst hatte an einem Oberlicht auf der Gebäuderückseite Hebelspuren und einen fremden Fingerabdruck gesichert. Der oder die Täter hatten das Toilettenfenster aufgebrochen, die Halle betreten, das zum Trocknen aufgehängte Banner von der Leine genommen und sich anschließend aus dem Staub gemacht. Der Schreibtisch im angrenzenden Büro war nicht einmal durchsucht worden. Laut Akte hatte man auch keine weiteren Gegenstände entwendet. Eine entscheidende Frage wurde nach Fischs Meinung allerdings nicht ausreichend behandelt: Wer hatte davon gewusst, dass das Banner zur Tatzeit in dieser Werkstatt war? Wenn der Diebstahl des Banners das Motiv für die Giftanschläge sein sollte, dann könnte der Dieb unter Umständen ein wichtiger Zeuge sein.

Charlie kam um 08:00 Uhr zum Dienst. Bei der Begrüßung ignorierte Fisch seine mit Pfefferminzaroma übertünchte Alkoholfahne. Charlie, kein Freund vieler Worte, kam direkt zur Sache und fragte, was er tun könne. Fisch beauftragte ihn, alle Kriminalakten der polizeibekannten Mitglieder auszuwerten. Zudem sollte er nach Verbindungen zwischen Mitgliedern der *Rotweißen Elite* und der *Düsseldorfer Devil Boys* suchen. Irgendwoher mussten die Täter ja Hinweise auf die Werkstatt bekommen haben.
Nachdem Charlie gegangen war, überlegte Fisch, ob es nicht besser gewesen wäre, ihn auf seinen Alkoholkonsum anzusprechen, kam jedoch zu dem Schluss, dass dies nicht seine Aufgabe war; solche Gespräche musste der Chef führen.

Michael Ehrmann erschien pünktlich um 08:30 Uhr im Polizeipräsidium Köln. Kid holte ihn beim Pförtner am Empfang ab, brachte ihn in sein Büro und bot ihm erstmal einen Kaffee an. Der Vorsitzende der *Düsseldorfer Devil Boys* schüttelte den Kopf – er hätte lieber ein Glas Wasser. Während er ihm das Wasser einschenkte, beobachtete Kid sein Gegenüber. Er lächelte freundlich. Etwas zu freundlich, dachte Kid. Sofort gingen bei ihm die Alarmglocken an. Übertriebene Gesten waren

entweder ein Zeichen von Unsicherheit oder Scheinheiligkeit. Ehrmann trug eine luftige Sommerjeans und ein kurzärmliges buntes Hemd. Sein langes dunkelblondes Haar hatte er hinten zu einem Pferdeschwanz gebunden. Das Aftershave kam Kid bekannt vor; er tippte auf einen der Davidoff-Düfte.
Kid belehrte ihn über seine Rechte, nahm seine Personalien auf und stellte danach zunächst allgemeine Fragen zu seinem Amt und zu den Strukturen im Fanclub.
„Okay, ich fasse noch mal kurz zusammen, um zu überprüfen, ob ich bisher alles richtig verstanden habe. Die *Düsseldorfer Devil Boys* waren früher Teil einer Ultra-Gruppierung. Sie haben sich dann von den immer fanatischer werdenden Fans distanziert und einen neuen Club gegründet?"
„Ja, es wurde immer heftiger in der Gruppe."
„Wie meinen Sie das?"
„Zum Beispiel der Umgang mit Bengalos und Rauchbomben: Einige haben das nicht kapiert und die Dinger in die gegnerischen Fanblocks geworfen. Es kam auch häufig zu Schlägereien mit anderen Fans."
Kid kannte die Problematik mit den bengalischen Feuern. Er ärgerte sich jedes Mal, wenn der 1. FC Köln Strafen zahlen musste, weil Pyrotechnik eingesetzt worden war. Vielleicht sollte man ernsthaft mal versuchen, ein kontrolliertes Abbrennen zu legalisieren. Zum Beispiel nur nach Toren oder im Rahmen einer Choreographie. Es müsste aber sichergestellt sein, dass keine Stadionbesucher einer Gefahr ausgesetzt wären. Und es dürfte natürlich nicht direkt vor seiner Nase passieren, schließlich wollte er ja das Spiel sehen. Kid schob den Gedanken beiseite und fuhr fort.
„Welche Ziele verfolgt denn Ihr Verein?" Erst jetzt fielen Kid die vier Buchstaben A.C.A.B. auf Ehrmanns Unterarm auf.
„Wir wollen unseren Verein immer und überall bestmöglich unterstützen. Dazu benutzen wir optische Hilfsmittel wie Konfettiregen, Fahnenmeere und hin und wieder eigene Choreographien. Wir haben also das gleiche Ziel wie die Ultras. Nur keinen Capo." Ehrmann sah Kids fragenden Blick und

ergänzte: „Keinen Anführer, der vorne steht und mit einem Megaphon die Gesänge koordiniert."
„Erklären Sie mir bitte den Tagesablauf vor so einem Auswärtsspiel wie am letzten Sonntag hier in Köln. Wo haben Sie sich wann getroffen und wie ging es dann weiter?"
„Wir haben uns um zehn Uhr am Bahnhof in Leverkusen getroffen und sind dann mit dem Zug nach Köln gefahren."
„Wie viele von euch waren dabei?"
„Weiß nicht, vielleicht vierzig bis fünfzig. Wir sind dann von den Bullen – äh, Entschuldigung, von den Polizisten in Kampfanzügen empfangen und ins Stadion begleitet worden."
„Haben Sie gemeinsam gegessen und getrunken?"
„Im Zug gingen ein paar Flaschen rum. Einige von uns waren im McDonald's in Köln."
„Was waren das für Getränke? Wer hatte die mitgebracht?"
„Was weiß ich, jeder bringt was mit."
„Herr Ehrmann, hier geht es möglicherweise um vorsätzliche Verabreichung von Giften. Versuchen Sie sich zu erinnern, woher die Getränke kamen. War irgendetwas anders als sonst?"
„Die meisten hatten Dosenbier mitgebracht und dann gingen noch einige Flaschen mit Mixgetränken herum. Was soll diese Fragerei? Glauben Sie, einer von uns hätte so was gemacht? Das ist ja wohl vollkommen …"
„Bitte beantworten Sie nur die Fragen, die Bewertung können Sie mir überlassen", unterbrach Kid ihn schroff. „Hier", Kid reichte Ehrmann eine Namensliste seines Vereins, „machen Sie bitte hinter jeder Person, von der Sie wissen, dass sie am Sonntag mit im Stadion war, ein Kreuz. Und, falls Sie sich erinnern, welche Getränke derjenige oder diejenige mitgebracht hat, notieren Sie das bitte auch."
Während Ehrmann die Liste studierte, googelte Kid die Buchstaben A.C.A.B. Das Ergebnis, *All Cops Are Bastards*, widersprach eigentlich Ehrmanns lammfrommen Auftreten. Er machte eher einen auf „Ich helfe der Polizei, wo ich kann!"

Der Zeuge reichte ihm die Liste und Kid sah sich die Bemerkungen an. Das waren schon viele Informationen. Er hatte fünfundvierzig Personen angekreuzt und bei einigen zusätzlich ein Minuszeichen oder die Wörter Bier und Mix geschrieben. Bevor Kid die entsprechende Frage dazu stellen konnte, äußerte sich Ehrmann: „Die mit den Minuszeichen trinken keinen Alkohol, einige trinken ausschließlich Bier oder nur diese Mixgetränke."
Kid überflog die Zeichen, vier Minuszeichen hinter Frauennamen und zehn Personen, die nur Bier tranken. Er blätterte in seiner Akte und verglich die Namen mit den Verletzten und Getöteten. Sie gehörten nicht zu den Antialkoholikern oder reinen Biertrinkern. Das war schon mal ein Ansatzpunkt.
„Was können Sie mir zu Ihren verletzten bzw. verstorbenen Mitgliedern sagen? Wie war Ihr Verhältnis untereinander? Gab es etwas, was die verzehrt haben und alle anderen nicht?"
„Ich weiß es wirklich nicht. Da gingen Flaschen rum, der eine trinkt, der andere nicht. Sie waren mit in dem Abteil, wo fast alle von uns waren."
Kid konnte sich den Ablauf gut vorstellen; ihm war auch klar, dass er an dieser Stelle nicht weiterkam. „Gibt es Rivalitäten innerhalb Ihres Clubs?"
„Nein."
„Was können Sie mir zu Norbert Weber und Wolfgang Schmitz sagen?"
Ehrmann stockte für einen Moment – er hätte sich doch denken können, dass die Bullen Nobbi und Wolf im Visier hatten! In der Tat waren die beiden mit ihrer extremen rechtsradikalen Einstellung ein Problemfall. Sie wurden aber in der Gruppe bisher noch akzeptiert. Er musste aufpassen, nicht zuviel zu erzählen. „Ich habe nicht viel mit denen am Hut. Die sind schon von Anfang an im Club und wir sehen uns nur bei den Spielen."
„Wie ist Ihr Verhältnis zu anderen Fanclubs?"
„Was wollen Sie von mir hören? Natürlich gibt es da Rivalitäten, insbesondere zu den Kölnern." Ehrmann spürte bei diesen

Gedanken leichte Wut in sich aufkommen. Für ihn stand fest, dass der Anschlag von den Kölnern gekommen war. Er hatte aber keine Beweise und konnte ja schlecht den Diebstahl des Clubbanners ansprechen, ohne sich selbst zu belasten.

Als ob Kid seine Gedanken gelesen hätte, sprach er dieses Thema an. „Am Sonntag wurde in ihrem Fanblock das Clubbanner der *Rotweißen Elite* demonstrativ zerstört. Die Vergiftungen könnten ein Racheakt der Kölner gewesen sein."

„Natürlich waren das die Kölner! Wir haben nur keine Beweise. Zu dem Diebstahl kann ich keine Angaben machen."

Kid entging nicht, wie Ehrmann unruhig auf seinem Stuhl hin und her rutschte. „Das Banner wurde praktisch vor Ihren Augen zerrissen und Sie können keine Angaben machen?"

„Nein und wenn doch, dann hätte ich ja ein Zeugnisverweigerungsrecht. Das haben Sie mir eben doch erklärt."

Kid befragte den Zeugen noch eine Stunde lang, ohne weitere nennenswerte Informationen zu erhalten. Dann beendete er die Vernehmung.

Um 15:00 Uhr trafen sie sich, um die Tagesergebnisse zu besprechen. Charlie berichtete über die überprüften Personen. Die meisten Mitglieder der *Rotweißen Elite*, alle zwischen 16 und 22 Jahre alt, waren noch nicht in den Fokus polizeilicher Ermittlungen geraten. Die Kriminalakte eines Erwachsenen aus Köln-Ehrenfeld hatte jedoch sofort Charlies Interesse geweckt. Der Mann hieß Ludger van Loog. Ihm wurde vorgeworfen, im Rahmen eines Nachbarschaftsstreites einen Hund absichtlich vergiftet zu haben. In der Akte stand, der Beschuldigte hätte Rattengift in seinem Garten ausgelegt, weil der Hund des Nachbarn dort immer seine Notdurft verrichtete. Fisch machte sich Notizen und bat um eine kurze Unterbrechung. Diesen Burschen sollten sie sich persönlich vorknöpfen und nicht dem Vernehmungsteam überlassen! Vorsichtshalber rief er die beiden Beamten an. Er hatte Glück: Ludger van Loog wäre erst

morgen an der Reihe gewesen. Anschließend trugen Fisch und Kid ihre Ermittlungsergebnisse vor.
Um 16:00 Uhr verabschiedete sich Charlie. Kid blieb noch grübelnd vor seinem Computer sitzen. Fisch betrachtete seinen Freund, der ausgemergelt wirkte.
„Du siehst scheiße aus."
„Danke, das baut mich auf."
„Noch mal Alkoholbeichte?"
„Nein, ich will mir heute Abend Wohnungsangebote angucken. Senna und ich haben uns gestern kurz ausgesprochen. Sie möchte eine räumliche Trennung."
„Hat sie gesagt, warum?"
„Sie braucht Abstand. Mehr hat sie nicht gesagt."
„Kid, du könntest doch ..."
„Bitte, Fisch, gib mir keine Ratschläge, ich werde das allein schaffen", unterbrach Kid ihn und stand auf. „Ich fahre jetzt. Wir können uns ein anderes Mal länger unterhalten."

Freitag

Das vorläufige toxikologische Gutachten lag vor. Es war eine Ansammlung von lateinischen Fachbegriffen. Fisch musste das fünfseitige Schriftstück mehrfach durchlesen und verstand selbst dann nur ansatzweise, was die Toxikologen herausgefunden hatten. Irgendwann hatte er die Faxen dicke. Er rief im Institut an und verlangte nach dem Gutachter. Nach diesem Gespräch fühlte er sich etwas besser, hatte er doch jetzt zumindest die groben Zusammenhänge verstanden. *Demnächst muss man als Mordermittler noch Chemie, Medizin und Latein studieren!*, dachte er und ging noch mal seine Notizen durch.
Fisch wollte gerade Kid und Charlie informieren, als Arndt Siebert mit Katharina Weis in sein Büro kam und ihm mitteilte, dass Katie ab heute auch noch in seiner Kommission mitarbeiten würde. Das war mal eine gute Nachricht! Fisch mochte Katie

– eine junge, lebensfrohe Kollegin seiner Dienststelle, die nach einem Motorradunfall zwei Monate krank gewesen war. Ihrem Wesen entsprechend begrüßte sie Fisch freudestrahlend und ließ sich in den Fall einweisen.

Sie saßen im kleinen Kreis zusammen und diskutierten den Befund und die anstehenden Maßnahmen. Todesursächlich waren im Blut, Stuhl und Mageninhalt festgestellte neurotoxische Proteine, die von einem mutierten Bakterienstamm ausgeschieden worden waren. Die Experten sprachen von einer bisher unbekannten Art von Botulinumtoxin. Die veränderten Eiweißproteine würden die Signalübertragung von Nervenzellen zum Muskel hemmen und dadurch das vegetative Nervensystem erheblich stören.

„Ich habe mit dem Gutachter gesprochen. Es handelt sich um ein völlig neuartiges Protein, das weder in der Natur noch in einem Lebensmittel vorkommt. Er hat sich mit Kollegen von anderen Instituten ausgetauscht; sie sind einhellig der Meinung, dass nur ein Chemiker oder Biologe in der Lage wäre, eine derartige Mutation hervorzurufen. Das bedeutet für uns, der oder die Täter müssen entsprechende Vorkenntnisse haben. Ich habe die Vernehmungsteams bereits instruiert, ab sofort die Personen hinsichtlich einer naturwissenschaftlichen Ausbildung zu befragen. Charlie und Katie, ihr müsst noch mal alle Mitglieder, die bereits befragt wurden, ansprechen. Ich will wissen, ob sie oder ihre Familienmitglieder entsprechende Fachkenntnisse in Chemie oder Biologie haben."

„Warum konnte das Gutachten nicht früher kommen?" Kid gefiel dieser Mehraufwand überhaupt nicht.

„Sollen wir die alle noch mal zu Hause aufsuchen?", fragte Katie, die seit einem Jahr auf der Dienststelle war und vorher erst in einer Mordkommission mitgearbeitet hatte.

„Es reicht, wenn ihr die anruft. Vielleicht gibt es ja auch Hinweise in den Kriminalakten. Wir können davon ausgehen, dass uns, vom Täter abgesehen, alle unterstützen werden. Ihr könnt deshalb auch jeden fragen, ob er einen Chemiker oder Biologen kennt. Wir sollten uns auch schleunigst um die

Nazi-Hools kümmern. Ermittelt mal verdeckt im Umfeld der beiden, ich will deren gesamten Familien- und Freundeskreis überprüft wissen. Wie hieß noch mal der mit dem Rattengift von der *Rotweißen Elite*?"
„Ludger van Loog", antwortete Charlie wie aus der Pistole geschossen.
„Den bitte auch genauer unter die Lupe nehmen. Fassen wir jetzt mal kurz zusammen. Die Opfer waren allesamt eher linksorientierte Fußballfans, insofern könnten wir Schmitz und Weber ein Motiv unterstellen. Wahrscheinlicher sind aber der oder die Täter bei der *Rotweißen Elite* zu suchen. Die Schmach, die denen widerfahren ist, könnte ein krankes Hirn zu dieser grausamen Tat veranlasst haben. Ich werde mit dem Staatsanwalt sprechen, ob wir mit den vorliegenden Indizien bei diesen Personen die Telefone klemmen können."
„Wir sollten einen verdeckten Ermittler in die Kölner Fanszene einschleusen." Kid hatte in der Vergangenheit schon häufiger mit sogenannten VE gearbeitet und war damit recht erfolgreich.
„Habe ich auch schon dran gedacht und bei der Dienststelle angerufen, die können uns aber frühestens in einer Woche einen VE vermitteln."
„Morgen spielt der 1. FC Köln in Kaiserslautern, das wäre eine gute Gelegenheit, auf der Fahrt mit den Fans ins Gespräch zu kommen. Es muss ja nicht unbedingt ein verdeckter Ermittler sein. Das könnte doch auch einer von uns machen."
„Okay, und wer, glaubst du, käme für so einen Einsatz in Frage?" Fisch stellte sich unwissend – natürlich wusste jeder, was Kid bezweckte.
„Ich!" Kid hatte sich alles genau überlegt. Die Idee war ihm in der Nacht gekommen, als er an seinen alten Freund Manfred gedacht hatte, den er nach einer Wohnung fragen wollte. Manfred war Immobilienmakler und eingefleischter FC-Fan. Kid erklärte den anderen seinen Plan. Sie waren sofort einverstanden.

Manfreds Maklerbüro befand sich auf dem Lindenthalgürtel in Höhe der Gleueler Straße. Eigentlich trennte Kid immer private von dienstlichen Interessen, allein schon aus disziplinarrechtlichen Gründen. Heute machte er aber eine Ausnahme. Er hatte schon so viele Überstunden für den Staat geleistet, da brauchte er kein schlechtes Gewissen zu haben, wenn er sich einmal in der Dienstzeit um eine Wohnung kümmerte.
Manfred konnte ihm auch direkt einige Zweizimmerwohnungen mit Balkon im Kölner Westen anbieten. Diese Parameter hatte Kid vorgegeben, nur beim Mietpreis gab es noch Differenzen. Mehr als zehn Euro Kaltmiete/m² konnte er nicht zahlen. Er bedankte sich und steckte die Wohnungsauflistung in sein Portemonnaie, bevor er zu seinem eigentlichen Anliegen kam. Manfred fand Kids Idee äußerst spannend und bot an, mit ihm gemeinsam zum Auswärtsspiel zu fahren. Zwei ältere Herren statt einem würden weniger auffallen! Das war ein Argument, das Kid letztendlich überzeugte. Manfred organisierte über die Fanbetreuung des 1. FC Köln Tickets für die Zugfahrt und die Eintrittskarten für das Spiel. Auf der Rückfahrt zurück ins Polizeipräsidium machte Kid noch einen Abstecher in die Köln-Arcaden, um sich im FC-Fanshop einen Schal zu kaufen.

Um 18:00 Uhr kam das letzte Team zurück zur Dienststelle und übergab Fisch seine Vernehmungsbögen. Fisch rief alle Beteiligten in den Besprechungsraum und bedankte sich für die Unterstützung. Sie hatten bis auf acht Personen alle zu Hause oder auf ihren Arbeitsstellen angetroffen. Aus den Vernehmungsergebnissen ergaben sich auf den ersten Blick keine Motive oder Täterhinweise. Aber das musste noch nicht viel bedeuten – oft erkannte man Zusammenhänge erst im Nachhinein. Fisch entließ die Kräfte ins Wochenende; ihre Abordnung zum Kriminalkommissariat 11 war somit beendet. Danach rief er seine Kommissionsmitglieder zu sich ins Büro und hörte sich deren Ermittlungsergebnisse an. Katie und Charlie hatten keine Hinweise auf einen Biologen oder

Chemiker von den Mitgliedern erhalten. Laut Kriminalakten hatten die beiden Hools nach ihren Hauptschulabschlüssen keine Ausbildung begonnen; denen trauten sie am wenigsten Chemie- oder Biologiekenntnisse zu. Van Loogs Eltern hatten in Belgien einen Bauernhof, er selbst arbeitete als Controller bei der Firma *Breckmann-Feinkost*. Ob er die Möglichkeit hatte, an diese mutierten Proteine zu kommen, war ebenfalls sehr fraglich.

Kid hatte sich auf seinen morgigen Einsatz vorbereitet und Lichtbilder von sechs Mitgliedern der *Rotweißen Elite* besorgt, über die Kriminalakten angelegt waren. Zudem recherchierte er lange im Internet und druckte sich alle interessanten Informationen zum Kölner Fanclub aus.

Charlie wippte nervös mit seinen Füßen. Sein Hals fühlte sich trocken an und seine Hände begannen zu zittern. Er ballte sie zu Fäusten und machte Anstalten, zu gehen.

„Charlie, wir müssen noch über den Dienst am Wochenende sprechen“, sprach Fisch ihn scharf an.

„Ich kann am Wochenende nicht, ich habe Termine“, log Charlie. Seine Ungeduld und das Verlangen nach seinem Feierabendbier wuchsen.

„Warum sagst du das erst jetzt? Kannst du die Termine verschieben? Ich will morgen alle im Dienst haben, wenn Kid mit den Fans nach Kaiserslautern fährt. Außerdem sind noch genug Büroarbeiten zu erledigen.“

Katie war die Situation peinlich, obwohl sie Fisch vollkommen recht gab. *Vielleicht sollte man bei Kollegen, die über sechzig sind, andere Maßstäbe ansetzen*, dachte sie. Zum Glück hatte sie sich dieses Wochenende noch nichts vorgenommen.

„Wie lange soll das denn morgen dauern?“, fragte Charlie. Er hatte in den letzten Jahren auf eigenen Wunsch in keiner Kommission gearbeitet und hatte immer um 16:00 Uhr gehen können. Arndt hatte ihn gebeten, hier mitzuarbeiten, weil reichlich Ermittlungen anstanden. Von Diensten an Wochenenden hatte er nicht gesprochen.

„Kid fängt schon gegen 07:30 Uhr an, der ist auch nicht vor

20:00 Uhr zurück. Ich werde in der Zeit auch hier sein. Es reicht, wenn ihr euch den Tag teilt."
Katie sah, dass Charlie schwitzte; offensichtlich ging es ihm nicht gut. Bevor er sich äußern konnte, meldete sie sich zu Wort.
„Ich kann morgen den ganzen Tag kommen, mir macht das nichts aus. Die Überstunden kann ich auch gut gebrauchen", fügte sie noch hinzu.
Charlie sah Fisch fragend an, der eigentlich nicht damit einverstanden war. Seiner Meinung nach musste die Kommissionsarbeit auf ihren Schultern gleich verteilt werden. Nur der Leiter konnte sich nicht aus der Verantwortung stehlen und musste häufiger länger arbeiten. Auf der anderen Seite konnte er froh sein, dass Charlie überhaupt noch engagiert mitarbeitete. In seinem Alter und bei seinem Gesundheitszustand hätte er auch ständig krankfeiern können.
„Okay, dann machen wir es ausnahmsweise so."

Samstag

Kid stand um 08:00 Uhr am Blumenstand im Kölner Hauptbahnhof und wartete auf Manfred. Um diese Uhrzeit herrschte hier schon reger Verkehr. Die meisten Menschen strömten zu den Bahnsteigen, nur wenige gingen in Richtung Ausgang. Von der Rolltreppe zur U-Bahn kamen die ersten Schlachtenbummler in ihren rot-weißen Outfits. Kid wunderte sich, dass sie sich so gemäßigt, so ruhig verhielten. Er kannte Fußballfangruppen an Spieltagen nur grölend und sich selbst feiernd. Anscheinend war es denen noch zu früh.
Mit zehnminütiger Verspätung kam dann sein Freund, ebenfalls mit einem FC-Schal um den Hals. Kid sah ihm noch die Müdigkeit an den Augen an. Sie gingen direkt weiter zum Bahnsteig, auf dem sich Bundespolizisten in Einsatzanzügen in einer Reihe aufgestellt hatten und die eintreffenden FC-Fans beobachteten. Weiter vorne sah Kid Fahnen mit der Aufschrift „Rotweiße Elite". Er gab Manfred ein Zeichen und ging in diese Richtung. Zur gleichen Zeit fuhr der Regionalzug in den

Bahnhof ein. Sie erhöhten das Schritttempo und schafften es gerade noch, in das gleiche Abteil mit dem Kölner Fanclub zu kommen. Am Anfang und Ende des Waggons bauten sich die Bundespolizisten auf. Im Zug wurde es nach und nach lauter. Ein Fan fing mit dem Gesang an und immer mehr stimmten mit ein. Kid und Manfred ergatterten einen Sitzplatz vor der Toilette. Der Zug hatte den Bahnhof kaum verlassen, da packten die ersten ihre Bierdosen aus. Kid schüttelte den Kopf – Alkohol um diese Uhrzeit käme ihm nie in den Sinn. Es überraschte ihn, wie viele ältere Fans, einige sogar deutlich älter als er, mit im Abteil waren. Plötzlich stieß ihn ein auf dem Gang stehender Fan an und hielt ihm eine Flasche mit grünem Inhalt hin. „Auch 'nen Schluck Flimm?"

„Nein danke, ist mir noch zu früh", antwortete Kid. Manfred winkte ebenfalls ab.

„Dann halt nicht! Olé, olé, olé ..." Der Junge wandte sich wieder seiner Gruppe zu. Kid wunderte sich über den leichtfertigen Umgang mit den Getränken, obwohl in den Zeitungen auf das Risiko hingewiesen worden war. Man sollte, bis der oder die Täter gefasst waren, bei Fußballspielen nur Getränke und Speisen zu sich nehmen, deren Herkunft man eindeutig kannte.

Im Laufe der Zeit kam Kid, der am Gang saß, häufiger mit einzelnen Fans ins Gespräch, insbesondere wenn sie vor der besetzten Toilette warten mussten. Sie besprachen die Ereignisse beim Düsseldorf-Spiel. Kid spürte eine ehrliche Anteilnahme für die Opfer, aber auch eine starke Verachtung für die Täter. Sein erster Eindruck war, dass diese Gruppe nichts mit den Anschlägen zu tun hatte. Über den Diebstahl des Clubbanners wurde auch diskutiert. Es gab unterschiedliche Ansichten über die Frage, ob die *Rotweiße Elite* sich nach der Zerstörung ihres Banners auflösen sollte. Einige wollten sich umbenennen in *FC-Elite*; andere waren der Meinung, man müsse sich nicht auflösen. Sie argumentierten, man habe ihnen nur den neuen Entwurf entwendet, das erste Vereinstransparent sei ja noch da.

Um 10:00 Uhr rief Fisch an und fragte, ob alles in Ordnung sei. Die Geräuschkulisse war aber so groß, dass beide kaum ein Wort verstanden. Kid schrieb ihm in einer SMS, die ersten Kontakte seien hergestellt.
Nach etwa anderthalb Stunden hielt der Zug im Hauptbahnhof Bingen am Rhein. Hier mussten sie umsteigen. Zum ersten Mal erlebte Kid hautnah, wie es sich anfühlte, wenn man von unzähligen Bundespolizisten in Kampfanzügen in Empfang genommen und zum nächsten Gleis begleitet wurde. Selbst er als Polizist empfand diese Situation als beängstigend und bedrückend. Als ihn ein aggressiv dreinblickender Bundeskollege mit seinem Schlagstock anstieß und zur Eile drängte, kam er sich ein bisschen wie ein Stück Vieh vor, dass zur Schlachtbank getrieben wurde. Manfred schien das nichts auszumachen; er war das von den vielen Auswärtsspielen, die er bisher besucht hatte, gewohnt.
„Einfach ignorieren. Nur nicht mit denen anlegen, sonst kriegst du schnell Probleme“, flüsterte er Kid zu.
Diesmal bekamen sie einen Sitzplatz in der Mitte des Abteils. Kid glaubte, neue Leute auszumachen. Sein Blick fiel auf einen Mann mittleren Alters, der sich in seine Richtung durchkämpfte und dann neben ihm auf dem Gang stehen blieb. Das Gesicht kam ihm bekannt vor. Es könnte eine der sechs Personen sein, von denen er ein kopiertes Foto dabei hatte. Die Bilder waren nicht aktuell, aber er glaubte, van Loog erkannt zu haben. Als der Mann ihm den Rücken zuwandte, zog Kid schnell die Kopie mit den Lichtbildern aus seiner Hosentasche. Hundertprozentig sicher war er sich nicht. Währenddessen klopfte ein anderer Fan dem Mann auf die Schulter und schrie: „Ey Lutscher, lass mich mal durch.“
Dieser Ausruf vertrieb Kids letzten Zweifel: Der Spitzname Lutscher musste von dem Namen Ludger abgeleitet worden sein.

Charlie saß in kurzen Shorts und T-Shirt auf der kleinen Veranda seines Gartenhäuschens und lauschte dem Gezwitscher der Vögel. Sich nach Köln versetzen zu lassen, war wohl doch ein Fehler gewesen. Die Arbeit lenkte ihn nicht von seinen Gedanken ab und jetzt enttäuschte er auch noch seine Kollegen. Sein Hausarzt in der Eifel hatte ihm gesagt, er solle einen Psychologen aufsuchen, doch das kam für ihn nicht in Frage. Er sprach von einer Depression. Was sollte er mit dieser Diagnose anfangen? Seine Frau war unerwartet verstorben – wer würde da nicht depressiv werden? Diese Quacksalber hatten doch alle keine Ahnung vom wahren Leben. Er wollte sich nicht mit diesen Seelenklempnern unterhalten, das würde ihm sowieso nichts bringen. Mehrfach am Tag sprach er mit Dörthe. Bald würden sie sich wiedersehen und dann würde alles gut. In der Zwischenzeit kam er am besten zurecht, wenn er alleine war.

Fisch versuchte, im Internet mehr über dieses Gift Botulinumtoxin zu erfahren. Er hatte noch viele Fragen, heute am Samstag konnte er jedoch niemanden im toxikologischen Institut erreichen. Was für ein Vorwissen benötigte man, um eine Mutation von Proteinen zu erreichen? Er konnte sich kaum vorstellen, dass der normale Biologie- oder Chemiestudent dazu in der Lage wäre. Welche Ermittlungsansätze hatte er noch? Oberstaatsanwalt Hans Weiler hatte den Telefonüberwachungen bei den Nazi-Hools und bei van Loog nicht zugestimmt; ihm fehlten Tatsachen, die den Mord- oder Totschlagverdacht begründeten. Die Motivlage war tatsächlich schwach, aber etwas Besseres hatten sie zurzeit nicht.
Gegen Mittag erschien Katie – wie immer bestens gelaunt – und gab kurz den Zwischenstand ihrer Ermittlungen bekannt. Circa achtzig Prozent der Mitglieder habe sie inzwischen erreicht und befragen können. Was die möglichen Giftvorkenntnisse anging, hatte sie bisher nur Hinweise auf zwei Biologiestudenten. Beide seien Anfang zwanzig und im ersten beziehungsweise dritten Semester an der Kölner Universität. In den polizeilichen Meldesystemen läge gegen sie nichts vor.

Inzwischen hatten andere Fans van Loog mit „Lutscher“ angesprochen; damit waren auch die allerletzten Zweifel ausgeräumt. Er blieb leider nur kurz in Kids Nähe stehen, so dass er mit ihm kein Gespräch anfangen konnte. Kid beobachtete weiter hinten bei den Toiletten einen Fan, der kleine Gegenstände verteilte. Er versuchte, zwischen den Leibern Genaueres zu erkennen, doch er sah nur, dass kleine Rohre in den Jeanstaschen verstaut wurden. Anschließend suchten diese Fans nach und nach die Toiletten auf. Er sprach Manfred darauf an und erfuhr, dass die Bengalos und Rauchbomben an den Beinen, in der Unterhose oder auch in Fahnen befestigt und so ins Stadion geschmuggelt wurden.
Kurz nach halb zwölf hatte der Zug den Hauptbahnhof Kaiserslautern erreicht. Kid und Manfred wurden wieder von einer ganzen Hundertschaft in Empfang genommen.Gemeinsam pilgerten sie zum Betzenberg. Das Fritz-Walter-Stadion galt seit jeher als eine der schönsten Arenen Deutschlands. Die Eingangskontrollen waren sehr gewissenhaft. Kid fragte sich, wie die Fangruppen es schafften, die Pyrotechnik unentdeckt ins Stadion zu schleusen.
Die Stadionatmosphäre überwältigte Kid vom ersten Moment an. Der Capo der Kölner Fans hatte ein eigenes Vorsängerpodest im Stehplatzbereich des Gästeblocks. Sofort stimmte er die FC-Hymne an:

Mer schwöre dir, he op Treu un op Ihr! ...

Kid versuchte noch mal, mit Fans ins Gespräch zu kommen. Alle waren jedoch jetzt nur noch auf das Spiel fokussiert. Er und Manfred suchten sich einen Platz weiter oben im Gästeblock; sie glaubten, von hier eine bessere Sicht auf das Spielfeld zu haben. Ihren Fehler erkannten sie, als die Spieler des 1. FC Köln ins Stadion einliefen. Das rot-weiße Fahnenmeer ließ ihnen nicht den Hauch einer Chance, auch nur einen Spieler zu erkennen. Kid beobachtete die Fans, denen das nichts ausmachte. Für sie standen das Event, die Atmosphäre und das Feiern im Vordergrund.

Nach dem Anpfiff machten die Fahnenschwenker erst einmal Pause. Kid und Manfred sahen ein ausgeglichenes, gutes Fußballspiel. Zur Halbzeit stand es 0:0. Die Lauterer hatten die besseren Tormöglichkeiten gehabt, daher waren die Kölner Fans mit dem Zwischenergebnis zufrieden.
In der Pause trafen Manfred und Kid an der Würstchenbude auf FC-Fans aus Köln-Sülz. Sie gehörten zu der Gruppe *Kölsche FC-Fründe*, einer der ersten Kölner Fanclubs, wie Kid aus seinen Internetrecherchen wusste. Manfred kannte einige vom Sehen und kam mit ihnen ins Gespräch. Kid hörte nur zu und wurde hellhörig, als jemand den Namen Ehrmann erwähnte. Es würde ihn tatsächlich nicht wundern, wenn dieser Typ am Diebstahl des Banners beteiligt gewesen war. Er versuchte, mehr zu erfahren, doch keiner wusste etwas Genaues. Es war ein Gerücht, das die Runde machte.
Die zweite Halbzeit begann wieder mit dem Fahnenmeer in beiden Fankurven. Obwohl sich die FC-Fans redlich Mühe gaben, kamen sie gegen die Anfeuerungsrufe der zahlenmäßig überlegenen „Roten Teufel“ nicht an. In der 69. Minute wurden die Fans der Heimmannschaft ruhiger: Köln war in Führung gegangen. Kid riss vor Freude seine Arme hoch und umarmte spontan einen neben ihm stehenden Fan. Das liebte er so an diesem Sport: Tragik und Freude lagen so nahe beisammen. Der 1.FC war die defensivere und objektiv gesehen auch die schlechtere Mannschaft, hatte aber das 1:0 erzielt. Seine Freude erhielt einen Dämpfer, als die ersten Bengalos von Kölnern gezündet wurden. Minutenlang wurde ihm die Sicht versperrt. Plötzlich wurde es laut im Stadion, eine Mischung aus Pfiffen und Jubel. Jetzt verfluchte er diese Chaoten. War das etwa schon der Ausgleich? Der Rauch zog auf das Spielfeld, aber er konnte zum Glück die Kölner Ersatzbank sehen. Der Kölner Trainer und die Reservespieler lagen sich in den Armen. Es stand 2:0, und das innerhalb von drei Minuten! Was für ein tolles Spiel!
Die Kölner verteidigten den Vorsprung bis zum Schluss und die Fans zogen euphorisch in Richtung der Ausgänge. Kid

und Manfred verließen am Ende der Gruppe den Block. Sie unterhielten sich angeregt und merkten nicht, wie sich immer mehr Menschen zwischen sie und die anderen FC-Fans schoben. Sie waren noch in Stadionnähe, als sich ihnen eine Lauterer Fangruppe näherte und sie aufs Übelste beschimpfte. Kid flüsterte noch gerade Manfred zu, ruhig zu bleiben, einfach den Mob zu ignorieren, als er schon eine Hand auf seiner Schulter spürte.

„Ich will deinen Schal."

Kid drehte sich um und sah einen Mann mit einem Dreitagebart und schulterlangen, lockigen Haaren. Um ihn herum standen noch vier weitere Männer in Fankleidung der „Roten Teufel". *Ruhe bewahren*, ging es ihm durch den Kopf, sein Puls aber schoss in die Höhe.

„Lasst uns friedlich bleiben, wir sind doch alle Fußballfans."

„Deinen Schal oder soll ich dir die Fresse polieren?" Die anderen Teufel lachten und feuerten ihren Kumpel an. Kid roch deutlich die Alkoholfahne und überlegte, ob er seine Dienstmarke ziehen sollte, fand den Gedanken dann aber absurd. Krampfhaft suchte er nach einem Ausweg. Sein Blick schweifte über die Wiese; ausgerechnet jetzt sah er keinen Kollegen in der Nähe! Die waren alle weiter vorne und begleiteten die Kölner zum Hauptbahnhof. Aus den Augenwinkeln sah er Manfred, der völlig konsterniert neben ihm stand und den Wortwechsel mit halbgeöffnetem Mund verfolgte. Auf der anderen Seite nahm er in einiger Entfernung wahr, wie vereinzelte Kölner einen großen Bogen um sie machten.

„Ey, du Opfer! Spiel hier nicht den Helden!" Der Lockenkopf versuchte, den Schal zu greifen, doch Kid konnte ihn gerade noch rechtzeitig mit der Hand zur Seite ziehen. Er würde den Schal niemals freiwillig herausrücken, das würde er sich nie verzeihen. Ein Kriminalbeamter, noch dazu ein FC-Fan, ließ sich doch nicht von so einem Pack einschüchtern!

„Wenn du mir den Schal wegnimmst, ist das Raub! Geht das in deine Birne rein? Dafür kannst du in den Knast gehen." Das war wieder der Polizist in ihm – ein Spruch, der in dieser Situation völlig fehl am Platze war. Das Gelächter wurde zu einem kreischenden Gebrüll. Locke wandte sich seinen Kumpels zu und heizte die Stimmung an. Auf einmal wirbelte er blitzschnell herum. Kid hatte damit gerechnet, dass er jeden Moment wieder nach seinem Schal greifen würde und hielt ihn deshalb an beiden Enden fest. Das war sein zweiter Fehler! Zu spät sah er die Faust, die sein Gesicht wie ein Hammer traf. Einen kurzen Augenblick sah er Sterne; seine Knie wurden weich. Er taumelte rückwärts und schnappte nach Luft; Adrenalin schoss durch seinen Körper. Der Schläger griff nach seinem Schal und Kid reagierte jetzt nicht mehr vernunftgesteuert, sondern intuitiv. Jetzt würde sich zeigen, ob die vielen JiuJitsu-Stunden in der Polizeiausbildung und die polizeiinternen Fortbildungen Früchte getragen hatten. Er richtete sich mit einem Ruck auf und schlug mit seiner Handkante den Arm seines Gegners beiseite. Gleichzeitig trat Kid ihm gegen das Schienbein, fasste den Kragen seines Trikots, zog ihn zu sich und rammte ihm sein Knie in den Unterleib. Mit geschickten Griffen drehte er ihm den Arm auf den Rücken und drückte ihn auf den Boden. Alles ging blitzschnell. Er hockte sich auf ihn und zog seinen Arm in Richtung Schulterblatt, bis der andere vor Schmerzen laut schrie. Dann lockerte er seinen Griff etwas und drückte mit der anderen Hand das Gesicht seines Gegners in den Rasen. Tat das gut, diesen Fußballchaoten wimmern zu hören! Kid war für Sekunden wie im Rausch, fing sich dann aber schnell wieder.

„Wenn du jemals wieder versuchen solltest, einem FC-Fan den Schal zu rauben, dann achte darauf, dass ich nicht in der Nähe bin.“

Seine vier Kumpels standen fassungslos daneben und sagten keinen Ton. Kid kannte das – wenn man den Wortführer aus dem Spiel nahm, wurden die Mitläufer kleinlaut. Er stieg von dem Jammerlappen herunter, behielt seine Körperspannung aber bei, um notfalls einen weiteren Angriff abzuwehren. Die Lauterer hatten aber genug. Sie zogen ab und brüllten ihnen dann aus sicherer Entfernung „Scheiß Kölner“ hinterher.

Manfred konnte gar nicht fassen, was er da gerade erlebt hatte. Diese Aktion hätte er seinem Freund nicht zugetraut. Kid merkte erst jetzt, dass er auf dem linken Auge kaum noch etwas sehen konnte. Vorsichtig fasste er dorthin und spürte die Schwellung.

„Das gibt ein dickes Veilchen. Aber Respekt, das war vielleicht eine coole Nummer! Lernt man das auf der Polizeischule? Das war ja wie Bruce Willis in seinen besten Zeiten."

„Ich habe improvisiert, die eigentliche Festnahmetechnik sieht etwas anders aus. Aber hat ja trotzdem geklappt. Lass uns jetzt aber los, wir müssen den Zug noch bekommen."

Katie hatte die Listen abgearbeitet. Bei den jugendlichen Mitgliedern gingen oft besorgte Eltern ans Telefon, die wissen wollten, ob sie ihren Kindern einen Stadionbesuch überhaupt noch erlauben konnten. Was sollte Katie ihnen erzählen? Panik war jetzt fehl am Platz. Sie wies darauf hin, dass die Gifte über Lebensmittel aufgenommen worden seien und bei entsprechenden Vorsichtsmaßnahmen keine Gefahr bestehe.

Bei einigen Personen, die sie nicht erreichen konnte, musste sie es in den nächsten Tagen noch mal versuchen. Fisch hatte sie gebeten, Michael Ehrmann noch mal gründlich zu überprüfen – er könnte an dem Diebstahl des Banners beteiligt gewesen sein. Sie nahm die Liste der *Düsseldorfer Devil Boys* und wunderte sich, den Namen Ehrmann nicht zu finden. Das war seltsam; Kid war doch sonst so pingelig! Sie zog sich die Personaldaten aus der Zeugenvernehmung und überprüfte ihn. *Ach, sieh mal einer an*, dachte sie, als sein Name auf dem Monitor mit vier erkennungsdienstlichen Behandlungen aufleuchtete. Körperverletzung, Diebstahl, schwerer Diebstahl und noch mal schwerer Diebstahl. Jetzt hatten sie zumindest einen Verdächtigen für den Einbruch in die Autowerkstatt! Bei dem Giftanschlag tappten sie aber weiterhin im Dunkeln.

Kid ließ seine Sonnenbrille im Zug an. Er hatte leichte Kopfschmerzen und wünschte, er hätte einen Eisbeutel zur

Verfügung. Jetzt im Nachhinein ärgerte er sich über sein Handeln; er als Kriminalbeamter hätte das souveräner lösen müssen. Wahrscheinlich wäre es doch besser gewesen, er hätte direkt seinen Ausweis gezeigt. Eine Alternative wäre die Flucht gewesen; diese betrunkenen Halbstarken hätte er locker abgehängt. Aber hätte Manfred das auch geschafft? Egal, jetzt war es zu spät und er musste halt ein paar Tage mit dem blauen Auge leben.

„Hast du einen Öffner?"

Kid zuckte zusammen; die Frage traf ihn völlig unerwartet.

„Äh, nein, tut mir leid."

„Macht nichts." Der Fan zog weiter und Kid sah, wie er einen Bundespolizisten ansprach, der ihm dann mit seinem Schlagstock die Flasche Bier öffnete. Was für ein Kontrast zum aggressivem Verhalten der Fans im Bahnhof Bingen. Auf einmal waren sie alle Freunde.

Die Stimmung im Abteil war bombastisch; die Fans feierten, als ob sie die Champions League gewonnen hätten. Wie der Zufall es wollte, saß ausgerechnet van Loog in der Reihe vor ihnen. Kid packte die Gelegenheit beim Schopfe und verwickelte ihn in ein Gespräch. Er musste sich eingestehen, dass der Spitzname Lutscher ihn dazu verleitet hatte, ihn voreilig für dumm und ungebildet zu halten. Van Loog war aber genau das Gegenteil: Er entpuppte sich als äußerst interessanter Gesprächspartner, der sich sowohl gewählt als auch umgangssprachlich ausdrücken konnte und verschiedene Theorien zu dem Anschlag hatte. Auf keinen Fall glaubte er an einen Anschlag durch einen Fußballfan. Er hielt es für möglich, dass die Lebensmittelvergiftungen auf einen Zufall zurückzuführen waren oder dass irgendeine Verunreinigung die toxische Wirkung hervorgerufen hatte. Er tippte auf alte Fisch- oder Fleischkonserven. Seiner Meinung nach wurde in der Öffentlichkeit zu wenig über Lebensmittelhygiene diskutiert. Während er weiter von Parasitologie und Mikrobiologie sprach, versuchte Kid, sich zu erinnern, was van Loog für einen Beruf ausübte. Auf einmal dämmerte es ihm: *Controller* stand in der Akte. Warum hatte er eigentlich nicht recherchiert, was hinter diesem Begriff steckte? Er hörte noch einen Moment interessiert zu und stellte dann bei nächster Gelegenheit die Frage, woher er soviel über Lebensmittel wisse. Bei der Antwort zuckte er zusammen. Van Loog war Lebensmittelkontrolleur bei der Firma *Breckmann-Feinkost*. Und nicht nur das, er hatte zudem Lebensmittelchemie studiert. Das entsprach zu hundert Prozent ihrem Täterprofil! War dieser Mann ein Mörder? Während ihm diese Gedanken durch den Kopf gingen, stieß Manfred ihn an. Der Zug fuhr in den Kölner Hauptbahnhof ein.

Um 20:15 Uhr erschien Kid auf der Dienststelle und musste sich sofort von Fisch spöttische Kommentare wegen seines Veilchens anhören. Kid hatte keine Lust, eine große Geschichte daraus zu machen und sprach lediglich von einer kleinen Meinungsverschiedenheit mit einem Lauterer Fan. Katie inspizierte besorgt das geschwollene Auge und schüttelte den Kopf.
„Kühlen hilft jetzt auch nichts mehr, das hättest du direkt machen müssen. Kauf dir in der Apotheke Heparinsalbe, dann geht die Schwellung schneller zurück.“
„Ich werde es überleben, danke.“
Nachdem Kid über seinen Trip berichtet hatte, berieten sie über das weitere Vorgehen. Van Loog hatte von verunreinigten Lebensmitteln, alten Fisch- oder Fleischkonserven, gesprochen. Der Mann war vom Fach; vielleicht war es wirklich keine vorsätzliche Tat! Oder wollte er von sich als Täter ablenken? Fisch hatte kein gutes Gefühl. Um sicherzugehen, mussten sie schnell handeln. Nicht auszudenken, wenn van Loog an diesem Wochenende weitere Anschläge plante! Sie brauchten einen Durchsuchungsbeschluss, um an Beweismittel zu kommen. Jetzt zahlte sich das gute Verhältnis zur Staatsanwaltschaft aus. Vorausschauend hatte Fisch sich von Staatsanwalt Hans Weiler dessen Handynummer geben lassen. Ohne ihn lange überzeugen zu müssen, ordnete er sofort die Durchsuchung

von van Loogs Wohnung und Nebenräumen zur Nachtzeit an. Kid hatte mit einem Ohr mitgehört und telefonierte bereits, um Einsatzkräfte zu bekommen. Katie bekam den Auftrag, Charlie anzurufen. Fisch setzte sich derweil an den Computer und klärte van Loogs Wohnung ab. Alles ging jetzt Hand in Hand. Die Kriminalwache konnte aufgrund des aktuellen Einsatzgeschehens keinen Mann entbehren; da Van Loog in der Heidemannstraße in Köln-Ehrenfeld wohnte, rief Kid die Polizeiinspektion West an und bat dort um Unterstützung von uniformierten Kräften. Währenddessen kam Katie in sein Büro und schüttelte den Kopf. Kid verstand nichts und redete weiter mit dem Wachhabenden. Gleichzeitig schrieb er auf einen Zettel „Kalle anrufen" und gab ihn an Katie weiter. Er hatte gerade aufgelegt, als Fisch hereingestürmt kam und die Einwohnermeldedaten mitteilte. Van Loog wohnte im Erdgeschoss eines Dreifamilienhauses. Ebenfalls im Haus gemeldet waren eine Charlotte und Emma van Loog, offensichtlich seine Ehefrau und dreijährige Tochter.
Um 21:00 Uhr stand der Einsatz. Sie wurden von drei Beamten der Wache Ehrenfeld und einem Beamten der Wache in Sülz unterstützt. Zusätzlich kam auch Kalle von ihrer Dienststelle zum Treffpunkt auf dem Lenauplatz. Katie sollte seine Waffe und Schutzweste mitbringen, da er direkt von zu Hause dorthin fahren würde. Nachdem Fisch der Leitstelle den Einsatz gemeldet hatte, starteten sie. Um 21:30 Uhr war Treffpunkt.
Während der Fahrt fiel Kid siedendheiß Charlie ein. Den hatte er in der Hektik total vergessen – Katie wollte ihm doch vorhin irgendwas mitteilen.
„Was ist mit Charlie?"
„Ich mach mir Sorgen um ihn", antwortete sie bedrückt.
„Was ist passiert?"
„Er hat so teilnahmslos reagiert, als ob ihn das nicht richtig interessieren würde."
„Was hat er denn gesagt?"
„Er fühle sich nicht gut."
„War er betrunken?"

„Weiß nicht, kann sein. Ist doch egal, warum er nicht kann."
„Ist es nicht. Ich werde mit Arndt darüber sprechen", mischte Fisch sich ein, ohne näher auf Charlies Alkoholproblem einzugehen.
Auf dem Lenauplatz gab Fisch den Beamten eine kurze Einsatzeinweisung. Die drei Beamten der Wache Ehrenfeld sollten das Wohnhaus umstellen und aufpassen, dass van Loog nicht floh oder Beweismittel aus dem Fenster warf. Der Sülzer Kollege sollte mit ihnen in die Wohnung gehen.
Im Erdgeschoss brannte in einem Zimmer Licht, es war also jemand zu Hause. *Der wird Augen machen, wenn er mich gleich wiedersieht*, dachte Kid und schritt mit Fisch zur Haustür. Van Loog öffnete und schaute verwirrt Fisch und Kid an. Als Fisch ihm die staatsanwaltliche Anordnung der Durchsuchung seiner Wohnung eröffnete, hörte er nur halb hin. *Der FC-Fan mit dem blauen Auge war ein Bulle, die Drecksau hat uns ausspioniert,* ging es ihm durch den Kopf. *Aber was wollen die von mir?* Fisch wartete erst gar nicht sein Einverständnis ab, sondern schob ihn beiseite und betrat mit seinen Kollegen die Wohnung. Inzwischen tauchte auch Charlotte aus einem Nebenzimmer auf und stellte sich ängstlich neben ihren Mann. Der beschwerte sich lauthals über die Art und Weise, wie man mit unbescholtenen Bürgern umginge. Von dem Geschrei wach geworden, kam Emma weinend ins Zimmer. Fisch redete beruhigend auf die Familie ein und schaffte es letztendlich, ihnen den Grund der Maßnahme zu erläutern. Mit seiner Routine und väterlichen Art erklärte er, dass durch die Durchsuchung auch Verdachtsmomente ausgeräumt werden könnten. Währenddessen rief Kid die Kräfte der äußeren Absperrung herein und begann mit der Wohnungsdurchsuchung.
Das Problem für die Beamten war, dass sie nicht wussten, was sie genau suchen sollten. Fisch sprach von verdächtigen Substanzen und Aufzeichnungen oder Hinweisen auf die *Düsseldorfer Devil Boys*. In der Hoffnung auf einen Zufallsfund öffneten sie alle Behältnisse, die ihnen suspekt vorkamen. Sie blätterten Aktenordner und nicht abgeheftete Unterlagen

durch und suchten nach Anhaltspunkten. Dass hier ein Lebensmittelchemiker und FC-Fan lebte, war nicht zu übersehen. Auf den Regalen und im Schreibtisch befanden sich zahlreiche Bücher und Akten mit Fachliteratur über Lebensmittelchemie; in einem anderen Raum fanden sie diverse FC-Schals und Trikots.

Inzwischen hatte sich das Ehepaar van Loog beruhigt. Während Fisch das Durchsuchungsprotokoll ausfüllte, stellten sie ihm mehrere Fragen. Ihn interessierte insbesondere das Ergebnis der toxikologischen Untersuchungen. Fisch antwortete ausweichend und verwies auf die Veröffentlichungen in der Presse.

Kurz nach Mitternacht teilte Kid ihm mit, dass die Durchsuchung ergebnislos verlaufen sei. Fisch entschied daraufhin, van Loogs Laptop zu beschlagnahmen. Sofort änderte sich die Atmosphäre im Raum. Van Loog baute sich vor Fisch auf und legte schimpfend Widerspruch ein. Er bräuchte die Daten von seinem Rechner unbedingt für die Arbeit. Fisch ließ sich nicht aus der Ruhe bringen. Sachlich bot er ihm an, dass Datensicherer der Kripo Montag früh eine Kopie der Festplatte machen würden und er dann seinen Laptop sofort wiederbekäme. Widerwillig stimmte er dem zu; den Widerspruch wollte er aber trotzdem protokolliert wissen.

Um 01:00 Uhr saßen sie auf der Dienststelle und tranken Kölsch. Sie gingen noch einmal die Fakten durch und waren von van Loogs Täterschaft alles andere als überzeugt. Die kognitiven Fähigkeiten konnte man ihm eventuell zuschreiben. Als eingefleischter FC-Fan konnte er theoretisch auch ein Motiv haben. Aber sie hatten keine Beweise; der subjektive Eindruck sprach ebenfalls gegen ihn als Täter. Als Fisch ihn auf das Rattengift angesprochen hatte, wurde van Loog kleinlaut und sprach von einer Affekthandlung vor vielen Jahren. Charlotte van Loog beschrieb ihren Mann als Gesundheitsfanatiker. In der Küche fanden sie zahlreiche Bioprodukte und viel Obst und Gemüse. Er hatte sein Hobby zum Beruf gemacht, oder umgekehrt.

Je länger sie zusammensaßen, desto müder wurde Kid. Seine Kopfschmerzen hatten nachgelassen, aber er wollte jetzt nur noch ins Bett. Anscheinend sah man ihm das an. Fisch löste die Runde auf und überredete ihn, in diesem Zustand nicht mehr in die Eifel zu fahren.

Sonntag

„Wieso hast du mir das angetan? Wieso? Wir wollten doch gemeinsam alt werden. Neunzig Jahre hast du gesagt. Du warst so überzeugt davon! Ich vermisse dich so unendlich."
Tränen liefen Charlie bei diesen Selbstgesprächen über die Wangen. Nach dem Frühstück wollte er wieder in seinen Schrebergarten gehen, wie jeden Sonntag. Dort hatte er für Dörthe eine Blumenwiese angelegt. Skabiosen und blühenden Wiesensalbei hatte sie über alles geliebt. Beim Anblick der Blumen und Kräuter schien sie ihm besonders nahe. Ihm graute jetzt schon vor dem Winter, der in den letzten Jahren immer viel zu schnell kam. Dunkelheit und Kälte rissen ihn noch tiefer in ein Loch der Hoffnungslosigkeit. Nein, noch einmal würde er diese Zeit nicht durchstehen.

Am frühen Nachmittag war Kid zu Hause. Auf dem Weg von der Garage zum Haus begrüßte ihn sein Nachbar mit einem dezenten Nicken. Kid wurde das Gefühl nicht los, dass Wolfgang und die anderen Nachbarn ihm in den letzten Monaten immer mehr aus dem Weg gingen. Anscheinend ahnten sie die Spannungen zwischen ihm und Senna und wollten keine Partei ergreifen – oder sie hatten bereits Partei ergriffen. Hintenherum wurde wahrscheinlich schon mächtig getratscht.
Das Haus war leer, was ihn nicht wunderte. Senna besuchte sonntags gerne Märkte in der Umgebung. Er nahm sich Manfreds Wohnungsliste aus seinem Portemonnaie und studierte die Angebote. Eine Dachgeschosswohnung in der

Gerolsteiner Straße in Köln-Sülz fand er auf Anhieb interessant. Zwei Zimmer mit Balkon, ohne Maklerprovision für 500 Euro Kaltmiete, das wäre bezahlbar. Er zögerte einen Moment, weil Sonntag war, entschied sich dann aber doch, den Vermieter anzurufen. Sie vereinbarten einen Besichtigungstermin für kommenden Dienstag.

Am Abend kam Senna, begrüßte ihn kurz und betrachtete sein blaues Auge.

„Was hast du denn gemacht?"

„Bin gegen eine Lampe gelaufen", log er, während sein Blick auf die Hängelampe über dem Wohnzimmertisch fiel.

„Hast du dich um eine Wohnung gekümmert?" Senna hatte sich von ihm weggedreht und goss die Blumen.

„Ja."

Keine Frage, wie es ihm ging oder wo er gestern gewesen war. Sie schien jegliches Interesse an ihm verloren zu haben! Kid betrachtete seine Frau und musste sich eingestehen, dass sie gerade heute sehr gut aussah. Sie trug einen sommerlichen Rock, ein figurbetontes Shirt und – neue Sandalen? Zumindest hatte er diese Schuhe an ihr noch nicht gesehen. Kid fühlte sich dennoch nicht mehr angezogen von dieser Frau. Sie strahlte eine emotionale Kälte aus, wie er sie so stark noch nie empfunden hatte. Es wurde Zeit, dass er auszog.

Montag

Fisch gab van Loogs Laptop zur Datenauswertung beim Kriminalkommissariat 35 ab und hoffte, dass vielleicht beweiserhebliche Daten gefunden wurden. Auf dem Weg zurück zu seinem Büro grübelte er darüber nach, wer als Tatverdächtiger sonst noch in Frage käme. Sie stocherten im Dunkeln, was für die Presse immer ein gefundenes Fressen war. Täglich kamen Anfragen nach neuen Erkenntnissen. Aber was sollten sie machen? Sie hatten nichts. Selbst aus der Bevölkerung gingen keine Hinweise ein.

In seinem Postfach fand er einen Stapel mit Briefen: die ersten Rückmeldungen der *Düsseldorfer Devil Boys.* Er überflog die Antwortschreiben. Niemand konnte sich vorstellen, wer das Kölner Clubbanner entwendet hatte, aber fast alle beschuldigten die Kölner, die Giftanschläge begangen zu haben. Das war keine Überraschung. Interessant war eher, dass zwei Personen sich Norbert Weber und Wolfgang Schmitz, also Fans aus den eigenen Reihen, als Täter vorstellen konnten. „Bitte vertraulich behandeln", stand bei beiden wortgleich drunter. *Sie werden sich also abgesprochen haben*, dachte Fisch. Er gab Kid die Briefe mit der Bitte, das mal zu klären. Kurz darauf rief Staatsanwalt Weiler an, der ebenfalls verzweifelt klang. Fisch sah ihn häufig im WDR, wo er jedes Mal verkündete, dass es nur noch eine Frage der Zeit sei, bis die Täter gefasst seien. Er stand besonders unter Druck und brauchte Erfolgserlebnisse.
Viel konnte er ihm nicht liefern, also erzählte er ihm von den vagen Verdachtsmomenten gegen die beiden Nazi-Hools. Weiler entschied sofort, Durchsuchungsbeschlüsse für die Wohnungen von Norbert Weber und Wolfgang Schmitz zu beantragen.
Zwei Stunden später wurde Fisch angerufen – die Beschlüsse konnten abgeholt werden.

Norbert Weber und Wolfgang Schmitz wohnten beide in dem Hochhaus Potsdamer Straße 1 in Düsseldorf-Hassels. Sie saßen in der zwölften Etage bei Wolfgang im Wohnzimmer auf der Schlafcouch und rauchten einen Joint. Unter dem Tisch lag Adolf, ein achtjähriger Rottweiler. Das Appartement war verwahrlost und dreckig. Überall lag Unrat in Form von verdorbenen Lebensmittelresten, dreckigem Geschirr und alten Zeitschriften herum. An einer Wand hing eine riesige Hakenkreuzfahne. Die beiden Fenster standen weit offen. Trotzdem lag ein herb-süßlicher Geruch nach verbranntem Gras in der Luft.
Michael Ehrmann hatte ihnen gesagt, dass sie wegen der Anschläge im Fokus der Polizei stünden. Das überraschte sie

überhaupt nicht. Immer wenn jemand gegen die Gesellschaft aufbegehrte, wurden sie und ihre Gesinnungsgenossen verdächtigt. Das war eine Art Generalverdacht gegen die rechte Szene. Manchmal glaubten sie sogar, Observationsfahrzeuge vom Staatsschutz vor der Haustür gesehen zu haben. Die Bullen sollten sich um das linke Gesocks kümmern – daran ging die heutige Gesellschaft zugrunde! Während dieser Diskussion spitzte Adolf auf einmal die Ohren und fing leise an zu knurren. Sie hingegen bemerkten nichts und redeten munter weiter.

Rummms! Ein markerschütternder Knall, gefolgt von zwei weiteren Detonationen hallte durch den Raum. Beißendes, grelles Licht erhellte jeden Winkel des Zimmers. Der Joint fiel ihnen aus den Fingern, als sie die Hände hochrissen und sich die Ohren zuhielten. Adolf flüchtete auf den Balkon und hockte sich zitternd in eine Ecke. Männer mit Kampfanzügen und Masken stürmten mit gezogenen Waffen in den Raum. In wenigen Sekunden hatte der Spuk ein Ende. Norbert und Wolfgang lagen mit dem Gesicht nach unten gefesselt auf dem Boden.

Fisch hatte beim Kriminalkommissariat 11 in Düsseldorf um Amtshilfe ersucht und darauf hingewiesen, dass es in den Kriminalakten der Tatverdächtigen Hinweise auf einen möglichen Waffenbesitz gab. Daraufhin hatten die Kollegen aus der Landeshauptstadt kurzfristig zwei Gruppen des Sondereinsatzkommandos organisiert, mit denen Fisch, Katie, Kid und sechs Düsseldorfer Beamte die Wohnungen der beiden Nazi-Hools aufsuchten. Wolfgang Schmitz wohnte in der zwölften Etage und Norbert Weber sechs Stockwerke tiefer. Die beiden Sondereinheiten hatten sich aufgeteilt, um die Wohnungen zeitgleich aufzurammen. Während sie unter Verwendung von Irritationskörpern und Blendgranaten eindrangen, warteten die Beamten im Hausflur in der neunten Etage und hielten sich die Ohren zu. Der dröhnende Lärm schallte durch das gesamte Treppenhaus. Fisch wollte sich gar nicht vorstellen, was jetzt so manchem Mieter durch den Kopf ging: *Erdbeben? Krieg? Flugzeugabsturz?* Wenige Augenblicke später war es kurze Zeit ruhig, bis die Mieter ängstlich und erschrocken auf die Flure strömten. Zum Glück waren zwei uniformierte Beamte dabei, die knappe Erklärungen abgaben und für Ruhe sorgten.

Der Kommandoführer teilte Fisch mit, dass in der oberen Wohnung die beiden Verdächtigen angetroffen worden seien. Das andere Appartement sei leer, aber trotzdem interessant gewesen.

Zur Durchsuchung der Wohnungen teilten sie sich auf. Kid ging mit drei Düsseldorfer Kollegen in das leere Appartement in der sechsten Etage. Im Wohnzimmer blieb er wie angewurzelt stehen. Hier sah es aus wie in einem nationalsozialistischen Museum! Überall hingen und standen Symbole, Fahnen, Abzeichen, Uniformstücke und sonstige Kennzeichen rechtsextremistischer Organisationen. Kid sah den Kollegen vom Düsseldorfer Verfassungsschutz an, der nur den Kopf schüttelte.

Die Durchsuchungen dauerten bis zum Abend. Spektakulärster Fund war eine AK-47, ein Schnellfeuergewehr der Marke Kalaschnikow. Es wurden zahlreiche weitere Beweismittel beschlagnahmt, jedoch nur Gegenstände, die für den Verfassungsschutz interessant waren. Norbert Weber und Wolfgang Schmitz verlangten umgehend nach ihren Rechtsanwälten. Sie wurden ins Polizeipräsidium Düsseldorf gebracht, erkennungsdienstlich behandelt und anschließend wieder in Freiheit entlassen.

Charlie verließ pünktlich um 16:00 Uhr die Dienststelle. Irgendwie war er enttäuscht, dass sie ihn noch nicht einmal gefragt hatten, ob er an den Durchsuchungen teilnehmen wollte. Fisch hatte ihn lediglich gebeten, für eventuelle Überprüfungen im Büro zur Verfügung zu stehen. Auch wenn er es sich selbst zuzuschreiben hatte, enttäuscht war er schon. Im Grunde genommen war er schon lange überflüssig, austauschbar. In seinem Alter stand man auf dem Abstellgleis und konnte zusehen, wie die neuen Züge an einem vorbeifuhren, wie das Leben dahinplätscherte. Vorhin hatte noch mal kurz das Feuer in ihm gebrannt, als hektisch der Einsatz in Düsseldorf vorbereitet worden war. Er fühlte sich an früher erinnert, wo er selbst Türen eingetreten und Verdächtige festgenommen hatte. Damals, als Dörthe und er noch in der kleinen Zweizimmerwohnung in Bad Münstereifel gewohnt hatten. Ach, Dörthe …

Rückblicke

Sechs Jahre hatte Alexander an der Heinrich-Heine-Universität in Düsseldorf Wirtschaftschemie studiert und danach drei Jahre an seiner Dissertation geschrieben. Ihm und auch seinen Eltern war es sehr wichtig, die beiden Buchstaben D und R vor dem Namen stehen zu haben. Während der Recherchen zu seiner Doktorarbeit hatte er eng mit dem medizinischen Institut der Kölner Universität unter der Leitung von Prof. Dr. Akponok zusammengearbeitet. Da ihn das wissenschaftliche Arbeiten im Bereich der Toxikologie so begeistert hatte, hatte er sich nach seiner Promotion auf eine Stelle als Assistent beworben. Bei dem Vorstellungsgespräch konnte er den Professor mit Fachwissen und Eloquenz überzeugen. Er bekam die Stelle.

***

Vor vier Jahren war Alexander mit seiner Lebensgefährtin Angélique in eine geräumige Penthousewohnung nach Köln-Dünnwald gezogen. Eigentlich hatte er nie nach Köln ziehen wollen, aber von hier hatten sie anfangs beide eine bessere Anbindung an ihre Arbeitsplätze. Jetzt, wo Angélique seit einem Jahr als Dolmetscherin für Französisch beim

Bundessprachenamt in Hürth arbeitete, überlegte Alexander allerdings, ob sie nicht besser in den Kölner Westen ziehen sollten.
Er wusste, dass Angélique heute später nach Hause kommen würde. Freitags ging sie nach der Arbeit immer noch ins Sportstudio. Er genoss den Nachmittag bei diesem traumhaften Wetter und legte sich mit einer Zeitschrift auf die Terrasse. Nach wenigen Minuten schlief er ein und wurde zwei Stunden später vom Klingelton seines Handys geweckt.
„Alex, heute findet im Brühler Schloss ein Open Air Konzert statt! Französische Chansons werden gesungen!“, rief Angélique aufgedreht ins Telefon.
Alexander musste sich erstmal sammeln, er war noch nicht ganz wach. Brühler Schloss, Chansons, heute? Das ging ihm jetzt alles zu schnell. Auf dem Handydisplay stand 17:00 Uhr.
„Ähm, ist das nicht alles sehr kurzfristig?“
„Nein, nein, das fängt erst um 20:00 Uhr an. Im Radio haben sie gesagt, es gäbe noch genügend Karten an der Abendkasse.“
„Wir wollten doch ins Kino!“
„Ins Kino können wir immer gehen. Hol mich hier um 19:00 Uhr im Studio ab, von hier ist es nicht weit. Bitte, bitte.“
„Okay, bis gleich.“ Er konnte ihr den Wunsch nicht abschlagen. Allein an dem Ton, in dem sie „bitte“ gesagt hatte, wusste Alexander, dass sie ihm heute noch ihre Dankbarkeit zeigen würde.

Angélique achtete sehr streng auf ihren Körper, mindestens dreimal in der Woche ging sie zum Training oder joggen. Heute nahm sie an einem Bodyfitness-Workshop teil, zu dem Veronika sie überredet hatte. Sie kannte Veronika aus dem Studio, weil sie fast immer zur gleichen Zeit trainierten. Nach dem Duschen gingen sie zur Bar und tranken gemeinsam Apfelsaftschorlen.
Gegenüber vom Sportstudio wurde gerade ein Parkplatz frei. Alexander fuhr in die Lücke, schaltete den Motor ab und machte es sich bequem. Von wegen, auf der Luxemburger Straße sei immer Stau – er war wunderbar durchgekommen.

Ein paar Minuten blieben ihm noch, um entspannt die Toccata und Fuge in d-Moll von Johann Sebastian Bach auf CD hören zu können. Mit Lautsprecherstöpseln im Ohr ließ er sich von der schweren Musik gefangen nehmen.
Angélique rief mehrfach seinen Namen, bevor sie ihn durch das offen stehende Fenster an der Schulter berührte. Er war vollkommen in der Musik versunken und richtete sich erschrocken auf, während sie sich gutgelaunt auf den Beifahrersitz setzte. Dann gab sie ihm einen innigen Kuss und rieb sich vorfreudig die Hände. Sie liebte Lieder in ihrer Muttersprache. Als sie gerade losfuhren, sah Angélique noch Veronika in ihren Wagen steigen. Sie griff Alex ins Lenkrad, betätigte die Hupe und winkte.
„Das ist Veronika, meine Trainingspartnerin, von der ich schon ein paar Mal erzählt habe. Sie geht heute Abend mit ihrem Mann zum FC, ansonsten hätte ich sie überredet, mitzukommen."
Alex erkannte eine schlanke Frau mit dunklen, lockigen, schulterlangen Haaren, die ihre Sporttasche im Kofferraum eines VW Beetle verstaute. Als sie sich umdrehte, fuhr es Alex eiskalt durch alle Glieder. Ihre Blicke kreuzten sich und er verfiel für Sekundenbruchteile in eine Schockstarre.
„Achtung!", schrie Angélique auf. „Du fährst gleich auf den Bordstein!"
Veronika winkte zurück. Zum ersten Mal sah sie Angéliques Freund, einen Mann mit Glatze und kurzem Vollbart. Attraktiv und männlich, war ihr erster Gedanke, obwohl sie eigentlich Männer mit vollem Haar bevorzugte.

Die Chansons lenkten Alexander nicht von seinen Gedanken ab. Die wenigen Sekunden vorhin hatten Gefühle aus dem Innersten seiner Seele freigelegt, die er jahrelang mit viel Selbstdisziplin unterdrückt hatte. Die Demütigung lag zwanzig Jahre zurück; jetzt war sie wieder in seinem Kopf präsent. Diese Erniedrigung! Ihm schauderte, wenn er an die Zeit zurückdachte. Was hatte er damals alles über sich ergehen lassen müssen. Seine Autorität hatte sie in Frage gestellt, ihn bedroht und dann wegen einem anderen verlassen. Ausgerechnet dieser elende Wurm hatte ihm auch noch den Kiefer gebrochen! Immer wieder hatte er gehofft, es ihm irgendwann heimzahlen zu können. Als genauso demütigend empfand er es, dass er sich seinen Eltern hatte offenbaren müssen. Sie hatten seinen Anwalt bezahlt, der ihn aus der Haft geholt und einen faulen Kompromiss ausgehandelt hatte. Das Strafverfahren gegen ihn wurde gegen Zahlung einer Geldbuße eingestellt. Alle lokalen Zeitungen hatten über ihn berichtet. Er sah die Schlagzeilen noch vor sich:

Student Norman T. trieb Ex-Freundin fast in den Tod.
Norman T. in Untersuchungshaft.
War das die Tat eines psychisch Kranken?

Der Name Norman T. war plötzlich in aller Munde. Noch Wochen nach seiner Haftentlassung sprachen ihn Nachbarn und Bekannte auf die Ereignisse an. Er konnte es nicht mehr hören, zog nach Düsseldorf und immatrikulierte sich an der Heinrich-Heine-Universität. Dort benutzte er seinen zweiten Vornamen Alexander.
Die heutige Begegnung war ein Wink des Schicksals. Er sollte die Möglichkeit bekommen, diesen Schandfleck in seinem Leben auszumerzen.
Angie war begeistert von dem Konzert. Auch er lobte die tollen Interpreten und den weichen, harmonischen Klang der Chansons, die mit deutschen Schlagern überhaupt nicht vergleichbar waren. Anschließend lenkte er das Gespräch auf Veronika.
„Deine Trainingspartnerin machte einen ganz schön fitten Eindruck."
„Kein Wunder, die geht ja auch jeden Tag ins Studio. Wie kommst du überhaupt darauf, du hast sie doch nur kurz gesehen?"
„Ich habe halt einen Blick für durchtrainierte Frauenkörper."
„Spinner. Du hast ihr bestimmt nur auf den Hintern geguckt!"

„Nein, würde ich niemals machen. Ich habe doch jeden Tag den schönsten Hintern der Welt vor Augen und nicht nur das, ich kann mit ihm machen was ich will.“ Sein doppeldeutiges Grinsen versetzte sie in Verzückung. Alex war der Mann, mit dem sie ihre sexuellen Phantasien ausleben konnte. Er kannte kaum Tabus, war unberechenbar und sehr dominant im Bett. Das liebte sie! Dafür nahm sie auch seine oft egoistische und herrschsüchtige Art in Kauf.
„Ich kann es kaum erwarten.“ Sie strich ihm über den Oberschenkel bis hoch in den Schritt.
„Finger weg! Ich muss mich auf die Straße konzentrieren.“ Er schob ihre Hand beiseite und überlegte, wie er wieder auf sein Thema zurückkommen konnte. „Gegen wen hat der FC denn heute gespielt?“
„Hä? Was soll das denn jetzt?“
„Nicht so pampig, bitte. Du sagtest doch, Veronika würde heute mit ihrem Mann zum FC gehen.“
„Was weiß ich, gegen wen Köln spielt. Die geht fast zu jedem Spiel. Sie und ihre Familie sind völlig fußballverrückt.“
„Ach, die haben Kinder?“
„Ja, zwei Jungs. Warum interessiert dich das?“
„Ist das jetzt hier ein Verhör? Du hast doch mal davon gesprochen, dass wir gemeinsam was unternehmen könnten. Da darf ich mich ja wohl dafür interessieren, was das für Leute sind.“
„Ich hatte gerade etwas anderes im Kopf, das hat sich jetzt aber erledigt“, antwortete sie trotzig.
Alexander fragte nicht weiter. Er wollte auf keinen Fall ihren Argwohn wecken.

Samstag

Er saß auf der Dachterrasse, als ein markerschütternder Donnerschlag seinen Körper erzittern ließ. Er hielt sich die Ohren zu und versuchte, der Vibration in seinem Kopf entgegenzuwirken. Der Lärm war unerträglich. Aber was war

das gewesen? Das Geräusch war so laut und so nah gewesen – es musste etwas in seiner Wohnung passiert sein! Wie versteinert blieb er in seinem Stuhl sitzen. Und dennoch – er musste jetzt seine Aufgabe erledigen und durfte sich nicht ablenken lassen! Die Frau saß ihm gegenüber und schaute ihn flehentlich an. Jetzt erkannte er in ihren Augen, was er die ganze Zeit vermisst hatte: Demut. Ihre Unterwürfigkeit kam aber zu spät. Er hatte sie wie ein Paket zusammengeschnürt. Mit dem eng anliegenden Seil sah sie beinahe aus wie eine Mumie. Von ihrem nackten Körper waren nur wenige Hautwulste zu erkennen. Spielerisch zog er die Messerspitze an ihren Bauchfalten entlang und ging dann höher zu ihren roten Lippen, die zwischen der Fesselung hervorquollen. Ihre Nase war durch den Strick völlig platt gedrückt. Die Augen dagegen lagen frei. Sie waren wässrig und wirkten unendlich traurig. War das Reue? Er spürte mit einem Mal wieder eine unglaubliche Zuneigung zu ihr. Dann veränderte sich jedoch der Ausdruck in ihren Augen; es wirkte beinahe wie ein hoffnungsvolles Lächeln. Er betrachtete ihre Pupille genauer und glaubte, sich selbst darin zu erkennen. Sein Gesicht wurde langsam größer und deutlicher. Und plötzlich sah er einen anderen Mann in ihren Augen. Er hatte ihn schon einmal gesehen. Ein Mann, kräftig und stark, mit einem unförmigen Schwert in der Hand schritt durch seine Terrassentür. Erschrocken drehte er sich um und riss seinen Mund zu einem Schrei auf. Ein überdimensionaler Vorschlaghammer kam auf ihn zugerast.
Schweißgebadet schrak Alexander hoch. Er hatte das Gefühl, jemand würde seinen Brustkorb zusammendrücken. Neben ihm schlief Angélique mit ihren Ohrstöpseln seelenruhig weiter. Er atmete tief durch, ging ins Bad und wusch sich das Gesicht mit kaltem Wasser. Die Vergangenheit hatte ihn eingeholt.

Alexander arbeitete an einem Projekt, bei dem die medizinische Wirkung von Nervengiften untersucht wurde. Seit mittlerweile zwei Jahren experimentierte er mit Bakterienstämmen, die das Botulinumtoxin produzierten. Er versuchte, eine neue Spezies von Bakterien zu züchten, in denen das Gift in den Eiweißstoffen kontrollierbarer und mit geringeren Nebenwirkungen eingesetzt werden konnte. Letzte Woche hatte er geglaubt, einen Durchbruch erzielt zu haben, musste das Ergebnis aber erst noch durch Folgeuntersuchungen bestätigen. Seinen Kollegen hatte er davon noch nichts mitgeteilt; er wollte seinem Professor das endgültige Resultat überraschend präsentieren. Das war auch der Grund, warum er an diesem Samstag freiwillig arbeitete.

Angélique hatte er heute gesagt, er müsse länger arbeiten. Stattdessen machte er aber um 16:30 Uhr Feierabend und fuhr nach Hürth. Veronika trainierte jeden Tag in dem Studio; jetzt konnte er nur hoffen, dass es auch am Samstag und um die gleiche Uhrzeit so war. Er hatte sich zwar das Kennzeichen nicht gemerkt, aber so viele rote VW Beetles würden schon nicht vor dem Fitnesscenter stehen. Er fuhr die Luxemburger Straße stadtauswärts und hatte diesmal Pech – der Verkehr staute sich bereits vor der Militärringstraße. Gestern war sie gegen 17:00 Uhr aus dem Studio gekommen, bis dahin hatte er noch zwanzig Minuten. Die Ampelphasen brachten ihn zur Weißglut – nur drei bis vier Fahrzeuge schafften es jedes Mal über die Kreuzung! Als sein Vordermann bei Gelb bremste, verlor er die Geduld, überholte ihn mit einem schnellen Schlenker und gab Gas. Es half ihm nicht viel, jetzt stand er auf der Kreuzung und blockierte die Fahrzeuge auf der Militärringstraße. Das folgende Hupkonzert ließ ihn kalt. Die Autoschlange löste sich erst fünfzehn Minuten später an der Autobahnauffahrt Köln-Klettenberg auf. Um 17:05 Uhr erreichte er das Fitness-Studio und wollte gerade einen Parkplatz suchen, als er weiter vorne aus einer Seitenstraße ein rotes Auto abbiegen sah. Er konnte sein Glück kaum fassen: Veronika kam ihm mit ihrem VW Beetle entgegen!

Sie fuhr in das Gewerbegebiet in Hürth-Kalscheuren. Hier konnte sie unmöglich wohnen, dachte Alexander und ärgerte sich über den Zeitverlust. Wer weiß, was sie alles noch besorgen musste, bevor sie nach Hause fuhr. Vor der Kfz-Werkstatt

Müller hielt sie an und ging in die Halle. Nach wenigen Minuten kam sie in Begleitung eines Mannes zurück, der sie mit einem Küsschen verabschiedete. *Das wird ihr Ehemann gewesen sein*, schloss Alexander und verfolgte den Beetle weiter. Sie bog in Hürth-Efferen links ab, fuhr Schleichwege durch ein Wohngebiet, bis sie in einem Neubaugebiet vor einem Einfamilienhaus den VW unter einem Carport abstellte. Alexander parkte schräg gegenüber vor einer Baulücke und beobachtete, wie sie ihre Sporttasche aus dem Kofferraum holte und ins Haus ging. Er stieg aus und spazierte zu dem Eckhaus. Es war eher unwahrscheinlich, dass sie ihn wiedererkennen würde, falls sie aus der Tür kam oder aus dem Fenster schaute. Der Blickkontakt gestern war sehr kurz gewesen – und außerdem hatte er sich in den letzten zwanzig Jahren äußerlich doch sehr verändert. Irgendwann war er es satt gewesen, seinem immer lichter werdenden Haar mit Spezialshampoos Fülle zu geben und hatte sich daher vor fünf Jahren zu einer Glatze entschieden. Und da er Sport zuletzt doch eher vernachlässigt hatte, war sein Bauchansatz inzwischen auch nicht mehr zu übersehen.
Er ging um das Haus herum und blieb vor einer mannshohen Buchenhecke stehen. Durch eine kleine Lücke zwischen den dichten Ästen war ein kleiner Garten mit einem Stück Rasen und vielen Blumenbeeten zu sehen. Er schlenderte ein Stück weiter bis um die Ecke. Von dort hatte er einen anderen Blickwinkel und konnte eine Terrasse, umstellt mit vielen Blumenkübeln, erkennen. Daneben befand sich ein spiralförmig angelegtes Kräuterbeet.
Kein Zweifel, das war Veronikas Werk. Genau von so einem Garten hatte sie früher immer geträumt und er hatte versprochen, ihr diesen Traum zu erfüllen. Er hätte ihr einen Palast mit einem viel größeren und schöneren Garten hierhin gestellt. Warum hatte sie alles kaputt gemacht?
Der Kfz-Fritze kam ihm wieder in den Sinn. Ein attraktiver Mann – groß, kräftig und wesentlich schlanker als er. Er hatte ihn nur im Blaumann gesehen und sein Gesicht dabei nur kurz

erblickt. Ob das dieser Dieter von damals war? Während er noch darüber grübelte, trat ein Teenager auf die Terrasse und ließ sich in den Liegestuhl fallen. Alexander ging zurück zu seinem Auto und dachte weiter nach. Der Junge war circa 17 oder 18 Jahre alt, das würde passen. Der Blaumann musste Dieter gewesen sein! Den Namen hätte er am liebsten aus seinem Gedächtnis gestrichen. Er war an allem schuld – er hatte sie manipuliert und gegen ihn aufgebracht! Er war Ungeziefer, ein Parasit! Und was machte man mit solchen Schädlingen?
Es gab nur eine Antwort.
Alexander ballte die Hände zu Fäusten, spannte alle Muskeln seines Körpers an und hielt die Luft an. Diese Kraftanstrengung half ihm, Stress abzubauen.

„Du warst heute aber lange im Labor. Was machen die Bakterien?“, fragte Angélique gut gelaunt.
„Es war ein guter Tag, ich hab tolle Fortschritte gemacht. Montag wird es daher auch später.“
„Du arbeitest zuviel! Wir sollten uns auch mal wieder Zeit für uns nehmen.“ Sie stellte sich hinter ihn, führte ihre Hand von unten durch sein T-Shirt bis zur Brust und streichelte zärtlich über seine Brustwarzen.
„Ich habe dich vermisst“, flüsterte sie ihm ins Ohr.
Alexander wusste sofort, worauf das hinauslief. Gestern Abend war sie nach dem Konzert im Auto zickig geworden, was er überhaupt nicht leiden konnte. Als sie dann nachts zu ihm gekrochen war, hatte er sie kalt abgewiesen. Er hatte sich mit anderen Gedanken zu beschäftigen. Andererseits konnte er bis Montag momentan sowieso nichts machen. Eine Ablenkung wäre jetzt vielleicht keine schlechte Idee, um seine aufgestauten Aggressionen abzubauen.
„Geh ins Schlafzimmer und leg die Sachen parat. Ich werd gleich kommen.“
Ihre zwiespältige Persönlichkeit faszinierte ihn. Sie war eine selbstbewusste, zielstrebige Frau, die sich beim Sex aber ihrem Partner vollkommen auslieferte. Er erinnerte sich noch, wie sie

bei ihrer ersten Begegnung sagte, der Körper einer Frau würde ihrem Mann gehören. Das hatte ihm gefallen. Im Bett behandelte sie ihn mit Respekt und gehorchte ihm widerstandslos. Beide hatten ein Faible für bestimmte sexuelle Praktiken, insbesondere härtere Fessel- und Bondagepraktiken.
Angélique genoss Alexanders Dominanz im Bett. Als Unterworfene konnte sie vollkommen abschalten und alle moralischen Bedenken vergessen. Sie legte sich mit angezogenen Knien und dem Gesicht nach unten auf das Bett. Mit geübten Griffen wickelte Alexander die Seile um ihre Unter- und Oberschenkel, so dass sie die Beine nicht mehr strecken konnte. Dann zog er das Seil stramm zwischen ihren Beinen auf den Rücken und fesselte dort ihre Hände. Aus den Augenwinkeln sah sie, wie er zu dem Lederriemen griff und ausholte. Sie schrie kurz auf, als sie den brennenden Schmerz auf ihrem nackten Hintern spürte. Sie empfand ein masochistisches Vergnügen und verlangte ohne Worte nach mehr Schlägen.
Es erregte Alexander, seine Partnerin gefesselt in dieser erotischen Position zu sehen. Mit jedem Schlag fühlte er sich freier. Er stand nicht auf Leder, Latex und Lack, für die Bondage verwendete er Hanf- oder Juteseile und Handschellen. Als Angéliques schmerzvolles Stöhnen nachließ, legte er die kleine Peitsche beiseite und löste die Schnüre, damit sie die Beine wieder strecken konnte. Er drehte sie dann weiterhin gefesselt auf den Rücken und lebte seine Phantasien aus. Das Gefühl der Macht berauschte ihn.

Montag

Alexander fuhr direkt am frühen Morgen mit seinem Ford Mustang nach Hürth-Kalscheuren. Es war sein Zweitwagen, den er normalerweise nur an den Wochenenden aus der Garage holte. Warum sollte er aber heute die Gelegenheit nicht nutzen und seinen zwei Jahre alten Sportwagen zur Inspektion bringen? Außerdem war er aus versicherungstechnischen Gründen auf Angélique zugelassen und so konnte Dieter durch den Namen im Fahrzeugschein keine Rückschlüsse auf ihn ziehen. Auf die Begegnung mit Dieter war er unheimlich gespannt. Sie kannten sich kaum, hatten in ihrem Leben vielleicht vier Sätze miteinander gewechselt. Insofern hielt er es für äußerst unwahrscheinlich, dass Dieter ihn nach zwanzig Jahren wiedererkennen würde.

Er stellte den Mustang vor dem geöffneten Hallentor der Werkstatt ab und ging hinein. Ein junger Mann, vermutlich ein Lehrling, schraubte an einem Renault Kangoo mit der Aufschrift *Breckmann-Feinkost*. In der Halle standen noch weitere Renaults dieser Firma. Alexander fragte ihn nach seinem Chef und wurde in das angrenzende Büro verwiesen. Er klopfte an die Glastür und betrat den kleinen, fensterlosen Raum. An den Wänden hingen Plakate mit Mannschaftsfotos des 1. FC Köln. Hinter einem unaufgeräumten Schreibtisch saß der Chef und telefonierte mit einem Kunden. Kein Zweifel, es war Dieter! An seinen Gesichtszügen und der Art und Weise, wie er sprach, konnte Alexander ihn zweifelsfrei erkennen. Das gab ihm zu denken! Jetzt musste er höllisch aufpassen, nicht ebenfalls erkannt zu werden. Nachdem Dieter aufgelegt hatte, sprach Alexander ihn an und versuchte dabei, besonders fahrig und unbeholfen zu wirken. So konnte Dieter ihn unmöglich in Erinnerung haben.

„Entschuldigen Sie bitte, Chef, könnte ich vielleicht mein Auto zur Inspektion hier lassen?“

„Tut mir leid, die Halle steht voll und ein Mitarbeiter ist krank. Das werde ich heute nicht schaffen. Ich kann Ihnen für Mittwoch einen Termin geben.“

Alexander tat so, als ob er überlegen müsste, bevor er antwortete. „Bedauerlicherweise habe ich die nächsten Tage überhaupt keine Zeit.“

„Ich habe diese Woche leider keinen Leihwagen zur Verfügung. Sie können aber auch am Samstag kommen.“

„Nee, da muss ich auch arbeiten und anschließend zum FC. Schade, dann muss ich meinen Mustang woanders hinbringen."
Er hatte sich gestern extra noch erkundigt, wann und gegen wen Köln am kommenden Wochenende spielte.
Er wusste nicht, ob es der Hinweis auf den Mustang oder auf den FC war, auf jeden Fall ging Dieter mit ihm vor die Halle und inspizierte sein Auto. Er schaute sich die Reifen an, beleuchtete die Bremsbeläge und ließ sich dann den Motor zeigen.
„Ein geiles Teil. Wie alt?"
„Drei Jahre, habe ich über einen Import-Händler aus Österreich bekommen. 3,7 Liter V6 Motor, 305 PS."
„Ich hatte mal einen alten Mustang von 1980. Kommen Sie mal mit rein, ich zeige Ihnen die Bilder."
Das lief ja wie am Schnürchen, dachte Alexander, und schaute sich unauffällig in der Werkstatt um. So langsam nahm sein Plan Gestalt an. Interessiert betrachtete er die Fotos. Dieter schwelgte in alte Erinnerungen und erzählte, wie er die Zeit mit seinem Mustang genossen hatte. Seine Frau und er wären, damals noch kinderlos, viel damit unterwegs gewesen. Tagsüber im Mustang und abends im Zelt, meist mit einer Flasche Tequila.
Dieter wurde auf einmal bewusst, dass er einem fremden Mann immer mehr Details aus seinem Privatleben anvertraute und wurde wieder geschäftlich. „Was erzähle ich Ihnen hier eigentlich? Sie können Ihren Mustang heute um 17:00 Uhr abholen."
Die Informationen waren für Alexander Gold wert. Zufrieden ließ er sich ein Taxi rufen.

In der Fakultät setzte Alexander sich sofort an den Computer und recherchierte nach Informationen über die Firma *Breckmann-Feinkost*. Bei dem Hinweis auf das Firmenjubiläum vor zwei Wochen kam ihm eine Idee, die sich wunderbar mit seinem Plan vereinbaren ließ.

Er schrieb:

Sehr geehrter Herr Müller,

seit vielen Jahren warten und pflegen Sie zu unserer vollsten Zufriedenheit die Firmenfahrzeuge der Firma Breckmann-Feinkost. Anlässlich unseres Firmenjubiläums möchten wir uns bei Ihnen als zuverlässigem Geschäftspartner für die gute und angenehme Zusammenarbeit mit einer kleinen Aufmerksamkeit herzlich bedanken.

Auf eine weiterhin gute Kooperation

Dr. Fallenberg
–Mitglied des Vorstands–

Zufrieden überflog er noch einmal das Schreiben und steckte es dann in ein Kuvert. Jetzt brauchte er nur noch „die kleine Aufmerksamkeit". Was könnte da in Frage kommen? Tequila? Für den schien Dieter ja eine Schwäche zu haben. Alexander spazierte zur Dürener Straße und wurde in einem Feinkostladen fündig. Er entschied sich für eine Flasche Cuervo 1800 Reserva Anejo und ließ sich dazu einen schönen Geschenkkarton geben.
Zurück im Labor nahm Alexander das Nervengift aus dem Kühlschrank und betrachtete nachdenklich die Ampulle. Bei Ratten hatten kleinste Mengen des Toxins sofort tödlich gewirkt. Er zog die Flüssigkeit in eine Spritze und benutzte dann die dünnste Nadel, um den Giftstoff durch den Korken in den Tequila zu spritzen. Anschließend überprüfte er den Korken: Die Einstichstelle war nicht zu erkennen.

Diesmal nahm er die Straßenbahn, was er jedoch bereits nach wenigen Minuten bereute. Hätte er vorher gewusst, wie überfüllt die Bahnen während des Feierabendverkehrs waren, wäre er wieder Taxi gefahren. Aber jetzt hatte er sich einmal entschlossen, die 25 Euro zu sparen, also zog er es auch durch. Nach zweimaligem Umsteigen und zehnminütigem Fußmarsch kam er um 17:10 Uhr in der Werkstatt an. Sein Mustang stand unverschlossen vor der Tür. Er verstaute seinen

Rucksack mit der Flasche Tequila im Kofferraum und ging in die Halle. Dieter, der gerade in der Grube stand und einen Auspuff an einem Renault Kangoo montierte, rief ihm zu, er möge kurz in seinem Büro auf ihn warten. Alexander nutzte die Zeit und warf einen Blick in Dieters Terminkalender. Er las in den Tagesspalten Namen von Kunden, Telefonnummern und Automarken. An den Wochenenden waren die Spiele des 1. FC Köln eingetragen, manchmal mit dem Zusatz *Sportsbar* oder *Sportsbar Geißbock*. Anscheinend trafen sie sich vor dem Spiel dort. Schnell legte er den Kalender zurück, als er Dieter aus den Augenwinkeln kommen sah.
Sie redeten kurz über den Mustang, bis Dieter dann auf den FC zu sprechen kam. Auf diesem Gebiet war Alexander nicht so firm, weshalb er sich mit Hinweis auf einen wichtigen Termin zügig verabschiedete.

Sein Plan stand fest. Er war noch mal alle Eventualitäten durchgegangen: Das Nervengift würde innerhalb von wenigen Stunden tödlich wirken. Sie würden Dieter obduzieren und ein unbekanntes Toxin als Todesursache vermuten. Nur er kannte den Bakterienstamm, der die tödlichen Eiweiße produzierte – er hatte ihn geschaffen! Eine wohlige Wärme durchströmte seinen Körper. Einzig der Gedanke, dass er alle seine Forschungsunterlagen vernichten musste, um nicht in Verdacht zu geraten, schmerzte ihn. Sein Werk, sein geistiges Erzeugnis würde niemals der Öffentlichkeit präsentiert. Aber das musste er wohl in Kauf nehmen.
Zweifellos würden Chemiker die unbekannte toxische Substanz in dem Tequila über kurz oder lang analysieren. Darauf musste er vorbereitet sein. Um jede erdenkliche Spur zu ihm zu verwischen, machte er extra einen kleinen Umweg zu dem Postamt in unmittelbarer Nähe der Firma Breckmann-Feinkost. Man würde die Firmenleitung nicht lange verdächtigen und dann die Paketsendung detailliert zurückverfolgen. Er wollte zumindest den Anschein erwecken, der Täter sei im Umkreis dieser Firma zu suchen.

Gegenwärtige Zeit
Dienstag

Staatsanwalt Hans Weiler, Arndt Siebert, Fisch und Kid hatten sich kurzfristig zu einem gemeinsamen Arbeitsfrühstück in der Polizeikantine getroffen. Weiler war äußerst angespannt, weil gleich im Polizeipräsidium eine weitere Pressekonferenz stattfinden sollte und er immer noch keine Informationen für die Journalisten hatte. Er würde ihnen diesmal lang und breit das toxikologische Gutachten erläutern und darauf hinweisen, dass der oder die Täter Experten auf dem Gebiet der Toxikologie sein mussten. Ansonsten konnte er nur darauf verweisen, dass die Ermittlungen auf Hochtouren liefen und man jeder Spur nachging. Das würde den Pressehyänen aber nicht reichen, deshalb saßen sie zusammen, um weitere erfolgversprechende Maßnahmen abzustimmen. Nach der zum Teil kontroversen Diskussion wurde als Ergebnis festgehalten, über die Fallanalytiker vom Landeskriminalamt Düsseldorf ein Profilbild des Täters erstellen zu lassen. Anschließend wollte man damit an die Öffentlichkeit gehen.

Fisch unterhielt sich lange mit dem Sachgebietsleiter der operativen Fallanalyse beim Dezernat 31. Dieser ließ sich viele Einzelheiten des Falles telefonisch vorab erzählen und verlangte am gleichen Tag noch die Durchschriften der Ermittlungsakten. Am Tag darauf würde er morgens ein Team ins Polizeipräsidium nach Köln schicken, das zunächst einmal nur prüfen sollte, ob mit den vorhandenen Informationen überhaupt eine Fallanalyse mit einem Täterprofil erstellt werden konnte.
Kid und Charlie werteten derweil die eingegangenen Fragebögen aus. Sie gingen jedem kleinen Hinweis nach, selbst wenn nur erwähnt wurde, dass einer in Biologie und Chemie in der Schule immer eins gestanden hatte. Währenddessen übertrug Katie alle Daten in ein polizeiinternes Programm, mit

dem man Verknüpfungen erstellen und Filter setzen konnte. Das würde ihre und die späteren Ermittlungen der Profiler erheblich erleichtern.

Zwei Wohnungsbesichtigungen standen für Kid heute Abend an. Er hatte noch etwas Zeit und nachdem er den ganzen Tag nicht aus dem Büro rausgekommen war, freute er sich auf einen Spaziergang um den Decksteiner Weiher. Seit Tagen schlief er nun schon im Gästezimmer, Senna wollte das so. Er konnte nicht begreifen, dass seine Ehe nach dreiundzwanzig Jahren von heute auf morgen in die Brüche ging. Kam das alles wirklich überraschend oder hatte er nicht schon länger das Gefühl gehabt, dass sie sich immer weniger zu sagen hatten? In den letzten beiden Jahren hatte er äußerst viele Überstunden gemacht, war immer später nach Hause gekommen. Aber war das der Grund? Er musste sich eingestehen, dass Senna ihn schon vor langer Zeit gebeten hatte, weniger zu arbeiten. Ihre Bedürfnisse einfach zu ignorieren, war keine Lösung. Aber was wollte er eigentlich, was waren seine Bedürfnisse? Er ging gerne arbeiten und er liebte Köln. Genau genommen freute er sich sogar darauf, bald in Köln zu wohnen. War das vielleicht der Grund? Senna hatte sich immer gesträubt, mit ihm in eine Großstadt zu ziehen.
Kid hatte an der Gleueler Straße geparkt und war von dort in wenigen Minuten in Köln-Braunsfeld. Die Lage war traumhaft, jedoch hatte die Wohnung den großen Nachteil, dass Kid in der kleinen Küche aufgrund seiner Körpergröße und der Dachschräge nur in gebückter Haltung stehen konnte.
Die zweite Wohnung befand sich zentral in Köln-Sülz. Kid war von dem quadratischen Wohnraum mit den sichtbaren Holzbalken, dem großen Balkon und der offenen, geräumigen Küche sofort begeistert. Der Mieter wollte vorzeitig aus dem Vertrag und bot Kid an, die Wohnung bereits in einer Woche unrenoviert übernehmen zu können. Die Einbauküche bot er ihm für 700 Euro an. Das war alles ganz in Kids Sinne.

Mittwoch

Fallanalytiker beim Landeskriminalamt sind erfahrene, speziell ausgebildete Kriminalbeamte. Anhand von Indizien, Spuren und sonstigen Umständen schließen sie auf das Verhalten des Täters und erkennen mögliche Muster, die sie als Entscheidungshilfen an die Ermittler weitergeben. Ein Team besteht in der Regel aus vier Profilern.

Um 09:00 Uhr parkten Kriminalhauptkommissar Prestin und sein Fallanalyse-Team ihren Mercedes Vito auf dem Besucherparkplatz vor dem Polizeipräsidium Köln, gingen mit ihren Reisetrolleys ins Foyer und meldeten sich beim Pförtner an. Kid holte sie dort ab und war erstaunt, mit wie viel Gepäck sie angereist kamen. Sie hatten sich auf den Fall gut vorbereitet und warteten bei der anschließenden Besprechung mit bereits vorgefertigten Schaubildern auf. Fisch und Kid lieferten ihnen noch ergänzende Informationen, die nicht in den Akten standen. Anschließend zogen sich die Fallanalytiker vom Landeskriminalamt in ein leer stehendes Büro zurück. Zunächst wollten sie mehr über die Art und Wirkungsweise des Botulinumtoxins erfahren und nahmen daher Kontakt mit den zuständigen Rechtsmedizinern und Gutachtern auf.

Kriminaloberkommissar Scheibe vom KK 35 kam gegen Mittag zu Fisch ins Büro und überreichte ihm eine DVD.

„Hi Fisch, hier hast du deinen Krempel zurück."

„Was ist das?"

„Eine Kopie der Festplatte von van Loogs Laptop."

„Ach ja, und?"

„Wie und? Ich habe zwei volle Tage gebraucht; das Gerät ist die reinste Datenbibliothek!" Scheibe schmiss mit einer lässigen Handbewegung einen prall gefüllten Aktenordner auf den Schreibtisch.

„Mach es nicht so spannend! Hast du irgendwas gefunden, was uns weiterbringt?"

„Bin ich Albert Einstein? Manche Dokumente konnte ich gar nicht verstehen, die waren voll mit biochemischen Formeln und so einem Kauderwelsch. Ich habe dir die entsprechenden Berichte hier in den Ordner geheftet. Ansonsten war alles unauffällig, noch nicht einmal schweinische Bilder. Der Typ scheint sich nur für Naturwissenschaften zu interessieren."
„Und für den FC", fügte Fisch hinzu.
„Das erklärt den Bildschirmschoner."
„Ich danke dir. Ich werde mich heute noch um die Berichte kümmern."

Fisch blätterte den Aktenordner durch und musste seinem Kollegen Recht geben. Wer sollte das verstehen und vor allen Dingen, wen interessierte die Dünnschichtchromatographie von Aminosäuren oder die gesundheitliche Relevanz von Antioxidantien? Er überflog die Seiten, ohne zu wissen, wonach er eigentlich suchte. Vielleicht fiel ihm irgendwo das Wort toxisch oder toxikologisch auf. *Aber selbst wenn, was bringt mir das?*, dachte er und schlug den Ordner wieder zu. Anschließend rief er beim Dezernat 61 im Landeskriminalamt an und vereinbarte mit einem Chemiker, dass ihm noch heute der Aktenordner per Kurier zur Auswertung zugesandt werden würde.

Um 15:30 Uhr fuhren die Fallanalytiker wieder nach Düsseldorf zurück. Sie wollten am Tag darauf noch weitere Daten auswerten und sich auch die Gegend rund um das RheinEnergie-Stadion angucken.
Eigentlich konnte Kid heute pünktlich gehen, aber er wollte sich vorher im Internet noch Möbel ansehen. Vorrangig suchte er nach einem Bett und einem Schlafzimmerschrank. Seinen Fernsehsessel und den großen Fernseher würde er aus der Eifel mitnehmen. Senna war damit einverstanden, sie sah sowieso kaum fern. Die restlichen Möbel konnte er dann nach und nach kaufen. Er verglich die Möbel in mehreren Einrichtungshäusern und entschied sich am Ende für eine schwedische Ausführung.

Zufrieden mit seiner Wahl überlegte er, ob er heute noch zu IKEA fahren sollte, fühlte sich aber zu müde. Das hatte Zeit bis morgen oder übermorgen.
Auf der Heimfahrt hörte er im Radio *Paradise City* von Guns N' Roses. Er drehte direkt den Lautstärkeregler hoch. Laute Musik war nach seinem Dafürhalten die beste Medizin gegen schlechte Laune und lenkte ihn von der tristen Stimmung zu Hause ab.
Senna war nicht da, was ihm im Grunde genommen auch recht war. Er zog sich Shorts an, nahm sich eine Flasche Bier und setzte sich vor den Fernseher. Einfach abhängen und an nichts denken – wann hatte er das zum letzten Mal gemacht? Irgendwann schlief er beim Vorabendkrimi ein.
Von einem lauten Poltern wurde er wach. Schlaftrunken schaute er auf die Uhr: Zwei volle Stunden hatte er geschlafen. Während er sich reckte, kam Senna ins Wohnzimmer, ließ sich in den Sessel fallen und schaute ihn lächelnd an. Kid runzelte die Stirn und konnte mit der Situation nicht sofort etwas anfangen. Wann hatte sie ihn das letzte Mal angelächelt? Wann hatten sie in letzter Zeit überhaupt mal gemeinsam in einem Raum gesessen?
„Und, wie war deine Arbeit?", fragte sie in schleppendem Tonfall. Sie musste betrunken oder zumindest stark angeheitert sein. So hatte er seine Frau schon viele Jahre nicht mehr erlebt.
„Was ist mit dir los? Hast du getrunken?"
„Nicht der Rede wert, zwei Cocktails bei Luzi im Garten", lallte sie und erhob sich schwerfällig aus dem Sessel.
„Das war offensichtlich bei dieser Hitze zuviel. Leg dich besser hin und schlaf."
„Quatsch, wir trinken noch einen zusammen." Sie ging mit unsicheren Schritten zum Kühlschrank und holte eine Flasche Sekt heraus.
„Hier, mach mal auf!" Sie hielt ihm die Flasche hin und geriet dabei ins Straucheln.
Kid reagierte gedankenschnell, griff den Sekt mit der einen

Hand und versuchte mit der anderen, sie zu stützen. Ihr knickten aber die Beine weg und sie fiel ihm geradezu seitwärts in den Schoß. Mit großen Augen schaute sie ihn sekundenlang an. Er fragte sich, was er davon zu halten hatte und beäugte sie misstrauisch. Plötzlich packte sie ihn am Nacken und beugte sich zu ihm hin. Bevor er wusste, wie ihm geschah, küsste sie ihn auf den Mund. Als er etwas erwidern wollte, nutzte sie diesen Moment, um ihn noch intensiver zu küssen. Während er sich langsam der Situation hingab, schwirrten tausend Gedankenfetzen in seinem Kopf herum. Erinnerungen an früher wurden wach: Zeiten, in denen sie zu jeder Gelegenheit Zärtlichkeiten ausgetauscht hatten. Wollte sie jetzt einen Neuanfang? Er dachte an die Wohnung in Köln-Sülz. Hatte er da ein bisschen voreilig gehandelt?

„Mach doch endlich die Pulle auf!" Senna angelte nach der Flasche und hielt sich dabei mit der anderen Hand an seinem Nacken fest.

„Schluss jetzt!" Kid erhob sich mit einem Ruck und brachte sie ins Badezimmer. „Du hast genug Alkohol getrunken. Wir gehen schlafen."

„Okay", hauchte sie ihm entgegen und versuchte dabei, ein Auge zu schließen. Kid musste lachen: Frauen konnten einfach nicht zwinkern!

Er machte sich auf der Gästetoilette fertig und überlegte, ob er ins Ehebett oder in sein Zimmer gehen sollte. Senna nahm ihm die Entscheidung ab. Nur mit Slip und BH bekleidet kam sie aus dem Bad, nahm seine Hand und führte ihn die Treppe hoch ins Schlafzimmer. Willenlos, aber voller Erwartung folgte er ihr. Die Gedankenfetzen wichen seinem körperlichen Verlangen.

Donnerstag

Kriminalhauptkommissar Prestin und sein Team hatten gestern Abend noch über die Kölner Sportstätten GmbH einen Verantwortlichen für das RheinEnergieStadion erreicht

und mit ihm einen Termin ausgemacht. Da der unmittelbare Tatort noch nicht bekannt war, wollten sie den letzten Aufenthaltsort der Verletzten und Getöteten aufsuchen, um geografische Aspekte in ihrer Analyse zu bewerten. Sie versuchten, örtliche Bezüge des Täters festzustellen. War das RheinEnergieStadion eine bewusst vom Täter gewählte Örtlichkeit? Wollte er viel Öffentlichkeit?
Zwei Profiler gingen anschließend die Erstberichte zur Auffindesituation durch und verglichen die Angaben mit dem vor ihnen ausgebreiteten Stadionplan. Die beiden anderen werteten die Vernehmungsprotokolle der Verletzten aus und untersuchten die soziodemographischen Daten. Die Opfer waren überwiegend männlich, zwischen sechzehn und neunundzwanzig Jahre alt, allesamt ledig und übten unterschiedliche Tätigkeiten aus. Als Schüler, Studenten, Handwerker und Verwaltungsbeamte ordnete man sie der mittleren sozialen Schicht zu.

Kid kam erst um 09:00 Uhr zum Dienst. Er hatte Fisch von unterwegs angerufen und gesagt, er würde später kommen. Er verstand Senna nicht. Okay, sie war gestern betrunken gewesen, aber warum behandelte sie ihn heute Morgen wieder so abweisend? Er hatte extra gewartet, bis sie wach war, um mit ihr gemeinsam zu frühstücken. Und was machte sie? Sie stand auf, sagte, sie habe keinen Hunger und verschwand im Bad. Als er eine Erklärung verlangte, rief sie ihm durch die verschlossene Badezimmertür lediglich zu, dass sich an der ursprünglichen Situation nichts geändert habe.

Nachdem Fisch den Fall schon vergangene Woche über den kriminalpolizeilichen Meldedienst an sämtliche Polizeibehörden im Bundesgebiet gesteuert hatte, teilte das Bundeskriminalamt heute mit, dass kein ähnlich gelagerter Fall mit einem Botulinumtoxin bekannt sei. Es war einfach nur enttäuschend – keinen Schritt kamen sie weiter! Die Profiler waren ihre letzte Hoffnung.

Sein Telefon klingelte und er las die interne Durchwahl vom Landeskriminalamt auf dem Display. *Das wird der Chemiker sein, der van Loogs Unterlagen ausgewertet hat,* dachte Fisch. *Hoffentlich mit guten Nachrichten!*
Der Wissenschaftler holte weit aus und erklärte mit Begeisterung, wie interessant die Ausarbeitungen seien, die er ihm geschickt habe. Fisch wollte nicht unhöflich wirken und hörte ungeduldig zu. Erst am Ende des Vortrages sagte der Chemiker, dass es in den Unterlagen keine Hinweise auf ein Nervengift oder andere Indizien auf den Giftanschlag gegeben hatte. Enttäuscht bedankte Fisch sich und informierte seine Truppe.

Staatsanwalt Weiler hatte bereits zweimal angerufen und Fisch gefragt, wann die Experten vom Landeskriminalamt ihre Ergebnisse bekanntgeben würden. Er wollte sofort schriftlich informiert werden und gab Fisch vorsorglich seine private Faxnummer. Fisch konnte ihn gut verstehen – es gab keine einzige verheißungsvolle Spur, was für jeden Ermittler frustrierend war. Er schlenderte über den Flur und überlegte, ob er noch mal die Profiler aufsuchen sollte. Er kam sich vor wie ein ungeduldiger Patient in einem Wartezimmer. Ein lautes Lachen riss ihn aus seinen Gedanken. Er ging in das Büro, aus dem das Gelächter kam, und traf dort auf Katie und Kid.
„Was ist denn hier los?"
„Kid erzählt mir gerade Anekdoten aus eurer gemeinsamen Zeit bei der Schutzpolizei. Ihr habt ja einiges erlebt." Katies Augen leuchteten.
„Hat er wieder mit unseren heldenhaften Taten geprahlt? Mit der Geschichte, wie wir zu zweit fünf Autoknacker auf frischer Tat erwischt haben?"
„Nee, heldenhaft kann man das nun wirklich nicht nennen, was er mir gerade erzählt hat. Ich stelle mir die Situation gerade vor: Du bist bei einer allgemeinen Verkehrskontrolle und plötzlich ziehst du deine Schultern hoch und verharrst in dieser Position. Dann fühlst du mit einer Hand ganz vorsichtig über deinen

Schädel und packst in den zähflüssigen Taubenschiss." Katie prustete vor Lachen.

„Ein Bild für die Götter – und dann reicht ihm der Autofahrer noch voller Mitleid ein Tempo …", ergänzte Kid, der seine Schadenfreude nicht mehr ganz unterdrücken konnte.

„Na warte", entgegnete Fisch. „Ich hab auch noch Storys auf Lager! Zieh dich schon mal warm an …" Seine Drohung zeigte allerdings keine große Wirkung, da er selbst lachen musste.

„Hier seid ihr also. Die Kollegen vom Landeskriminalamt erwarten uns im Besprechungsraum", rief Arndt Siebert ins Büro und gab ihnen einen Zeichen, sich zu beeilen.

Charlie grübelte den ganzen Tag über die eingegangenen Fragebögen und suchte nach einer persönlichen Schnittstelle zwischen den Kölner und Düsseldorfer Fanclubs. Ehrmann stand immer noch im Fokus ihrer Ermittlungen, was den Diebstahl des Kölner Clubbanners anging. Der Tatverdacht war aufgrund seiner einschlägigen Vorstrafen begründet, allerdings konnten sie ihm keine persönliche Verbindung zu den Kölner Fans oder zu der Autowerkstatt Müller in Hürth nachweisen. Eine Idee schoss Charlie durch den Kopf: Ein Kunde konnte das Banner in der Werkstatt gesehen und diese Information weitergegeben haben. Sie brauchten die Namen von Müllers Kunden – zumindest von denen, die kurz vor der Tatzeit in der Werkstatt gewesen waren. Während ihm das durch den Kopf ging, stürzte Katie in sein Büro und rief, er solle in den Besprechungsraum kommen, die Profiler würden ihre Analyse vorstellen.

Kriminalhauptkommissar Prestin stellte die Ergebnisse der Teamarbeit in einer PowerPoint-Präsentation vor. Auf einer Leinwand standen zwei Punkte:

Erhebung der Falldaten
Bewertung und Interpretation der Falldaten

Prestin übernahm das Wort und erläuterte den Anwesenden, welche Informationsquellen sie für ihre Bewertung herangezogen hatten. Auf der Projektionswand erschienen Bilder des Grundrisses des gesamten RheinEnergieStadions und des Fanblocks in der Nordkurve. Acht Kreuze wiesen auf die Stellen hin, an denen die Opfer zusammengebrochen waren. Prestin schilderte die Auffindesituation der Vergifteten und ging anschließend auf die Opfer- und Zeugenvernehmungen ein. Eine Grafik zeigte die soziodemografischen Daten aller Mitglieder der beiden Fanclubs. Nachdem er hierüber einige Worte verloren hatte, berichtete er über die Obduktions- und Untersuchungsbefunde.
Kid stieß Fisch in die Seite und flüsterte ihm ins Ohr: „Das hört sich alles hochwissenschaftlich und toll an, aber es hilft uns keinen Schritt weiter! Wetten, dass die auch keine besseren Ideen als wir haben?“
„Warte mal ab. Ich bin gespannt, was sie uns noch zu sagen haben.“
„Kommen wir nun zur Bewertung und Interpretation der Falldaten“, fuhr Prestin fort.
„Um die Tatsituation und das Verhalten des Täters bewerten zu können, ist es von entscheidender Bedeutung, ob die Vergifteten ausgesucht wurden oder ob sie Zufallsopfer waren. Leider haben wir für diese Bewertung zu wenig Anhaltspunkte. Aus den Gutachten geht hervor, dass das Gift auf dem Weg zum Stadion konsumiert wurde. Die Opfer kannten sich ausschließlich über den Fanclub *Düsseldorfer Devil Boys*, ansonsten gab es keine gemeinsamen Berührungspunkte. Wir müssen daher von Zufallsopfern ausgehen, von denen wir keine Rückschlüsse auf den Täter ziehen können. Eine Tathergangsanalyse und Verhaltensbewertung des Täters ist aus diesem Grunde nicht möglich. Zwei wesentliche Aussagen schränken den Täterkreis ein.“ Prestin las von der Leinwand folgende Leitsätze ab:

Täter musste die Möglichkeit haben, an Botulinumtoxin zu kommen. Täter musste Kontakt zu den vergifteten Lebensmitteln haben.

„Mit den vorliegenden Daten können wir leider kein wissenschaftlich fundiertes Täterprofil erstellen. Was ich Ihnen jetzt sage, ist daher hypothetisch. Wir gehen von einem männlichen Einzeltäter aus. Die Tat steht in einem direkten oder indirekten Zusammenhang mit einem Fußballspiel. In diesem Milieu werden Gewalttaten erfahrungsgemäß von Männern begangen. Unserer Meinung nach spricht auch das Tatmittel Gift, welches eher Frauen zugeordnet wird, nicht gegen diese These. Sein Alter schätzen wir auf fünfundzwanzig bis vierzig Jahre. Er dürfte einen hohen Bildungsgrad, mindestens Abitur, wahrscheinlich auch ein naturwissenschaftliches Studium und einen entsprechenden Beruf haben. Er arbeitet vermutlich in einem Krankenhaus, in der Pharmaziebranche oder in einem Labor. Sollte der Täter Fan des 1. FC Köln oder von Fortuna Düsseldorf sein, spricht vieles dafür, dass er aus diesen Städten oder zumindest aus der näheren Umgebung kommt. Solche Bindungen sind in der Regel lokal.
Kommen wir zu möglichen Motiven. Da kommen natürlich alle standardmäßigen Beweggründe in Frage, weil wir nicht wissen, wo und wie die Verbreitung des Giftes erfolgt ist und es sich wahrscheinlich um keine ausgewählten Opfer handelt. Ein Motiv wäre Rache für das Vernichten des Clubbanners der *Rotweißen Elite*. Es wäre aber auch denkbar, dass ein Mitglied der *Düsseldorfer Devil Boys* Zwietracht säen und von sich ablenken wollte. Wir dürfen auch nicht einen Psychopathen als Täter ausschließen. Es tut uns leid, Ihnen nicht mehr helfen zu können. Vielleicht sind diese Informationen für Sie hilfreich, aber bitte stützen Sie Ihre Ermittlungen nicht ausschließlich darauf. Ich bedanke mich und wünsche Ihnen viel Erfolg."
Fisch und Kid waren nicht überrascht über das Ergebnis.
„Was habe ich gesagt, die haben auch keine besseren Ideen."
„Die kochen halt auch nur mit Wasser. Wo nichts ist, kann man auch nichts holen."

Direkt nach der Besprechung rief Fisch Staatsanwalt Weiler an. Sie berieten, ob sie mit diesen ungewissen Profildaten an die Öffentlichkeit gehen sollten. Weiler stand mächtig unter Druck; ständig riefen Opferanwälte beziehungsweise Journalisten an oder sein Chef wollte Informationen, weil ihn Redakteure der lokalen und überregionalen Presse mit Anfragen bombardierten.

Sie wogen das Für und Wider ab und entschieden sich dann für eine kurze Pressemitteilung:

„Im Fall der Giftanschläge im RheinEnergieStadion fahndet die Kriminalpolizei nach einem gebildeten, circa 25 bis 40 Jahre alten Mann aus dem Raum Köln oder Düsseldorf, der Zugang zu Giftstoffen hat."

Dann besprachen sie die polizeilichen Maßnahmen. Die Ermittlungen nach dem Täter sollten sich auf alle Institute, Labore und Arbeitsgruppen konzentrieren, die Berührungspunkte mit Giftstoffen, insbesondere Botulinumtoxin, hatten.

Alexander verfolgte jeden Tag neugierig die Pressemitteilungen. Sie tappten im Dunkeln, genau wie er es vorhergesehen hatte. Das beruhigte ihn. Dass zwei unschuldige junge Menschen gestorben waren, war ärgerlich. Das hätte nicht passieren dürfen! Aber es war nicht seine Schuld. Er konnte sich denken, dass die Einbrecher nicht nur das Clubbanner, sondern auch den Schnaps aus der Werkstatt geklaut hatten. Diese blöden Fußballfanatiker – allesamt asozial! Insofern spielte es keine Rolle, waren es jetzt halt zwei weniger! Aber warum stand in den Zeitungen nichts von dem Gift in der Schnapsflasche? Hatten die Bullen das noch nicht herausgefunden? Innerlich amüsierte er sich bei dem Gedanken, dass der Verdacht dann auf die Mitarbeiter der Firma *Breckmann-Feinkost* fallen würde. Da war aber noch eine andere Sache, die ihn viel mehr beschäftigte, die ihn wütend machte: Er hatte alle seine Forschungsunterlagen über den mutierten Bakterienstamm vernichten müssen und trotz sorgfältiger Planung sein Ziel nicht erreicht. Dieter lebte munter weiter. Doch er hatte bereits einen neuen Plan. Er erinnerte sich an die Einträge in Dieters Terminkalender. Dort hatte in den Wochenendspalten alle zwei Wochen der Name *Sportsbar* beziehungsweise *Sportsbar Geißbock* gestanden. Laut seinen Recherchen im Internet trafen sich dort die Fußballfans vor den Heimspielen des 1. FC Köln. Das wäre doch eine gute Gelegenheit, noch einmal zufällig auf Dieter zu treffen.

Freitag

Fisch und Kid forschten den ganzen Vormittag im Internet nach Instituten und Laboren, die mit Giftstoffen zu tun hatten. Sie informierten sich auch bei den Toxikologen in der Kölner Rechtsmedizin und bei den Chemikern im Landeskriminalamt. Es gab in Deutschland und den angrenzenden Ländern unglaublich viele Einrichtungen und Forschungsanstalten, die sich mit toxischen Substanzen befassten. Speziell im Umweltbereich fanden sie mehrere klinisch-chemische Laboratorien. In der Schweiz gab es sogar ein Institut für Botulinumtoxin-Therapien.

Zum Glück hatte Fisch den Staatsanwalt davon überzeugen können, ihre Suche erstmal nur auf Nordrhein-Westfalen zu beschränken. Es war trotzdem keine einfache Aufgabe, herauszufiltern, welche Arbeitsgruppen in den Laboren und Instituten sich in letzter Zeit mit dem Botulinum-Nervengift beschäftigt hatten. Anfangs hatten Fisch und Kid noch Hoffnung, ihre Auskünfte über Telefon zu bekommen, doch ihre Erwartungen wurden nicht erfüllt. Wenn sie jemanden erreichten, waren es die Telefonistinnen in der Zentrale, die vergeblich versuchten, sie an die zuständigen Stellen weiterzuleiten. Fisch entschied deshalb, dass er und Charlie vom Büro aus weiter ermitteln sollten, während Kid und Katie vor Ort die Institutsleiter aufzusuchen hatten.

Im medizinischen Institut der Kölner Universität untersuchte eine Arbeitsgruppe die Wirkung von Ricin zur Behandlung von akuten und chronischen Erkrankungen wie Krebs, Epilepsie oder Thrombosen, sowie zur Behandlung von Schmerzen oder Bluthochdruck. Ricin wurde aus den Samenschalen des Wunderbaumes gewonnen. Es war einer der giftigsten Eiweißstoffe, die in der Natur vorkommen. Gifte waren Alexanders Fachgebiet. Er wusste, dass 0,25 Milligramm isoliertes Ricin für eine tödliche Vergiftung eines Erwachsenen genügten.

Vor drei Tagen hatte er in der Cafeteria eine junge Chemikerin aus der Projektgruppe *Ricin* kennengelernt und sich angeregt mit ihr unterhalten. Dieser Gedankenaustausch war eine Fügung des Schicksals gewesen. Als guter Zuhörer und humorvoller, intelligenter Gesprächspartner hatte er schnell ihre Sympathien gewonnen. Während er ihr bei jeder passenden Gelegenheit charmant zugelächelt hatte, hatte er im Hinterkopf bereits seinen Plan geschmiedet.

Heute passte er sie auf dem Weg zum Institut ab und fing einen unverfänglichen Smalltalk mit ihr an. Er lenkte bewusst das Gespräch auf ihre Laborarbeit und zeigte großes Interesse an ihrem Projekt. Kurz bevor sich ihre Wege trennten, hatte er sein Ziel erreicht. Sie fragte ihn, ob er nicht Lust habe, sich mal ihren Arbeitsbereich anzusehen.

Er genoss jedes Mal das erhebende Gefühl, Menschen zu seinen Marionetten gemacht zu haben. Seine junge Kollegin erklärte ihm ihre neuesten Forschungsergebnisse und welche Versuche sie mit Ratten bisher durchgeführt hatte. Sie zeigte auf eine große Petrischale, in der sich zahlreiche Kapseln mit bereits isoliertem Ricin befanden.

„Hier, das ist das Material für die nächste Versuchsreihe. Ich bin noch nicht dazu gekommen, es zu protokollieren."

Er konnte sein Glück kaum fassen, als ihr Handy klingelte und sie sich wegdrehte, um ungestört telefonieren zu können. Geistesgegenwärtig nutzte er die Gelegenheit und steckte sich eine Kapsel in die Hosentasche.

Zurück an seinem Arbeitsplatz öffnete er die Kapsel und wog das Pulver: 0,22 Milligramm. Eigentlich hatte er sich etwas mehr erhofft, aber auch diese Menge dürfte reichen, um einen Menschen zu töten. Er füllte das Ricin zurück in die Kapsel und spürte eine regelrechte Vorfreude, als er kurz darauf im Internet las, dass der 1. FC Köln am nächsten Tag, dem Samstag, zu Hause gegen St. Pauli spielte. Sein Plan nahm konkrete Formen an.

Die Bundeskanzlerin zu erreichen wäre wahrscheinlich einfacher gewesen, als Freitagnachmittag institutionelle Staatsgammler ans Telefon zu bekommen, dachte Charlie und schloss seine Schreibtischschublade auf, um aus der hintersten Ecke seine Flasche zu holen. Die letzten Tage hatte er sich etwas besser gefühlt, aber heute vor dem Wochenende spürte er wieder diesen Druck auf der Brust. Das Atmen fiel ihm umso schwerer, je mehr er über die Ausweglosigkeit seiner Situation nachdachte. Sein Denken wurde von dem ständigen Verlangen, etwas gegen die Sinnlosigkeit seines Lebens zu unternehmen, überschattet.

Er nahm einen zweiten Schluck aus der Pulle und schaltete seinen Computer ab. Anschließend ging er gemächlich zum Aufzug und fuhr in den Keller. Keine Menschenseele nahm Notiz von ihm. Auch auf dem Weg zur Waffenkammer begegnete er niemandem. Schon seit Jahren hatte er keinen Außendienst mehr gemacht und genauso lange auch seine Waffe nicht mehr angerührt. Er nahm die Neun-Millimeter-Automatik-Pistole aus dem Fach und wischte mit dem Zeigefinger den Staub oben vom Verschluss weg. Dann hielt er sich den Lauf an die Stirn und drückte ab.

Klick!

Das Magazin lag noch im Waffenfach.

Eine Frage beschäftigte ihn sehr. Was wäre, wenn er überlebte und womöglich nicht mehr in der Lage wäre, seinen Willen zu äußern? Geistesgestört, im Wachkoma, blind oder, oder …

Es gab viele Beispiele von Selbstmordversuchen, bei denen

die Suizidenten mit den schlimmsten Hirnverletzungen überlebten.
Er schob das Magazin in den Schacht, steckte die Waffe in seine Umhängetasche und verließ den Raum. Diesmal nahm er die Treppe ins Erdgeschoss. Die Grüße zweier entgegenkommender Kollegen ignorierte er gedankenverloren. Er war nicht mehr im Dienst. Er war weit weg, bei Dörthe …

„Fisch, ich wollte nur mal nachfragen, ob ihr im Außeneinsatz seid." Fisch spürte die Unruhe in Arndt Sieberts Stimme.
„Katie und Kid sind draußen, kommen aber gleich wieder rein."
„Und was ist mit Charlie?"
Fisch schaute auf die Uhr, bevor er antwortete: „Wenn der nicht im Büro sitzt, dann wird er seit einer halben Stunde weg sein. Du kennst ihn ja, manchmal ist der völlig neben der Spur und haut ohne ein Wort ab. Wieso fragst du?"
„Ein Kollege vom Wohnungseinbruch hat mich angerufen: Das Waffenfach mit der Nummer 55 stehe offen. Er hat darauf hingewiesen, dass, auch wenn sich nur das Reservemagazin und ein Reizstoffsprühgerät darin befunden haben, das Fach verschlossen sein sollte. Das Fach gehört Charlie."
„Ich werde ihn anrufen. Kannst du mal zu mir kommen?"
Fisch machte sich große Sorgen. Er hatte sich zwar mit Kid über Charlies Alkoholkonsum ausgetauscht, mit Arndt aber über dieses Problem bisher noch nicht gesprochen. Und jetzt ging Charlie nicht an sein Handy. Fischs Sorgenfalten wurden immer tiefer, als Arndt aufgeregt in sein Büro kam. Sie tauschten sich aus und Fisch war etwas erleichtert, als er erfuhr, dass sein Chef und Charlie bereits ein längeres Gespräch geführt hatten. Arndt kannte das Alkoholproblem und wusste in etwa über Charlies persönliches Schicksal Bescheid. Er wollte ihn kurz vor seiner Pensionierung nicht mehr disziplinieren, stattdessen hatte er ihm nur noch Innendienstaufgaben übertragen. Zu keiner Zeit hatte er geglaubt, Charlie wäre suizidgefährdet, sonst hätte er ihm sofort die Waffe abgenommen. Jetzt bereute er

seine Nachlässigkeit. Er hätte sich intensiver mit dem Problem seines Mitarbeiters auseinandersetzen müssen.
Fisch rief Kid an, er und Katie sollten Charlie suchen. Vor circa dreißig Minuten habe er die Dienststelle verlassen, sei dann zur Waffenkammer gegangen und anschließend wahrscheinlich zur Straßenbahn. Mit etwas Glück wären Katie und Kid noch vor ihm bei seinem Haus.

Charlie wohnte in Köln-Weiden. Katie und Kid standen gerade auf der Deutzer Brücke, als sie den Anruf erhielten. Nach kurzer Überlegung entschied sich Kid, quer durch die Stadt zu fahren. Die Strecke außen über den Autobahnring war länger und um diese Uhrzeit bestimmt genauso voll. Unter Missachtung aller Verkehrsregeln schlängelten sie sich durch den Stadtverkehr. *Warum hat nicht jeder Zivilwagen so ein mobiles Blaulicht an Bord?*, ärgerte sich Kid. Katie versuchte immer wieder, Charlie auf seinem Handy zu erreichen. Das Freizeichen ertönte, doch er nahm das Gespräch nicht an. Auf der Aachener Straße ging es dann etwas schneller und sie konnten zum Teil auf den Rechtsabbiegerspuren überholen. Zweimal wurden sie geblitzt, doch das schien jetzt egal. Fünfzehn Minuten später hatten sie ihr Ziel erreicht. Sie stürmten zur Eingangstür und klingelten Sturm bei Charlie und den anderen Hausbewohnern. Die Tür wurde geöffnet und sie sprinteten ins zweite Obergeschoss. Kid klopfte mehrfach laut und lauschte danach an der Wohnungstür. Er konnte nichts hören. Eine junge Dame aus der Nachbarwohnung trat ihnen resolut entgegen. „Wer sind Sie? Was machen Sie hier?"
„Polizei. Haben Sie Ihren Nachbarn in der letzten halben Stunde gesehen oder gehört?" Kid hielt ihr seine Kriminalmarke entgegen.
„Äh, ich verstehe nicht. Der ist doch auch bei der Kripo!"
„Wissen Sie, ob er zu Hause ist?" Kids Ton wurde schärfer.
„Der ist nicht zu Hause. Der kommt immer erst abends, weil er vorher in seinem Schrebergarten ist."

Stimmt, dachte Kid, Charlie hatte irgendwann mal einen Schrebergarten erwähnt.
„Wissen Sie, wo er den Garten hat?"
„In Köln-Müngersdorf, Kleingartenverein sowieso, in der Nähe der Militärringstraße." Die junge Frau spürte, dass irgendwas passiert sein musste und Fragen ihrerseits fehl am Platz wären.
Katie und Kid ließen sich den Weg beschreiben und fuhren sofort los. Stadteinwärts kamen sie auf der Aachener Straße zügiger voran. Kid nutzte jede sich bietende Gelegenheit, um links oder rechts zu überholen. Sie sprachen kaum ein Wort miteinander; beide waren in Gedanken bei Charlie.
Nach wenigen Minuten erreichten sie die Kleingartenkolonie und parkten direkt vor dem Vereinshaus. Katie lief rein und fragte den Erstbesten nach Charlies Schrebergarten. Dornröschenweg 24, der vorletzte Weg links, bekam sie zur Antwort. Der Hobbygärtner ging mit ihr vor die Tür und deutete den Hauptweg entlang in Richtung eines blühenden Kirschbaumes. Er hätte gerne noch weitere Erklärungen abgegeben, kam aber nicht mehr dazu. Katie und Kid waren bereits im Laufschritt unterwegs.

Charlie saß auf der kleinen Holzbank vor seinem Gartenhäuschen und schaute auf das Foto seiner Frau. Das Bild war auf Madeira gemacht worden, ein Jahr, bevor sie starb. Er öffnete eine Flasche Bier und schenkte sich einen Haselnussschnaps ein. Bei seinem ersten Gedeck stieß er immer auf Dörthe an. Er sah ihr verständnisvolles Lächeln und glaubte zu hören, dass sie ihm zuflüsterte: „Wir werden uns bald wieder sehen. Ich erwarte dich. Ich liebe dich von ganzem Herzen."
Tränen liefen über sein Gesicht, als er das gutgefüllte Schnapsglas in einem Zug leertrank. Er schüttete sich nach und wiederholte die Zeremonie. Sofort spürte er die angenehme Wärme im Bauch; seine Sinne wurden vernebelt. Heute war es bemerkenswert ruhig in der Anlage – die unmittelbaren Nachbarn waren nicht da und die dichte Bepflanzung schützte

ihn vor neugierigen Blicken der Spaziergänger. Er griff in seine Umhängetasche und holte seine Dienstwaffe heraus. Es gab eine todsichere Methode, sich zu erschießen. „Todsicherer Tod", über dieses Wortspiel musste er schmunzeln. Als Mordermittler kannte er einen Fall, in dem der Suizident sich in den mit Wasser gefüllten Mund geschossen hatte. Von Gesicht und Schädel war nichts mehr zu erkennen, sein Gehirn auf allen Flächen des acht Quadratmeter großen Badezimmers verteilt gewesen. Das wäre todsicher, aber so einen Tod wollte er auf keinen Fall. Einschuss- und Ausschussloch waren okay, alles andere würde Dörthe ihm nie verzeihen. Diesmal trank er direkt aus der Schnapsflasche. „Wenn man die Waffe im richtigen Winkel ansetzt, ist der Schuss zu 98 Prozent tödlich", hatte er vor Wochen mal gelesen. Er zog den Verschluss nach hinten und ließ ihn nach vorne schnellen. Jetzt war eine Patrone im Lager und die Waffe schussbereit.

Kid erreichte zuerst den Dornröschenweg. Links und rechts lagen die individuell gestalteten, zum Teil nicht einsehbaren Kleingärten. Kid orientierte sich an den Zahlen auf den Emailleschildern neben den kleinen Eingangstörchen und rannte bis zur Mitte des Weges. Vor Nummer 24 blieb er stehen. Die Parzelle war auf allen Seiten von einer blickdichten Hecke umgeben. Zudem versperrten zwei große Sträucher die Sicht vom Tor zur Laube. Katie war inzwischen auch eingetroffen und schnappte nach Luft. Nach ihrer langen Krankheit hatte sie noch erhebliche Konditionsprobleme. Kid öffnete das Tor und rief laut nach Charlie.

Ein letztes Mal nahm Charlie Dörthes Foto in die Hand. Beim Anblick ihres lockigen, vom Winde verwehten Haares, ihrer strahlenden Augen und dem Lächeln auf ihren Lippen spürte er wieder die tiefe, innige Zuneigung, die im Zuge ihrer Ehe immer intensiver geworden war. Je länger er das Foto ansah, umso verschwommener wurde es. Nur das Lächeln und die glücklich leuchtenden Augen blieben. *Was will mir dieser Blick*

sagen? Charlie konzentrierte sich und versank tief in Gedanken. „Genieße jeden Tag im Leben, denn das Leben ist so kostbar". Diesen Satz hatte Dörthe häufig gesagt. Sie hatte immer positiv gedacht und in ihrem Umfeld stets gute Laune verbreitet. *Ach, Dörthe, wenn du mich hier sehen würdest, ein Häuflein Elend. Du würdest* … Er brach den Gedanken ab, weil er wusste, was sie ihm sagen würde. „Genieße jeden Tag im Leben!" *Vielleicht will sie mir das mitteilen.* Er hielt sich das Bild vor den Mund und küsste es. Wir werden uns früh genug wiedersehen, dachte er und legte es zusammen mit der Pistole auf den Tisch.
Zur gleichen Zeit vernahm er laute, schnelle Schritte auf dem Laubengang. Das war ungewöhnlich – Radfahren und Laufen waren in der Anlage verboten. Dann hörte er jemanden seinen Namen rufen und erkannte sofort die Stimme. Noch bevor er antworten konnte, wurde ihm schwarz vor Augen und er kippte zur Seite.

Kid und Katie hetzten zwischen den Sträuchern am Tor hindurch und sahen ihn seitwärts auf der Bank liegen. Sofort fühlte Kid Charlies Puls und schrie Katie zu, sie solle einen Notarzt rufen. Katie löste sich nur langsam aus ihrer Schockstarre. Sie hatte mit dem Schlimmsten gerechnet und war sekundenlang wie paralysiert. Erst durch Kids Aufschrei wurde sie aus ihrer Lethargie gerissen.
Der Rettungswagen kam nach vier Minuten, eine Minute später traf der Notarzt ein. Nach einer kurzen Behandlung kam Charlie wieder zu Bewusstsein, er war aber noch nicht ansprechbar. Sie brachten ihn ins nahegelegene Sankt Elisabeth-Krankenhaus Hohenlind. Katie und Kid informierten Fisch darüber, was passiert war, und fuhren dann ebenfalls ins Krankenhaus. Sie saßen im Wartebereich der Ambulanz und blätterten lustlos in den ausgelegten Boulevardzeitungen herum. Die Stimmung war bedrückt; niemand informierte sie darüber, wie es Charlie ging oder was ihm fehlte. Nach einer guten Stunde kam endlich ein Arzt der Ambulanz und teilte ihnen mit, dass Charlie zur Beobachtung dort bleiben müsse, er sei auf Station verlegt worden.

Charlie lag mit erhöhter Rückenposition auf der Fensterseite des Zweibettzimmers; das Bett an der Tür war nicht belegt. An seinem rechten Arm hing ein Tropf. Er hatte glasige Augen und sah sehr blass aus.
„Mensch, Charlie, was machst du für Sachen?“ Kid setzte sich an das Fußende von Charlies Bett. Katie zog einen der beiden Stühle vom Tisch weg und schob ihn neben den Infusionsständer. Charlie schaute verwirrt seine beiden Kollegen an und brauchte eine Zeit lang, um die Situation einzuordnen. Woher waren seine Kollegen so schnell gekommen?
„Was macht ihr denn hier?“, stammelte er holprig. Jetzt erinnerte er sich, Kids Stimme zuletzt im Schrebergarten gehört zu haben.
„Wir haben uns Sorgen gemacht.“
„Es ist nur ein Kreislaufkollaps. Sie haben mich intensiv untersucht und einen Herzinfarkt ausgeschlossen.“
„Gut, aber wir sind aus einem anderen Grund in deinen Garten gekommen.“
Charlie runzelte die Stirn und sah seine Kollegen fragend an.
„Dein Waffenfach stand offen und …“ Kid suchte nach den richtigen Worten. „Du … du hattest dich in letzte Zeit nur noch in dein Büro zurückgezogen und so niedergeschlagen gewirkt. Als deine Waffe weg war, hatten wir Angst, du würdest dir was antun.“
Charlie wusste gar nicht, was er antworten sollte; er war überrascht von dieser Fürsorge. Sie waren ernsthaft besorgt, er sah es in ihren Augen.
„Ihr braucht euch keine Sorgen zu machen, wirklich nicht. Alles ist gut. Ich hatte eine beschissene Zeit, aber heute ist mir einiges bewusst geworden. Ich brauche noch ein paar Tage, dann werde ich wieder voll im Leben stehen.“ Er sah im Geiste, wie Dörthe ihm lächelnd zustimmte.
Charlie hatte zum ersten Mal über sich gesprochen. Kid nickte seinem Kollegen verständnisvoll zu und verzichtete darauf, ihn zu fragen, warum er seine Dienstwaffe mitgenommen hatte.

Es war spät geworden und Kid hatte keine Lust mehr, in die Eifel zu fahren. Senna redete seit Mittwochnacht nur noch das Nötigste mit ihm. Sie drängte darauf, dass er endlich auszog. Er war froh, die Wohnung in der Gerolsteiner Straße bereits am nächsten Mittwoch übernehmen zu können. Bis dahin nahm er das Angebot von Fisch, jederzeit bei ihm schlafen zu können, dankend an. Am Wochenende musste er aber unbedingt in die Eifel fahren, um sich Wäsche zu holen.

Samstag

Angélique war bereits am frühen Morgen nach Colmar gefahren. Sie traf sich dort mit Elise, einer alten Schulfreundin, die in Dijon lebte. Eine Stadt im Elsaß bot sich an, weil beide dorthin ungefähr eine gleich weite Anreisestrecke hatten. Alexander konnte das nur recht sein; sie war bereits misstrauisch geworden und hatte seine vielen Überstunden im Labor hinterfragt.
Um 09:30 Uhr fuhr er nach Köln-Müngersdorf, parkte auf dem alten Militärring und spazierte zur Sportsbar *Geißbock* auf der Aachener Straße. Die ersten Schlachtenbummler trafen sich im Biergarten und stellten sich an die Stehtische. Alexander beobachtete von der anderen Straßenseite eine zeitlang das Treiben und überlegte, wie er vorgehen sollte, wenn Dieter hier auftauchen würde. Er wollte nicht unbedingt als Dieters Kunde von neulich erkannt werden – falls Veronika bei ihm war, wäre das ein zu großes Risiko. Immer mehr Leute in rotweißen Fan-Outfits betraten das Lokal. Warum hatte er nicht daran gedacht und sich einen FC-Schal gekauft? Hoffentlich fiel er in seiner Jeans und dem blauen T-Shirt nicht allzu sehr auf. Nach einer guten halben Stunde sah er sie. Dieter ging Händchen haltend neben ihr her. Die beiden Jungen vorneweg mussten ihre Söhne sein – den einen hatte er letztens im Garten ihres Hauses gesehen. Der Anblick ihrer Familie versetzte ihm einen Stich. Sie gehörte an seine Seite, diese Kinder hätte es gar nicht geben dürfen! Die Jungen gesellten sich zu einer Gruppe

Gleichaltriger, die am Straßenrand standen, während Veronika und Dieter Bekannte im Biergarten trafen.

Alexander entschloss sich, ebenfalls das Lokal aufzusuchen. Mittlerweile waren so viele Fans in und vor der Sportsbar versammelt, dass er unbemerkt hineingehen konnte. Er suchte sich einen Platz in einer Nische neben dem Eingang, von wo aus er durch die geöffneten Fenster seine Ex und ihren Mann beobachten konnte. Dieter hatte einen Plastikbecher mit Bier und sie eine Cola in der Hand. Wie konnte er unbemerkt das Ricin in den Becher geben? Er wusste, dass dies der heikelste Moment war und er hatte schon daran gedacht, sich mit einem präparierten Bier dazu zu stellen und dann die Getränke zu vertauschen. Als der Kellner kam, bestellte er sich ein Bier und dachte weiter nach. Würde Veronika ihn erkennen? Unter Umständen würde sie sich an diese Begegnung erinnern, nachdem ihr Mann plötzlich verstorben war und die Polizei sie nach den Ereignissen der letzten Stunden befragte. Es war einfach ein zu großes Risiko! Alexander beobachtete die Gäste und suchte nach einer Lösung. Die meisten hielten ihre Becher in den Händen – wahrscheinlich gab es nicht genug Abstellmöglichkeiten, oder man wollte vermeiden, dass die Getränke vertauscht wurden. Fast alle tranken Bier, das sie sogar mit zu den Toiletten nahmen. Die WCs befanden sich auf der anderen Seite der Theke. Fortwährend kamen hauptsächlich Männer von dort oder liefen dorthin. Alexander folgte ihnen und sah vor der Herrentoilette ein Regal mit halbvollen Bierbechern. Hier stellten die Männer also ihr Bier ab, bevor sie ihre Notdurft verrichteten. Es war eine kleine dunkle Nische, in der man unbemerkt das Gift in ein Trinkgefäß schütten könnte.

Alexander schob sich durch die Menge zurück zu seinem Beobachtungsplatz und war gerade in der Mitte der Theke angelangt, als Dieter ihm entgegenkam. Geistesgegenwärtig drehte er sich zum Tresen um, quetschte sich zwischen zwei FC-Fans durch und tat so, als ob er eine Bestellung aufgeben wollte. Während die Fans ihn wegen seines rüpelhaften Verhaltens

anpöbelten, ging Dieter hinter seinem Rücken zu den Toiletten. Alexander würdigte die beiden keines Blickes und drängelte sich wieder zurück, um Dieter zu folgen. Im letzten Moment sah er noch, wo er seinen fast vollen Becher abstellte, bevor er die WC-Tür öffnete. Jetzt musste alles sehr schnell gehen! Er nahm die Kapsel mit dem Ricin aus seiner Hosentasche, drehte sie auf und schüttete das Gift in Dieters Getränk. Dann holte er den kleinen gläsernen Rührstab, den er extra aus dem Labor mitgebracht hatte, aus seiner Gesäßtasche und rührte einmal schnell das Bier um. Drei Becher standen auf der Ablage, Dieter hatte seinen ganz rechts platziert. Hoffentlich fiel ihm nicht der Schaum auf, der sich jetzt gebildet hatte, dachte Alexander und verzog sich auf die andere Seite des Lokals. Er hatte nur diese eine Kapsel, es durfte also nichts schief gehen. Ein junger Mann kam aus der Toilette und nahm sich den linken Becher. Danach kam Dieter, griff nach seinem Bier und trank einen kräftigen Schluck. Zufrieden folgte Alexander ihm in Richtung Ausgang und stellte sich wieder in seine Nische.
Um 11:10 Uhr verließen Veronika und Dieter die Sportsbar und gingen mit anderen in Richtung Stadion. Dieter hatte seinen Becher leer getrunken, zeigte bisher aber kaum Ausfallserscheinungen. Nur einmal glaubte Alexander, gesehen zu haben, dass er sich mit schmerzverzerrtem Gesicht den Bauch hielt. Mit einem guten Gefühl stieg Alexander in seinen Ford Mustang und fuhr nach Hause.

„Was ist mit dir los?“, fragte Veronika besorgt; sie sah ihrem Mann an, dass er sich nicht wohlfühlte.
„Irgendwie vertrage ich heute das Bier nicht. Es rumort so in meinem Bauch. Liegt vielleicht an der Hitze.“
„Oder an der Menge. Wie viel hast du denn getrunken?“
„Nur zwei Becher.“
„Dann war es wahrscheinlich die große Portion Rühreier heute Morgen. Die liegen dir bestimmt schwer im Magen.“
„Kann sein.“

Je länger das Spiel andauerte, desto schlechter ging es Dieter. Nun bekam er auch noch Magenkrämpfe. Zur Halbzeit suchte er eine Toilette auf und versuchte, sich zu übergeben, doch es gelang ihm nicht. Wieder zurück auf der Tribüne sah Veronika sein leichenblasses Gesicht.

„Schatz, lass uns rausgehen, du brauchst bestimmt frische Luft und Bewegung."

„Ich gehe doch nicht vor …" Ein stechender Schmerz ließ ihn aufstöhnen, bevor er weitersprach.

„Okay, es wird wohl das Beste sein. Ich muss mich wahrscheinlich nur kurz hinlegen und dann geht es wieder."

Typisch Männer, wollen immer den Helden spielen, dachte Veronika und hakte ihren Mann bei sich unter. Dieter hielt sich die Hände vor den Bauch und ging leicht gebückt neben ihr her. Auf dem Weg zum Parkplatz häuften sich die Magenkrämpfe, so dass Veronika vorschlug, sofort ins Krankenhaus zu fahren. Dieter lehnte dies aber vehement ab und bestand darauf, zuerst nach Hause zu fahren. Er glaubte, dass es ihm nach einer Magentablette bessergehen würde, fühlte sich aber so schlecht, dass er vorsichtshalber seine Frau ans Steuer ließ.

Sie waren gerade durch die Haustür, als Dieter laut stöhnend in die Knie sank und sich übergab. Veronika sah entsetzt, wie ihr Mann anschließend nach Luft rang und in Ohnmacht fiel.

Der Rettungswagen samt Notarzt war innerhalb von sechs Minuten vor Ort. Sie untersuchten Dieters Vitalfunktionen, legten ihm einen Tropf und gaben ihm zusätzlich über eine Maske Sauerstoff. Danach wurde er ins Sankt Elisabeth-Krankenhaus Hohenlind gebracht, wo er sofort auf die Intensivstation verlegt wurde. Er war immer noch ohne Bewusstsein und atmete sehr flach. Der diensthabende Arzt ordnete unmittelbar eine Blut- und Urinuntersuchung an. Die Symptome deuteten auf eine Vergiftung hin. Danach sprach er mit Veronika. Als er von dem Stadionbesuch erfuhr, klingelten bei ihm die Alarmglocken: Vor zwei Wochen war einer von den Stadionopfern mit Vergiftungserscheinungen hierhin gebracht worden. Der Jugendliche hatte überlebt und war mittlerweile aus dem Krankenhaus entlassen. Er selbst hatte ihn nicht behandelt und wusste daher nichts Genaueres. Er ließ sich von der Stationsschwester die Krankenakte des Jungen bringen und studierte die Unterlagen; eine eindeutige Diagnose gab es nicht. Sein Kollege dokumentierte Vergiftungserscheinungen in Form von Lähmungen. Das Gift, wahrscheinlich ein Lebensmittelgift, hatte noch nicht eindeutig identifiziert werden können. Dieter Müller hatte keine Lähmungserscheinungen, das hatte er überprüft. Aber Stadionbesuch und Vergiftung – das konnte kein Zufall sein. Er griff zum Telefon, rief die Vermittlung im Polizeipräsidium Köln an und ließ sich mit der zuständigen Dienststelle bei der Kriminalpolizei verbinden.

Veronika saß im Wartebereich vor der Intensivstation und weinte. Sie hatte den Kindern eine SMS geschrieben, sie würden sofort kommen. Als der elektrische Mechanismus der Eingangstür ansprang und sich die Tür langsam öffnete, wollte sie schon ihren Kindern entgegengehen. Aber anstelle von Timo und Lukas kamen zwei Männer herein.

Fisch und Kid hatten beim Kaffee gesessen, als der Dienstgruppenleiter der Kriminalwache anrief und Fisch über den Vergiftungsfall im Krankenhaus Hohenlind informierte. Sie fuhren sofort los und suchten den Wartebereich der Intensivstation auf. Dort setzten sie sich Veronika gegenüber auf die Bank und nickten ihr freundlich zu. Man hatte ihnen gesagt, sie sollten hier warten, der Oberarzt würde auf sie zukommen. Veronika nahm kaum Notiz von den beiden Kriminalbeamten; sie vergrub ihr tränenüberströmtes Gesicht in einem Stofftaschentuch. Nach fünf Minuten kam der Arzt. Sofort sprang sie auf.

„Wie geht es meinem Mann? Ist er wach? Kann ich zu ihm?“

„Frau Müller, Ihrem Mann geht es nicht sehr gut, er ist aber in einem stabilen Zustand. Ich habe ihm ein Beruhigungsmittel gegeben, er schläft. Wir müssen ihn weiterhin beobachten. Ich vermute, dass eine Vergiftung vorliegt.“

„Oh Gott, wird er sterben?"
„Wie gesagt, er ist stabil und so schnell stirbt ein Mensch nicht. Wir werden unser Bestes tun, können aber nicht sagen, wann es ihm besser gehen wird. Jetzt schläft er erstmal ein paar Stunden. Sie können ruhig nach Hause fahren und Ihre Erreichbarkeit hier hinterlegen. Sobald er wach wird, verständigen wir Sie."
„Ich kann doch nicht ..."
„Sie können hier für Ihren Mann sowieso nichts tun", unterbrach der Arzt sie.
„Ich warte noch auf meine Söhne", antwortete Veronika mit leiser Stimme und setzte sich wieder hin.
„Sie sind sicher von der Kriminalpolizei", wandte der Mediziner sich Fisch und Kid zu.
„Ja, können Sie uns mehr zu den Vergiftungserscheinungen sagen?", fragte Fisch.
Veronika horchte auf, als sie Fischs Stimme hörte und schaute sich den Beamten genauer an. Der Mann kam ihr bekannt vor. Doch woher? Sie hatte bisher noch nie etwas mit der Polizei zu tun gehabt.
„Es ist offensichtlich nicht das gleiche Gift, das vor zwei Wochen im Stadion verwendet wurde. Damals lagen Lähmungserscheinungen vor, die wahrscheinlich von einem Nervengift verursacht wurden. Dieser Patient dagegen hat hohes Fieber, Husten und krampfhafte Schmerzen, also müssen wir ein anderes Gift vermuten. Ich habe Sie trotzdem informiert, weil mir die Zusammenhänge Gift und Stadion sehr suspekt vorkamen."
„Sie haben vollkommen richtig gehandelt. Gibt es irgendeine Möglichkeit, festzustellen, welches Gift er wie zu sich genommen hat?"
„Wir werden sein Blut und seinen Urin untersuchen, aber ohne einen konkreten Hinweis wird es schwer, das Gift zu identifizieren. Wie es zu sich genommen wurde, ist auch schwer zu sagen. Frau Müller meinte, dass ihr Mann am Morgen eine große Portion Rührei gegessen und dann in einem Lokal auf der Aachener Straße zwei Bier getrunken habe."

„Hat nur Ihr Mann das Rührei gegessen?“, fragte Fisch und wandte sich Veronika zu.
„Nein, unsere Kinder auch und ich ein bisschen.“
„In welchem Lokal waren Sie vor dem Spiel?“
„*Sportsbar Geißbock*.“
„Und dort hat ihr Mann zwei Bier getrunken, Bier, welches dort gezapft wurde?“
„Ja, fast alle haben dort Bier getrunken.“
Auf einmal fiel der Groschen bei Veronika. Vor zwanzig Jahren hatte sie mit der Polizei doch zu tun gehabt. Die Ereignisse von damals hatte sie längst verdrängt, sie wollte sich auch nicht mehr daran erinnern. Aber jetzt war sie sich sicher, dass dieser Beamte sie seinerzeit im Krankenhaus befragt hatte.
„Entschuldigen Sie bitte, ich glaube, wir kennen uns! Würden Sie mir bitte noch mal Ihren Namen sagen?“
„Oh, entschuldigen Sie, wir haben uns noch gar nicht vorgestellt. Mein Name ist Makele, das ist mein Kollege Moritz, wir sind beide vom Kriminalkommissariat 11 in Köln und untersuchen die Giftanschläge im Zusammenhang mit dem Kölner Stadion.“
„Makele, genau, ich erinnere mich! Sie waren damals der Beamte, der mich im Krankenhaus vernommen hat. Mein Name ist Veronika Müller, geborene Strack. Mein damaliger Freund hatte mich vom Dach gestoßen und Sie leiteten die Ermittlungen gegen ihn.“
„Ja, ich erinnere mich. Das ist aber schon lange her, bestimmt fünfzehn Jahre. War das nicht in Leverkusen?“
„Ja, vor zwanzig Jahren.“
„Es tut mir leid, dass wir uns jetzt unter diesen Umständen wiedersehen. Hat Ihr Mann in den letzten zwölf Stunden noch irgendetwas anderes konsumiert – vielleicht einen Snack oder ein Getränk im Stadion?“
„Nein, ich war die ganze Zeit in seiner Nähe.“
„Die Rühreier können wir ausschließen, bleibt also das Bier. Hätte jemand die Möglichkeit gehabt, Gift in sein Bier zu mischen?“

„Nein, wir standen im Biergarten, da hält jeder seinen Becher fest."
„Hat Ihr Mann Feinde, Gläubiger oder gibt es irgendjemanden, dem Sie so eine Tat zutrauen würden?"
„Nein, mein Mann ist sehr beliebt. Er ist ein gutmütiger Mensch."
„Okay. Wir bräuchten die Personalien ihres Mannes." Fisch holte einen Notizblock heraus.
„Dieter Müller, wie der ehemalige Fußballspieler vom 1. FC Köln. Meinen Mann kennen Sie vielleicht auch noch von damals. Dieter hatte meinen Ex-Freund niedergeschlagen und dann die Polizei gerufen."
„Ja, ich kann mich vage erinnern. Das ist aber so ein Allerweltsname. Erst vorgestern hatte ich einen Fall, bei dem der Besitzer einer Werkstatt Dieter Müller hieß."
„Mein Mann besitzt eine Werkstatt in Hürth-Kalscheuren."
Fisch und Kid schauten sich überrascht an. Was hatte das zu bedeuten? Vielleicht mussten sie das Tatmotiv des Täters völlig neu überdenken, falls es überhaupt der gleiche Täter war. Es war ein anderes Gift, aber ansonsten passte der Modus Operandi.
Die Tür öffnete sich mit dem typischen mechanischen Knarren und Timo und Lukas stürmten in den Wartebereich. Während die Familie sich in die Arme fiel, verabschiedeten sich Fisch und Kid. Sie blieben allerdings im Krankenhaus und suchten zwei Etagen tiefer Charlie in seinem Zimmer auf.

Sonntag

Fisch und Kid saßen am Frühstückstisch und unterhielten sich über das gestrige Gespräch mit Charlie. Er hatte auf sie einen deutlich fröhlicheren Eindruck gemacht und wollte über seinen Gesundheitszustand nicht lange reden. Stattdessen diskutierten sie den Fall intensiv, bis um 21:30 Uhr die Nachtschwester kam und sie mit Nachdruck aufforderte, das Patientenzimmer zu verlassen.

Die meisten Fragen blieben unbeantwortet. Wurde Dieter Müller vom gleichen Täter vergiftet, obwohl aufgrund der unterschiedlichen Symptome bei den Opfern von zwei verschiedenen Giften auszugehen war? Welche Bedeutung hatte Müllers Autowerkstatt, die in beiden Fällen eine Rolle spielte? War hier das Motiv zu suchen? Vielleicht waren es keine Mord- beziehungsweise Mordversuche, sondern tragische Unfälle? Charlie hatte diesen Gedanken gehabt und gefragt, ob die Opfer nicht mit einem giftigen Stoff aus der Werkstatt in Kontakt gekommen waren. Er sprach von Lösungsmitteln, die gerne mal in normalen Wasser- oder Limonadenflaschen abgefüllt und gelagert wurden. Kid hielt dagegen, dass keiner der Geschädigten in ihren Vernehmungen Hinweise auf diese Möglichkeit gegeben hatte. Im Grunde genommen konnte man keine Eventualitäten ausschließen, zumal der Einbruch in die Werkstatt bisher noch nicht aufgeklärt war. Fisch hatte deshalb entschieden, am Montag die Werkstatt gemeinsam mit Chemikern beziehungsweise Toxikologen nach möglichen Giftstoffen zu durchsuchen.

Nach dem Frühstück verabschiedete sich Kid; es war mal wieder Zeit, nach Hause in die Eifel zu fahren. Er hatte erst wenige Minuten im Auto gesessen, und schon bekam er Magengrummeln. Hatte er zuviel gefrühstückt oder war es der Gedanke an Senna? *Warum ist auf einmal alles so anders? Habe ich mich auch so verändert?* Seine beiden Söhne, die natürlich die Konflikte zwischen Senna und ihm mitbekommen hatten, kamen immer seltener zu Besuch und wollten nichts über die Probleme ihrer Eltern wissen. Das konnte er als Scheidungskind gut nachvollziehen. Lieber getrennte glückliche Eltern als ständig miese Stimmung zu Hause! Vielleicht hatte man sich wirklich in all den Jahren auseinandergelebt und jeder für sich sollte ein neues Leben anfangen. Oder hatte Senna damit schon begonnen? Eine neue Liebe? Das Grummeln wurde stärker.

Montag

Auf dem Weg zum medizinischen Institut kaufte Alexander zwei Tageszeitungen, die er schnell durchblätterte. Er überflog die Überschriften und war enttäuscht. Nichts, nirgendwo stand etwas von einem Vergifteten. Wie konnte das sein? Eigentlich hatte er nach den vielen Pressemitteilungen der letzten beiden Wochen mit einer Schlagzeile auf der ersten Seite gerechnet. Wahrscheinlich hatte so ein blöder Laienarzt die Todesursache nicht erkannt und einen Herzinfarkt oder Kreislaufkollaps diagnostiziert. Umso besser für ihn, so würde es keine polizeilichen Ermittlungen geben. So richtig egal war es ihm aber nicht, er spürte sogar eine gewisse Enttäuschung darüber, keine Beachtung in der örtlichen Presse gefunden zu haben. Plötzlich schoss ihm ein anderer Gedanke durch den Kopf. *Dieser Kerl wird doch nicht überlebt haben?* Sobald er im Institut war, musste er diese Frage klären.

Kid hatte dem Leiter der Forensischen Toxikologie die neuesten Ermittlungsergebnisse fernmündlich mitgeteilt und um Unterstützung bei der Durchsuchung der Werkstatt gebeten.

Dr. Weike war sehr interessiert und wollte selbst mit einem seiner Mitarbeiter an dem Einsatz teilnehmen.

Fisch machte sich direkt nach der Frühbesprechung auf den Weg zur Staatsanwaltschaft, um den Durchsuchungsbeschluss abzuholen. Währenddessen fuhren Katie und Kid zum rechtsmedizinischen Institut auf dem Melatengürtel und holten dort die beiden Toxikologen ab. Unterwegs zu Müllers Autowerkstatt erzählten die Wissenschaftler von den Schwierigkeiten, Gifte zu identifizieren.

„Sie können sich gar nicht vorstellen, wie viele Giftleichen ohne Feststellung der Todesursache begraben werden. Gerade Speisegifte sind schwer nachweisbar. Dass in Ihrem Fall auf Botulinum getestet wurde, war reiner Zufall und trotzdem haben wir kein endgültiges Ergebnis. Wir wissen nur, dass hier Ähnlichkeiten zu einem Botulinumtoxin bestehen."

Katie und Kid waren froh, als sie nach zwanzig Minuten im Gewerbegebiet Hürth-Kalscheuren angekommen waren. Je mehr sich die beiden Forensiker über ihr Fachgebiet ausließen, desto weniger verstanden sie.

Alexander überlegte, wie er vorgehen sollte. Vorausschauend hatte er schon vor einigen Tagen heimlich in den Kontakten von Angéliques Handy gestöbert und Veronikas Handy- und Festnetznummer gefunden. Aber was sollte er sagen, wenn er dort anrief? Gedankenverloren schaute Alexander auf den Oldtimerkalender neben der Eingangstür. Das Titelbild von August zeigte einen roten Porsche 356 von 1976, ein Traumauto. *Fahren nach dem Motto: Sehen und gesehen werden. Bei schönstem Sonnenschein den Arm lässig an der Fahrertür baumeln lassen und durch die Straßen kurven.* Während dieser Hirngespinste kam ihm die Assoziation zu Dieters Werkstatt. Vielleicht erfuhr er dort, was er wissen musste.

„Kfz-Werkstatt Müller."

„Guten Morgen, Weber mein Name, ich möchte gerne Herrn Müller sprechen." Alexander erkannte an dem nervösen, überreizten Tonfall sofort, dass nicht Dieter am Apparat war. Im Hintergrund hörte er ein lautes Stimmengewirr.

„Kann jetzt nicht. Wenn es um eine Reparatur geht, dann rufen Sie bitte heute Nachmittag an."

„Nein, nein, es geht nicht um eine Reparatur", rief Alexander in den Hörer, gerade noch rechtzeitig, bevor der Angerufene auflegen konnte.

„Hören Sie, ich habe jetzt wirklich keine Zeit. Hier wurde eingebrochen. Ich muss mich um die Kriminalbeamten kümmern."

Alexanders Verstand arbeitete auf Hochtouren. In Sekundenschnelle versuchte er, sich ein Bild zu machen. Er wusste aus der Presse von dem Einbruch vor ein paar Wochen und er konnte sich kaum vorstellen, dass die Polizei erst heute die Spuren sicherte.

„Ist schon wieder eingebrochen worden?"
„Nein, die suchen nach irgendwelchen giftigen Chemikalien. So ein Blödsinn, wir sind doch kein Giftlabor. Tut mir leid, ich muss auflegen."
„Eine kurze Frage noch, wann kann ich Herrn Müller sprechen?"
„Das kann noch dauern, der liegt im Krankenhaus."
„Hallo, hallo?"
Alexander hörte nur noch ein „Tut, tut, tut …"
Das war ein Schock. Dieter hatte überlebt! Alexander spürte, wie die Ader auf seiner Stirn zu pochen begann. Er musste unbedingt herausfinden, in welchem Krankenhaus Dieter lag. Ricin wirkte innerhalb kurzer Zeit, also hatte man Dieter vom Stadion aus in ein Krankenhaus gebracht. Alexander googelte alle Krankenhäuser rund um das RheinEnergieStadion. Das Dreifaltigkeitskrankenhaus auf der Aachener Straße in Braunsfeld kam als erstes in Frage. Er rief dort an und gab sich als Bruder von Dieter Müller aus. Die Dame aus der Zentrale erklärte ihm bereitwillig, dass Herr Müller auf der orthopädischen Station Zimmer 412 liegen würde. Alexander wurde stutzig und fragte nach, warum er gerade dort läge. In welcher Abteilung sollte er mit einer neuen Hüfte sonst liegen, antwortete sie schnippisch.
Anschließend wählte er die Nummer vom St. Elisabeth-Krankenhaus in Köln-Lindenthal. Hier teilte man ihm mit, dass sein „Bruder" auf der Intensivstation liege, er als Familienangehöriger ihn aber besuchen dürfe. Er ließ sich mit der Stationsschwester verbinden und erfuhr, dass Dieter Müller noch im Laufe des Tages auf die normale Station verlegt werden würde.
Dieter war also auf dem Weg der Besserung! Um zum Ziel zu kommen, musste Alexander offenbar radikaler vorgehen. Er suchte fieberhaft nach Möglichkeiten. Erwürgen oder Ersticken? Einfache, aber sichere Tötungsmethoden. Ob sich das unerkannt bewerkstelligen ließ, konnte er aber nur vor Ort klären. Kurz entschlossen schrieb er auf einen Zettel, dass er in

der Mittagspause sei, klebte diesen an die Tür und verließ das Labor. Dann schaltete er sein Handy ab.

Der Geselle schaute die Beamten überrascht an, als sie ihm den Durchsuchungsbeschluss zeigten. Er wies darauf hin, dass sein Chef im Krankenhaus sei und er heute alleine die Reparaturen durchführen müsse, doch die Beamten nahmen darauf keine Rücksicht. Die Werkstatt wurde von Amts wegen für die Dauer der Durchsuchung geschlossen.

Fisch, Kid und Katie durchsuchten die Räume nach sachdienlichen Hinweisen, während die beiden Toxikologen Flaschen, Dosen und andere Behälter mit Flüssigkeiten in den Regalen in Augenschein nahmen. Es handelte sich überwiegend um Öle, Schmiermittel, Additive, Lösungsmittel, Farben und Lacke. Dieters Mitarbeiter schaute ihnen interessiert bei der Arbeit zu. Sie prüften die Substanzen zunächst anhand der Farbe und des Geruchs. Wenn Behältnisse nicht beschriftet waren, fragten sie den Gesellen und überprüften dann seine Angaben. Wenn sie sich nicht sicher waren, nahmen sie Proben und untersuchten diese mit speziellen Analyseschnelltests.

Nach vier Stunden waren alle für eine Vergiftung in Frage kommenden Substanzen überprüft und Fisch beendete die Durchsuchung. Es gab keine Hinweise darauf, dass Dieter Müller sich hier vergiftet haben könnte.

Er hatte sich sein Käppi tief in die Stirn gezogen, als ihm am Informationsstand gesagt wurde, dass Dieter Müller auf Station 2, Zimmer 211 untergebracht sei.

Alexander studierte die große Orientierungstafel im Eingangsbereich und nahm dann die Treppe in den zweiten Stock. Die Station *Innere Medizin* lag links. Die Zahlen an den Türen waren aufsteigend, also musste Dieters Zimmer ungefähr am Ende des Ganges liegen. In der Mitte erkannte er die Glasfront des Schwesternzimmers. Am Flurende gab es kein Treppenhaus, er musste also den Weg wieder zurückgehen

– keine glückliche Lage! Das bedeutete: zweimal hoffen, nicht angesprochen zu werden. Das Risiko war zu groß.
Im Flur sah er zwei leere Essenswagen. Er schaute zur Uhr: kurz nach zwölf. Die Schwestern hatten also die Mittagsmahlzeiten verteilt und würden gleich die Tabletts wieder einsammeln.
Links neben ihm öffnete sich eine Tür. Eine Putzfrau schob ihren Wagen heraus und ging ins nächste Zimmer. Alexander drehte sich schnell zur Seite, um nicht erkannt zu werden. Vorher hatte er aber noch einen Blick in den Raum werfen können und am Fenster einen Schreibtisch gesehen. *Stationsarzt* stand auf dem Türschild. Vermutlich war der Arzt unterwegs, sonst wäre der Raum nicht geputzt worden. Ein Gedanke breitete sich in seinem Kopf aus und noch bevor er ihn zu Ende gedacht hatte, betrat er ohne Zögern das Arztzimmer. Der Raum war spärlich eingerichtet: Schreibtisch, Stuhl und zwei Wandregale mit ärztlicher Fachliteratur. An einem Türhaken entdeckte er, was er gesucht hatte: Aus einer Seitentasche des weißen Kittels lugten ein Stethoskop und das Ende einer Pupillenleuchte. Er streifte sich den Kittel über, steckte sein Käppi in die andere Seitentasche und nahm das Klemmbrett vom Tisch. Als er den Raum wieder verließ, sah er noch, wie eine Krankenschwester in dem gegenüberliegenden Zimmer verschwand. Kurz danach erlosch das Alarmlämpchen über der Tür. Alexander nutzte den Moment und ging schnellen Schrittes den Flur entlang.

Drei Tage lang hatte er jetzt keinen Alkohol getrunken. Charlie fühlte sich von Tag zu Tag besser. Ob es an den Tabletten lag, die man ihm morgens, mittags und abends mit auf das Tablett legte? Er hatte viel nachgedacht; über seine Selbstgespräche mit Dörthe, vor allem aber über die Unterhaltung mit Katie und Kid. Sie hatten ihm die Augen geöffnet, und das in letzter Sekunde! Vielleicht musste man erst tief fallen, um wieder aufstehen zu können. Jetzt konnte er es kaum fassen, dass er sich hatte umbringen wollen. Ab heute fing ein neuer Lebensabschnitt für ihn an. Wenn er sein Leben erhalten

wollte, musste er aber noch eine andere schwierige Aufgabe lösen: seine Alkoholsucht.
Auf seinen eigenen Wunsch hin hatte ihn am Morgen die Frau vom Kliniksozialdienst besucht, mit ihm über sein Problem gesprochen und ihm viele Tipps gegeben. Nach Angaben des Stationsarztes zeigte sein Blutbild bereits Veränderungen im Stoffwechsel: Der Körper habe sich auf eine überhöhte Ethanolzufuhr eingestellt. Charlie brauchte Hilfe und nahm sich vor, eine Selbsthilfegruppe zu besuchen.
Noch in Gedanken versunken, freute er sich jetzt auf seinen Mittagskaffee. Mittags ging er gerne in die Cafeteria im Erdgeschoss; hier gab es guten Cappuccino. Die schwarze Brühe auf der Station trank er nur beim Frühstück.
Als er sein Zimmer verlassen wollte, wäre er fast mit einem Arzt kollidiert, der in diesem Moment vorbeihetzte.
„Entschuldigung“, rief er ihm hinterher.
Er stutzte. Ein Arzt im weißen Kittel, allein, ohne Schwester. Kein Alarmknopf leuchtete. Jetzt fielen ihm die schwarzen Straßenschuhe auf. Sofort wurde der Kriminalbeamte in ihm wach – hier stimmte irgendetwas nicht!
„Herr Doktor, was ist passiert?“, rief er und ging ihm hinterher.
Der Mann im weißen Kittel drehte sich um und hielt sich sein Klemmbrett vors Gesicht.
„Oh, ich sehe gerade, ich bin in der falschen Etage. Kein Wunder bei diesen vielen Überstunden.“
Der Mann hastete wieder an Charlie vorbei und ging im Treppenhaus nach unten.
Was hatte das denn zu bedeuten? Charlie überlegte, ob er den Vorfall dem Klinikpersonal melden sollte. Aber was konnten die mit seinen Informationen schon anfangen? Bestimmt war es wirklich nur ein etwas überdrehter Arzt nach zwanzig Stunden Dienst.

Angélique kam gegen Mittag aus Colmar zurück. Sie war froh, sich den heutigen Tag noch frei genommen zu haben, so konnte sie noch einige Dinge erledigen. Sie stellte ihr Gepäck im Flur ab und ging sofort in die Küche. Normalerweise schrieb Alexander ihr immer ein paar nette Worte auf einen Zettel, wenn sie ein paar Tage weg war, doch diesmal hing nichts an der Pinnwand. Sie war enttäuscht. Einen weiteren Dämpfer bekam sie beim Anblick der Küche: Das Geschirr war nicht in die Spülmaschine geräumt, die Mülltonne quoll über und das Ceranfeld war mit Essensresten verkrustet. Sie ging durch die Wohnung und stellte fest, dass es überall unaufgeräumt war. So hatte sie sich ihren freien Tag nicht vorgestellt! War Alexander so in Eile gewesen? Das passte gar nicht zu ihm. In letzter Zeit verhielt er sich ohnehin seltsam, überlegte sie und brachte zwei dreckige Gläser in die Küche. Erzählte am Telefon, er ginge zum Fußball – das hatte er noch nie gemacht! Bei diesen Gedanken kam ihr ein vager Verdacht. *Wollte er nicht, dass ich ihn am Sonntagnachmittag anrufe?!* Das musste sofort geklärt werden. Wutentbrannt griff sie zum Telefon und drückte auf die Wahltaste seiner Handynummer.

„Der Teilnehmer ist nicht erreichbar …"

„Merde!", fluchte sie und wählte jetzt die Nummer vom medizinischen Institut der Kölner Universität.

„Ich will Herrn Temmis sprechen!" Die Frau in der Vermittlung musste den Hörer vom Ohr weghalten, so laut, wie Angéliques Stimme durch den Hörer dröhnte.

„Moment, ich verbinde ins Labor."

Während der Wartezeit fluchte Angélique in lautem Französisch und trommelte nervös mit den Fingern auf dem Tisch.

„Tut mir leid, ich erreiche dort keinen."

„Irgendein Kollege muss mir doch sagen können, wo er sich aufhält! Es ist wichtig!"

„Ich versuche eine andere Nummer." Angélique wurde weiter verbunden.

„Akponok"

„Oh, Herr Akponok! Ich erreiche meinen Freund Herrn Temmis nicht, vielleicht können Sie mir sagen, wo ich ihn finden kann?" Angélique konnte sich erinnern, dass Professor

Akponok der Leiter des Instituts war. Der sollte doch eigentlich wissen, wo seine Mitarbeiter waren.
„Das würde ich auch gerne wissen. Seit über einer Stunde versuche ich schon, ihn zu erreichen. An der Labortür hängt ein Zettel, er sei in der Mittagspause und an sein Handy geht er nicht ran. Das ist auch nicht das erste Mal, dass so etwas vorkommt.“ Die Ungeduld in seiner Stimme war deutlich hörbar.
„Wie meinen Sie das?“
„In den letzten Tagen geht er häufig früher und ist dann nicht mehr erreichbar.“
Angélique wurde aufmerksam. „Wird eigentlich jeden Samstag in den Laboren gearbeitet?“
„Das kommt schon mal vor, aber jetzt in der Ferienzeit grundsätzlich nicht. Warum fragen Sie?“
„Ach, nur so. Okay, falls sich mein Freund bei mir meldet, werde ich ihm sagen, er soll Sie sofort anrufen.“
„Da bitte ich drum.“

Angélique war auf hundertachtzig. Ihr Freund betrog sie, es gab keine andere Erklärung! Sie brauchte Beweise, aber wo sollte sie suchen? Wie in Trance lief sie ins Schlafzimmer, öffnete seinen Kleiderschrank und suchte seine Jackets und Pullis nach Haaren ab. Sie schnüffelte an den Klamotten und hoffte, ihn mit einem fremden Duft überführen zu können. Der Geruch, der ihr überall entgegenströmte, kam ihr aber bekannt vor. *Aramis*, das war sein Herrenduft. Anschließend durchwühlte sie alle Hosen- und Jackentaschen. Nichts – kein Hinweis auf eine fremde Frau! Angélique ließ nicht locker; bisher hatte sie sich immer auf ihr Gefühl verlassen können. Sie ging ins Arbeitszimmer und durchsuchte seinen Schreibtisch. In jeder Schublade lagen stapelweise Arbeitsmappen und andere schriftliche Unterlagen. Sie blätterte jede Mappe durch, fand aber nur wissenschaftliche Aufsätze mit vielen chemischen Formeln. Als sie die letzte Mappe aus der untersten Schublade zog, fiel ihr in der hintersten Ecke ein brauner DIN A 5-

Umschlag auf. Er war zugeklebt, aber nicht beschriftet. Sie tastete ihn ab und vermutete Fotos darin. Ihr erster Gedanke war, den Umschlag einfach aufzureißen, doch dann entschied sie sich anders. Falls sie nichts finden würde, sollte Alexander nicht merken, dass sie seine Sachen durchsucht hatte. Sie nahm den Umschlag mit in die Küche und machte dort Wasser im Kocher heiß. Anschließend hielt sie den Klebestreifen über den Wasserdampf, bis sie die beiden Papierhälften vorsichtig voneinander trennen konnte. Sie zog behutsam am Papier, damit keine Risse entstanden und sie später alles wieder mit einem Klebestift zukleben konnte.

Geschafft! Vorsichtig zog sie die Fotos heraus und breitete sie auf dem Schreibtisch aus. Was sie sah, versetzte ihr einen Schock: Auf den Bildern war eine junge, hübsche Frau abgebildet – immer die gleiche Frau, mal charmant lächelnd, ein anderes Mal lasziv guckend und dann wiederum in nachdenklicher Pose. Aber es war nicht die Mimik oder Körperhaltung der Frau, die sie erschaudern ließ, es war die Frau selbst. Kein Zweifel, die Person auf den Fotos war Veronika! Sie erkannte sofort ihre Augen, ihren Mund und vor allem ihr Muttermal neben dem linken Auge. Warum um alles in der Welt hatte Alexander Fotos von Veronika versteckt? Sie nahm das letzte Foto, das Veronika mit einem Mann zeigte, in die Hand und betrachtete es einige Sekunden lang. Konnte das Alexander sein? Schlank, volles Haar … Aber natürlich, das war er! Auf dem Bild kuschelte Veronika sich liebevoll an Alexander, der offenbar mit ausgestrecktem Arm das Foto geschossen hatte. Sie kannten sich von früher! Er hatte ihr nie davon erzählt. Jetzt ergab auch sein auffälliges Verhalten, als er Veronika vor dem Sportstudio gesehen hatte, irgendwie Sinn. Veronika – ihre Nebenbuhlerin? So wirklich konnte sie das nicht glauben. Aber warum hatte er ihr dann nicht von Veronika erzählt? Was hatte er zu verheimlichen? Sie musste mehr in Erfahrung bringen und schaltete Alexanders Laptop ein. Vielleicht hatte er dort noch mehr Fotos gespeichert. Sie suchte den Computer nach Bilddateien ab, fand aber ausschließlich bekannte Urlaubsaufnahmen. Bevor sie den Laptop wieder abschaltete, kam ihr noch die Idee, sich im Verlauf die zuletzt aufgerufenen Internetseiten anzusehen. Verwundert sah sie, dass er sich für den 1. FC Köln und die Sportsbar *Geißbock* auf der Aachener Straße interessiert hatte. Sie blätterte weiter zurück und fand dann Berichte über Ricin und die Homepage von der Autowerkstatt Müller in Hürth-Kalscheuren. Warum interessierte er sich für die Arbeitsstelle von Veronikas Ehemann? Angélique brauchte Antworten und zwar sofort! Während sie Veronikas Handynummer wählte, lief sie ungeduldig auf und ab.

Alexander verspürte Angst – ein Gefühl, das ihm überhaupt nicht behagte. Fast sein ganzes Leben lang hatte er seine Mitmenschen manipuliert, doch jetzt schien es, als ob er zum zweiten Mal die Kontrolle über eine Situation verlieren würde.
Veronika, du bist an allem schuld!
Heute konnte er auf keinen Fall mehr ins Labor fahren. Er rief Professor Akponok an, um sich krank zu melden. Das Gespräch verbesserte seine Laune keineswegs: Sein Chef hatte ihn ermahnt, demnächst während der Arbeitszeit immer erreichbar zu sein. Was bildete der sich eigentlich ein? Und dann erwähnte er noch Angéliques Anruf. *Sie ruft doch sonst nie im Labor an! Spioniert die mir nach oder was ist in sie gefahren?*
Alexander hatte eine Stinkwut, als er nach Hause fuhr.

Fisch brachte die beiden Toxikologen zurück zum rechtsmedizinischen Institut und fuhr anschließend ins Polizeipräsidium. Katie und Kid wollten vorher noch einen Abstecher ins Krankenhaus Hohenlind machen.
Als sie eintraten, saß Charlie gutgelaunt am Tisch und las Zeitung. Den Tropf hatten sie ihm bereits am Morgen entfernt. Katie überreichte ihm einen Strauß mit gelben Gerbera.
„Mensch, das war doch nicht nötig. Ich werde heute oder morgen entlassen."
„Wie geht es dir denn?"

„Ich könnte schon wieder Bäume ausreißen", antwortete er und betrachtete seine schmächtigen Oberarme. „Na ja, zumindest ein paar kleine Sträucher."

„Na, dann können wir dich ja gleich mitnehmen, Arbeit gibt es genug", spaßte Kid.

„Ich bin sofort dabei."

„Mach mal halblang. Lass dich diese Woche noch krankschreiben, dann sehen wir weiter."

„Auf keinen Fall!", entgegnete Charlie forsch. Sein Tonfall und seine Mimik sprachen Bände. Kid glaubte zu verstehen, was ihn bewegte. Er hatte sich die letzten beiden Tage sehr verändert: Auf einmal wirkte er optimistisch und voller Energie, wie man ihn bisher überhaupt nicht gekannt hatte. In seinen letzten Arbeitsmonaten wollte er offenbar noch mal allen zeigen, dass er noch zu gebrauchen war. Kid konnte das gut verstehen.

„Gut, dass ihr hier seid", fuhr Charlie unvermittelt fort. „Ich habe noch einen kleinen Fall für euch. Vorhin habe ich fast einen Arzt über den Haufen gerannt. Entweder war der völlig neben der Spur oder er führte was im Schilde. Vom Gefühl her würde ich sagen, das war kein Arzt. Er trug verschmutzte Straßenschuhe und als ich ihn ansprach, hat er die Richtung gewechselt und ist zurück zum Treppenhaus gelaufen."

„Kannst du ihn beschreiben?"

„Groß, Bierbauch, ansonsten schlank, Glatze. Sein Gesicht hab ich nicht sehen können – als er mir entgegen kam, hat er sich geschickt ein Klemmbrett vor den Kopf gehalten."

„Bei Glatze fallen mir die beiden Düsseldorfer Nazi-Hools ein. Aber Norbert Weber und Wolfgang Schmitz sind weder groß noch schlank."

„Ich habe die Fotos vom Erkennungsdienst gesehen. Das war keiner von beiden."

„Hat der falsche Arzt was gesagt?"

„Ja, er hätte sich in der Etage vertan oder so."

„Zu welchem Zimmer wollte er denn?"

„Weiß nicht, irgendwo am Ende des Ganges."

„Hast du schon mit den Schwestern gesprochen?"
„Nein, die sind hier vollkommen unterbesetzt, die hetzen von einem Zimmer zum anderen."
In diesem Moment klopfte jemand und öffnete gleichzeitig die Tür. Schwester Ariane kam herein und bekam sofort Charlies „Fall" zu hören. Kid wurde hellhörig, als er erfuhr, dass es einen Arzt, auf den Charlies Beschreibung zutreffen könnte, hier im Krankenhaus nicht gebe. Er wies sich als Kriminalbeamter aus und fragte, welche Patienten die hinteren Zimmer belegten. Bei dem Namen Dieter Müller horchten alle drei auf.

„Ich dachte, wir wären Freundinnen", keifte Angélique aufgebracht ins Telefon. Ihre Stimme bebte. Sie hatte sich in ihre Wut hineingesteigert und musste jetzt ihre Empörung herausbrüllen.
„Angélique, was redest du da? Warum sollen wir keine Freundinnen mehr sein?" Veronika kam gerade aus dem Krankenhaus und war auf dem Weg nach Hause.
„Tu nicht so scheinheilig, du verlogenes Miststück!"
„Jetzt ist aber gut. Sowas muss ich mir nicht gefallen lassen. Entweder sagst du mir sofort, was los ist oder ich lege auf."
„Du hättest es mir sagen müssen."
„Was hätte ich dir sagen müssen?"
„Du triffst dich mit ihm. Hab den Anstand und gib es zu!"
„Bist du jetzt völlig übergeschnappt? Wen soll ich treffen?"
„Na, Alexander!"
„Deinen Freund? Du spinnst doch, den kenne ich gar nicht! Ich hab genug andere Sorgen. Mein Mann liegt mit einer Vergiftung im Krankenhaus und wäre fast gestorben! Und da denkst du ausgerechnet an mich, wenn du glaubst, dass dein Mann sich mit anderen Frauen trifft? Du musst ja eine verdammt schlechte Meinung von mir haben. Meine Familie ist mir das Wichtigste, das solltest du doch mittlerweile wissen."
„Ich habe die Fotos gesehen, von dir und ihm! Fotos von früher."
„Fotos von mir? Ich kenne keinen Alexander, auch nicht von früher."

„Dein Muttermal neben dem linken Auge! Ich hab dich sofort erkannt! Du stehst eng umschlungen neben Alexander.“ Angélique schluchzte und atmete tief durch die Nase tief in den Bauch ein.
„Mal langsam, Angélique.“ Veronika wurde auf einmal stutzig; ein vager Verdacht keimte in ihr auf. „Wie heißt dein Freund denn mit Nachnamen?“
„Temmis.“
Der Schock durchfuhr sie wie ein Blitz. Für Sekundenbruchteile fühlte Veronika sich 20 Jahre in die Vergangenheit versetzt. Unbewusst hielt sie den Atem an und versuchte, diese Information zu verdauen.
Plötzlich riss ein lautes Hupkonzert sie aus ihren Gedanken und brachte sie wieder zurück in die Realität. Blitzschnell steuerte sie nach rechts und verhinderte noch im letzten Moment einen Zusammenstoß mit einem entgegenkommenden Fahrzeug. Bei diesem Manöver fiel ihr das Smartphone herunter. Es landete in der Ritze neben dem Beifahrersitz.

Fisch hörte schon das Klingeln seines Telefons, bevor er sein Büro betrat. In aller Ruhe schloss er auf und murmelte vor sich hin: „Immer mit der Ruhe, ich eile ja …“ Gemächlich setzte er sich hin und nahm den Hörer ab. Am anderen Ende der Leitung war ein Kollege vom Einbruchskommissariat in Düsseldorf, der ihm von einem Kioskeinbruch in der vergangenen Nacht erzählte. Ein Jugendlicher sei bei dem Einbruch in Düsseldorf-Eller auf frischer Tat ertappt worden. Der Abgleich seiner Fingerabdrücke beim Bundeskriminalamt habe dann einen Treffer ergeben – es war der gleiche Abdruck, der in der Autowerkstatt Müller gesichert worden war. Fisch hakte nach und erfuhr, dass der 16-jährige Beschuldigte Mitglied bei den *Düsseldorfer Devil Boys* war.
Um 15:00 Uhr kamen Katie und Kid in Fischs Büro und berichteten ihm, was sie gerade im Krankenhaus von Charlie gehört hatten.

„Okay, lasst uns mal alle Informationen zusammenfassen. Ich habe vorhin erfahren, dass die in Müllers Werkstatt gesicherte Fingerspur einem jugendlichen Düsseldorfer zugeordnet werden konnte."

„Lass mich raten, einer von den *Düsseldorfer Devil Boys*", fiel Kid ihm ins Wort.

„Volltreffer, das war aber zu einfach. Zieh lieber mal die richtigen Schlüsse aus folgenden Indizien:

1. Wir haben mehrere Vergiftungsopfer unter der Fangruppe der *Düsseldorfer Devil Boys.*
2. Wir haben ein Kölner Vergiftungsopfer, Vater von zwei Mitgliedern der *Rotweißen Elite.*
3. In der Werkstatt dieses Vaters wurde eingebrochen und ein Banner der *Rotweißen Elite* entwendet.
4. Diese Tat können wir mittels der gesicherten Fingerspur dem Düsseldorfer Fanclub unterstellen.
5. Es wurden unterschiedliche Gifte konsumiert.
6. Die Gifttatorte waren immer im oder in der Nähe des RheinEnergieStadions.

Habe ich was vergessen?"

„Der falsche Arzt heute im Krankenhaus. Wahrscheinlich wollte er zu Müller."

„Habt ihr Müller eigentlich zu dem Vorfall befragt?"

„Ging leider nicht, er hatte ein Schlafmittel bekommen."

„Wir müssen umdenken. Bisher haben wir Müller mehr als Zufallsopfer gesehen, es gab keine Hinweise auf ein Motiv und es bestand ja auch kein direkter Zusammenhang zu den anderen Opfern. Was ist, wenn es genau umgekehrt ist? Wenn der oder die Täter es von vorneherein auf Müller abgesehen hatten? Die *Düsseldorfer Devil Boys* wären dann die Zufallsopfer gewesen."

„Aber die würden doch nachts nicht in seine Werkstatt einbrechen, das macht doch keinen Sinn", wendete Katie ein.

„Die Einbrecher hatten es auch nicht auf Müller abgesehen, die wollten nur das Banner. Irgendwas müssen wir in der Werkstatt übersehen haben. Dort müssen die Düsseldorfer Fans an das Gift gekommen sein. Wir müssen so schnell wie möglich diesen Einbrecher vernehmen!"

„Aber jemand anders hat es auf Müller abgesehen; er muss sofort überwacht werden."

Fisch griff direkt zum Telefon und rief die Einsatzleitstelle an – eine Streifenwagenbesatzung sollte sofort ins Krankenhaus Hohenlind geschickt werden.

Anschließend schickte er Katie und Kid nach Düsseldorf, um den Jugendlichen zu vernehmen.

Charlie hatte alle seine Sachen schon gepackt und saß ungeduldig auf seinem Krankenbett. Im Fernsehen lief eine langweilige Daily Soap. *Was für ein Schwachsinn*, dachte er, als endlich der Stationsarzt mit drei weiteren Vertretern seiner Zunft zur Visite kam. Wie im Gänsemarsch betraten sie hintereinander das Zimmer und stellten sich in einer Reihe zwischen den beiden Krankenbetten auf. Warum kamen die eigentlich in Gruppenstärke, wenn doch sowieso nur einer von denen redete? Er schaltete die Glotze aus und erzählte dem Arzt mit dem Klemmbrett in der Hand genau das, was er sich vorher überlegt hatte. Ihm gehe es deutlich besser, er spüre keinerlei Entzugserscheinungen und er wolle unbedingt heute nach Hause, weil er dort wesentlich besser schlafen könne. Den Stationsarzt schienen seine Worte nicht zu beeindrucken. Er würde ihn erstmal untersuchen und dann entscheiden, ob er gehen dürfe. Nicht umsonst wurden sie Halbgötter in Weiß genannt, dachte Charlie und lächelte sie der Reihe nach freundlich an. Er hatte Glück: Sein Puls und Blutdruck waren in Ordnung. Der Arzt veranlasste seine Entlassung und verabschiedete sich von Charlie. Anschließend schob er sich an seinen Assistenten vorbei und verließ das Zimmer. Seine Begleiter trotteten in umgekehrter Reihenfolge hinterher.

Zufrieden ging Charlie zum Schwesternzimmer, wo sich gerade zwei uniformierte Kollegen nach dem Patienten Müller erkundigten. Er sprach sie an und erfuhr, dass Fisch die Überwachung angeordnet hatte. Also hatte er mit dem falschen Arzt den richtigen Riecher gehabt! Er schaute zur Uhr – normalerweise hätte er um diese Zeit schon Feierabend, aber daran dachte er jetzt nicht. Er war neugierig und wollte unbedingt am Fall weiterarbeiten. Er rief Fisch an, der ihn auf den neuesten Stand brachte, aber ihm auch nahelegte, sich zu schonen. Wenn Charlie sich jedoch etwas in den Kopf gesetzt hatte, war er schwer davon abzubringen. Er rief sich ein Taxi und ließ sich zum Polizeipräsidium fahren.

„Hallo? Hallo?", rief Angélique in den Hörer. Sie konnte Nebengeräusche hören, also hatte Veronika nicht aufgelegt. Was hatte das jetzt zu bedeuten? „Kannst du mich hören?", schrie sie und hielt dabei das Telefon vor ihr Gesicht. Dann lauschte sie wieder und glaubte, Fahrgeräusche zu erkennen. *Ihr ist bestimmt das Telefon aus der Hand gefallen! Wahrscheinlich hat sie nicht damit gerechnet, dass ich Fotos von ihnen finde. Das muss ein Schock für sie gewesen sein!* Angélique steigerte sich in ihre Rage hinein; sie war sich nun endgültig sicher, dass Veronika und Alexander ein Spiel mit ihr trieben. *Mit mir nicht! Ich werde ihn verlassen!* Bei diesen Gedanken liefen ihr Tränen über das Gesicht. Eigentlich hatte sie mit ihm ihre Zukunft gestalten wollen – aber Fremdgehen würde sie niemals dulden. Das hatte er von Anfang an gewusst.
Sie schreckte auf, als sie das Türschloss hörte. Er kam nach Hause! Schnell wischte sie sich die Tränen unter den Augen weg und schritt erhobenen Hauptes in die Diele. Noch bevor sie nur einen Ton sagen konnte, gab er ihr mit der flachen Hand eine Ohrfeige. Verdutzt stand sie mit offenem Mund und erschrockenen Augen vor ihm. Sie konnte kaum glauben, dass das gerade Erlebte real war. Tief holte sie Luft und wollte gerade etwas erwidern, als er ihr blitzschnell die zweite Klatsche verpasste. Diesmal sackte sie in die Knie. Ihre Wange schmerzte höllisch.
„Du spionierst mir hinterher! Was fällt dir ein!?" Alexander hatte

sich auf der Rückfahrt in seine Verbitterung hineingesteigert und nun völlig die Kontrolle über sich verloren.
„Was fällt dir ein, mich zu schlagen?", schluchzte sie. „Reicht dir nicht, dass du mich betrügst? Du bist ein armseliges Schwein!" Sie blieb in der Hocke und bedeckte ihr Gesicht mit den Händen.
„Was erzählst du da für eine Scheiße? Du hast doch gar keine Ahnung!"
„Ich habe die Fotos entdeckt!"
„Welche Fotos?"
„Von dir und Veronika."
Alexander war fassungslos. Die wenigen Fotos, die er von früher besaß, lagen in einem verschlossenen Umschlag in der hintersten Ecke seines Schreibtisches. Sie musste seine persönlichen Sachen durchsucht haben! Was hatte sie noch entdeckt? Konnte sie ihm gefährlich werden? Alexander hatte sich jetzt wieder unter Kontrolle; sein Verstand arbeitete auf Hochtouren.
„Das ist eine alte Geschichte", erwiderte er in ruhigem Ton und reichte ihr seine Hand, um ihr Hilfe beim Aufstehen anzubieten. Sie winkte aber trotzig ab und kauerte weiter am Boden.
„Ich war mit ihr mal zusammen, wir sind aber im Streit auseinandergegangen. Sie hatte mich betrogen. Ich war damals wahnsinnig enttäuscht und wollte dieses traurige Kapitel aus meiner Erinnerung löschen. Deswegen habe ich dir das nie erzählt."
„Aber die Fotos bewahrst du auf."
„Die hatte ich total vergessen."
„Das glaube ich dir nicht."
„Angie, ich …" Weiter kam er nicht.
„Wo warst du, wenn du angeblich länger gearbeitet hast? Wo warst du an den letzten Samstagen? Du brauchst mir nichts vorzumachen, ich weiß alles!", schrie sie ihn hysterisch an. „Warum interessierst du dich auf einmal für den 1. FC Köln und Fußballkneipen? Warum informierst du dich über die

Arbeitsstelle von Veronikas Ehemann? Du willst sie zurück, gib es doch zu! Ihr beide habt euch abgesprochen."
„Moment. Du hast mit Veronika darüber geredet? Spinnst du jetzt total?"
„Keine Sorge, sie deckt dich. Jetzt, wo ihr Mann mit einer Vergiftung im Krankenhaus liegt, habt ihr ja viel Zeit füreinander." Wie aus dem Nichts kam ihr ein böser Verdacht. Die zuletzt gespeicherten Informationen liefen vor ihrem geistigen Auge ab: *Vergiftung, Krankenhaus, Berichte über Ricin.* Alexander hatte sich kürzlich für dieses Gift interessiert und sie wusste, dass er im Labor ausschließlich Experimente mit Botulinumtoxin machte. Der Gedanke war so unfassbar, dass sie ihn nicht für sich behalten konnte. Sie musste wissen, wie er auf diesen Vorwurf reagieren würde.
„*Du* hast ihn vergiftet."
Jede Regung schien aus Alexanders Gesicht zu verschwinden. Er blieb völlig ruhig und gleichgültig neben ihr stehen. Apathisch blickte er vor sich hin.
„Du wolltest ihn umbringen."
Er verzog keine Miene. Langsam bekam sie es mit der Angst zu tun. Vorsichtig rappelte sie sich auf, ging langsam, den Rücken an die Wand gepresst, in Richtung Wohnungstür. Gerade wollte sie nach der Türklinke greifen, als er ihr von hinten in die Haare packte und sie nach nebenan ins Badezimmer zog. Er ignorierte ihren lauten Aufschrei und schleuderte sie auf den Boden.
„Hilfe, Hilfe!" Sie spürte den Faustschlag auf ihrem Jochbein und verstummte. Der Schock und das Adrenalin, das durch ihren Körper schoss, machten sie für den ersten Moment schmerzfrei. Trotzdem registrierte sie, wie ihr rechtes Auge anschwoll und sie Alexander nur noch schemenhaft wahrnahm. Er zog sie am Kragen ihrer Bluse in die Höhe, schüttelte sie wutentbrannt und schleuderte sie zurück. Seine Worte drangen nicht mehr an ihre Ohren. Sie prallte mit dem Kopf auf den Rand der Duschwanne. Ihr wurde schwarz vor den Augen.
„Warum hast du mir hinterher spioniert? Das hätte alles

nicht sein müssen. Du bist es selbst schuld, du blöde Kuh!"
Alexander beugte sich über seine bewusstlose Freundin, fühlte ihren Puls und schaute sich die blutende Wunde auf ihrem Hinterkopf an. *Nichts überstürzen, erstmal Zeit gewinnen*, dachte er und suchte nach Möglichkeiten, sie zu fesseln. Er wollte schon ins Schlafzimmer gehen und ihre diversen Fesselwerkzeuge holen, als er die Nylonstrumpfhose auf der Waschmaschine liegen sah. Das musste fürs erste reichen. Er band ihr damit die Hände auf dem Rücken fest, nahm eine Mullbinde aus dem Medizinschränkchen und knebelte sie.

Katie und Kid trafen um 16:30 Uhr in Düsseldorf-Eller ein. Der jugendliche Einbrecher wohnte bei seinen Eltern, in einem nicht weit vom Schlosspark Eller entfernten Viertel. Kid hätte niemals gedacht, dass ihr Krimineller in dieser Gegend wohnen würde. Überall nur zweigeschossige Häuser, gepflegte Grünanlagen – eindeutig ein besseres Wohnviertel. Sie parkten vor einem roten Backsteinbau und wurden schon am Eingang von einer Frau mittleren Alters empfangen.
„Sind Sie von der Kölner Polizei?"
„Ja, Moritz, mein Name. Das ist meine Kollegin Frau Weis."
Kid hielt ihr seine Kriminalmarke entgegen.
„Sie müssen wissen, unser Sohn ist kein Verbrecher. Mein Mann und ich haben ihm schon gehörig unsere Meinung gesagt. Das mit dem Kioskeinbruch war ein dummer Jungenstreich, eine Mutprobe."
„Können wir mal mit Ihrem Sohn sprechen?", unterbrach Kid die Frau in ihrem Redefluss. Er schätzte sie auf Ende dreißig. Sie hatte eine üppige Figur und machte einen resoluten Eindruck. Kid konnte sich gut vorstellen, wie sie ihren Sohn zurechtgewiesen hatte.
„Kommen Sie rein. Yannick hat Stubenarrest und ist in seinem Zimmer."
Es war ein typisches Jugendzimmer. Die Wände waren voll plakatiert mit Postern von Düsseldorfer Fußballspielern,

irgendwelchen Musikbands und Sängerinnen. Kid erkannte nur Helene Fischer, von ihr schwärmten seine Söhne auch. Yannick saß an seiner Playstation und spielte gerade *The Amazing Spider-Man 2*.

„Yanni, hier ist die Polizei. Mach deinen Computer aus und erzähl den Beamten, was du uns gesagt hast."

„Entschuldigen Sie, würden Sie uns bitte mit Ihrem Sohn alleine sprechen lassen?", wandte Katie sich an die Mutter.

„Aber ich bin doch die …"

„Machen Sie sich keine Sorgen, wir haben nur ein paar Fragen. Würden Sie uns bitte alleine mit ihm reden lassen?", unterbrach Katie sie freundlich, aber bestimmt.

Es bedurfte noch einiger erklärender Worte, bis sie endlich das Zimmer verließ.

„Ich habe doch schon alles der Polizei erzählt", erklärte Yannick sofort.

„Yannick, dürfen wir dich duzen?", war Kids erste Frage.

„Ja."

„Okay, wir sind nicht wegen dem Kioskeinbruch hier, sondern wegen dem Einbruch in die Hürther Autowerkstatt vor gut drei Wochen. Ihr habt das Clubbanner der *Rotweißen Elite* entwendet."

„Das war ich nicht."

„Hör mir mal bitte gut zu. Wir sind von der Kölner Mordkommission und ermitteln wegen der Giftanschläge im Kölner Stadion. Freunde aus deinem Fanclub sind gestorben."

Yannick schaute bedrückt zu Boden.

„Wir wollen wissen, was passiert ist. Möglicherweise seid ihr in der Werkstatt mit dem Gift in Kontakt gekommen."

„Ich habe doch gesagt, ich war da nicht dabei." Kid konnte an seinen nervösen Bewegungen und seinem unkontrollierten Augenzucken deutlich erkennen, dass er log.

„Yannick, wir haben einen Fingerabdruck von dir gefunden."

Sofort dachte Yannick an den kaputten Handschuh und bekam Angst. Musste er jetzt ins Gefängnis? Was würden seine Eltern sagen?

Als ob Kid seine Gedanken gelesen hätte, sprach er genau dieses Thema an. „Deine Eltern wissen nichts davon und du hast jetzt Angst?“

Er nickte schüchtern und unterdrückte seine Tränen.

„Pass mal auf, wir machen dir einen Vorschlag. Du erzählst uns jetzt alles über den Einbruch und wir werden heute deinen Eltern nichts sagen. Der zuständige Sachbearbeiter der Düsseldorfer Kriminalpolizei wird dich in den nächsten Tagen über deine Eltern vorladen und bis dahin hast du Zeit, ihnen die Sache mit dem Diebstahl der Fahne zu erklären.“

Yannick zögerte einen Moment, beschrieb dann aber die Tat in allen Einzelheiten und nannte auch die Namen aller Mittäter. Kid verglich diese mit der Opferliste und stellte keine Übereinstimmung fest. Also hatten sich die Einbrecher nicht am Tatort vergiftet.

„Überleg noch mal ganz genau. Ihr habt nur die Fahne entwendet, nichts anderes?“, hakte Kid noch mal nach.

„Mit welcher Strafe muss ich denn rechnen?“

„Wenn du voll geständig bist, musst du vielleicht nur Sozialstunden ableisten.“

„Und wenn ich nicht nur die Fahne, sondern noch etwas anderes geklaut hätte?“

„Je nachdem, was es ist, wird es an der Höhe der Strafe nichts ändern. Dem Besitzer ist noch nicht einmal aufgefallen, dass noch etwas entwendet wurde. Du musst es uns aber sagen, es ist sehr wichtig.“

„Ich habe noch eine Flasche Schnaps mitgenommen.“

Katie und Kid schauten sich an, als hätten sie gemeinsam beim Football in der letzten Sekunde einen Touchdown erzielt. Kid hatte jetzt natürlich noch viele Fragen zu der Schnapsflasche: Wer hatte wann und wo davon getrunken? Waren die Vergiftungsopfer unter den Konsumenten gewesen? Yannick erzählte ihnen bereitwillig, was er wusste. Die Flasche habe er im Zugabteil rumgereicht, er selbst würde nur Bier trinken.

***

„Scheiße, scheiße, scheiße", brüllte er und schlug sich mehrmals mit den Fäusten an die Schläfen. Frauen! Immer wieder waren es Frauen, die ihm Unglück brachten. Veronika, Angélique – sie waren die Übeltäter! Sie hatten ihn verraten, dafür sollten sie büßen. Es gab nur eine Möglichkeit: Beide mussten sterben, erst dann war er vor ihren Intrigen gefeit. Er würde aus dem Rheinland wegziehen, vielleicht nach Süddeutschland – als Chemiker bekam er dort besonders leicht einen Job. Aber jetzt musste er das erste Problem lösen: Angélique. Am besten wäre, es sähe nach Selbstmord aus. Es hieß, die meisten Frauen mit Suizidabsichten würden zu Tabletten greifen. *Typisch für das schwache Geschlecht*, dachte Alexander. Er selbst würde sich vom Kölner Dom stürzen oder im Kölner Zoo in den Tigerkäfig steigen. Bei dem Gedanken an Tabletten kam ihm jedoch eine Idee. Angélique nahm häufig irgendwelche Pillen wegen ihrer Schlafstörungen. Sie brachte sich die Schlaftabletten immer aus Frankreich mit, weil ihr Cousin Arzt war und ihr die Rezepte ausstellte. Er ging ins Schlafzimmer und durchsuchte ihren Nachttisch.

Angélique erwachte aus ihrer Ohnmacht und wusste im ersten Moment nicht, wo sie war. Sie lag seitlich gekrümmt auf einem kalten Boden und schaute auf eine gekachelte Wand. Ganz langsam schärften sich ihre Sinne und die Erinnerung kehrte zurück. Ihr Kopf schmerzte bestialisch, ihr war schlecht und sie hatte das Gefühl, sich übergeben zu müssen. Ein dicker Knebel im Mund verstärkte diesen Reiz. Sie versuchte, ihre Glieder zu bewegen und stellte fest, dass ihre Handgelenke auf dem Rücken zusammengebunden waren. Was war in ihn gefahren? Er hatte sie niedergeschlagen und gefesselt. Sie erinnerte sich an ihre letzten Worte, als sie ihm vorgeworfen hatte, Veronikas Mann umgebracht zu haben. Es stimmte also!
Panik kam in ihr auf. Er würde auch sie töten. Mit aller Kraft versuchte sie, die Fesseln zu lösen, doch es gelang ihr nicht. Kein Wunder – mit Fesseln kannte er sich gut aus! Ihre Fingerspitzen ertasteten ein glattes Material, eine ihr bekannte Kunstfaser.

Sie drehte sich auf die Seite und sah die Verpackung ihrer neuen französischen Nylon-Strumpfhose. Zum Glück hatte er ihre Beine nicht gefesselt. Sie drehte sich, so dass sie auf den Knien in die Hocke kam, und richtete sich auf. Womit konnte sie sich befreien? Ihr Blick wanderte durch das Badezimmer bis zum Fenstersims. Dort entdeckte sie neben der Kerze ein Feuerzeug. Da sie mit den Händen nicht herankam, schob sie es mit der Stirn nach vorne und ließ es auf den Boden fallen. Dann kniete sie sich wieder hin und drehte mit ihrem Daumen das Reibrad des Einwegfeuerzeugs. Bei ihren ersten Versuchen übte sie zu wenig Druck aus, um einen Funken zu erzeugen. Doch beim dritten Anlauf entzündete sich eine Flamme, die das Nylon erhitzte und zum Schmelzen brachte. Im gleichen Moment kam der Schmerz – ein Gefühl, als würde man ihre Handgelenke mit einem Schneidbrenner durchtrennen. Sie biss noch fester auf den Knebel, unterdrückte die Höllenqualen und zog an der Fesselung, so fest sie konnte. Plötzlich riss die durchschmorte Strumpfhose und ihre Hände waren frei. Sofort zog sie sich die Mullbinde aus dem Mund und hielt ihre Handgelenke in die Toilettenschüssel.
Sie hörte, wie Alexander nebenan im Schlafzimmer zugange war. Wie konnte sie jetzt fliehen? Das Fenster in der Dachschräge wäre eine schlechte Möglichkeit. Um zum Treppenhaus zu gelangen, musste sie an der Schlafzimmertür vorbei und hoffen, dass die Wohnungstür nicht abgeschlossen war. Das war alles sehr riskant. Beim ersten Hilfeschrei würde er sie sofort wieder niederschlagen! Ihr Blick fiel auf die Verpackung der Nylon-Strumpfhose und ein Gedanke schoss ihr durch den Kopf. Sie könnte eine Nachricht durch das Fenster werfen! Vorsichtig öffnete sie ihren Kosmetikkoffer und holte sich den Kajalstift heraus. Dann schrieb sie auf das Pappstück:
„Hilfe! SOS! Temmis! Er will mich töten!“
Sie hörte, wie nebenan die Schlafzimmertür zugeschlagen wurde, und erschrak. Mit einem großen Schritt sprang sie zum Fenster, öffnete es und schleuderte das Stück Karton nach draußen. Im gleichen Moment stand Alexander in der Badezimmertür.

Veronika konnte zunächst keinen klaren Gedanken fassen. Alte Erinnerungen wurden wach und sie musste unwillkürlich daran denken, wie Norman ihr auf die Finger geschlagen hatte, bis sie vom Dach gestürzt war. Lange Zeit hatte sie nachts furchtbare Alpträume von ihrem Ex-Freund gehabt. Dieter hatte sie nie was davon erzählt; sie wollte nicht, dass er sich noch mehr Sorgen um sie machte. Die Person und der Name Norman Temmis mussten aus ihrer beider Leben für immer verschwinden!
Doch heute wurden die alten Wunden wieder aufgerissen. Er war jetzt mit Angélique zusammen! Ausgerechnet mit einer ihrer Freundinnen! Obwohl sie sich so langsam fragte, ob sie tatsächlich Freundinnen waren. Nach diesem Gespräch mit ihr eben war sie stinksauer und fühlte sich maßlos gekränkt. Wie konnte Angélique nur so schlecht über sie denken? Bei den vielen netten Gesprächen im Sportstudio hatte man so viele Gemeinsamkeiten entdeckt. Sie war damals ihr auf Anhieb sympathisch gewesen. War das alles nur geheuchelt? Was fiel ihr ein, Veronika zu verdächtigen? Aber sie durfte jetzt nicht nur an ihre verletzten Gefühle denken. Temmis war ein unberechenbarer und gefährlicher Egozentriker. Der würde sich niemals ändern. Sie musste Angélique warnen!
Veronika fuhr bei der nächsten Möglichkeit rechts ran und versuchte, ihr Smartphone, das sich zwischen Sitzschiene und Mittelkonsole verklemmt hatte, hervorzuziehen. Schon beim ersten Versuch riss sie sich einen Fingernagel ein. Sie fluchte laut und nahm gereizt einen Kugelschreiber zur Hilfe. Es dauerte einige Zeit, bis sie es endlich geschafft hatte. Sie wählte Angéliques Nummer und wartete ungeduldig darauf, dass sie abnahm. Diese Vorwürfe konnte und wollte sie sich nicht gefallen lassen. Das musste sofort geklärt werden.
Angélique ging aber nicht an ihr Telefon. Enttäuscht fuhr Veronika nach Hause.

In ihrer Schlafzimmerkommode fand er neben diversen Pflegemitteln nur einen Tablettenstreifen mit der Pille. Nachdem er die Fächer aller Schränke durchsucht hatte, fiel ihm ein, dass sie ja im Badezimmer einen Medikamentenschrank hatten. Dort mussten die Schlaftabletten sein.
Er öffnete die Tür und sah Angélique mit ihrem geschwollenen, dunkelvioletten Auge am Fenster stehen. Einige Sekunden blieb er überrascht im Türrahmen stehen, sprang dann aber auf sie zu und zog sie mit einem festen Griff am Oberarm vom Fenster weg.
„Von wegen, aus dem Fenster abhauen. Du bleibst schön bei mir."
„Du tust mir weh, ich ..."
„Halt die Fresse, ich will nichts mehr hören! Beim nächsten Ton bring ich dich um!" Er führte sie ins Schlafzimmer, schmiss sie aufs Bett und holte die Fesselwerkzeuge aus seiner Kommode. Während er sie fesselte, entdeckte er die Brandwunden an ihren Handgelenken. Mit diesen Verletzungen konnte er unmöglich einen Selbstmord vortäuschen! Sie jammerte leise vor sich hin und starrte ihn mit großen, angsterfüllten Augen an. Er konnte diesen kläglichen Blick nicht länger ertragen und verließ das Zimmer. In der Küche machte er sich geistesabwesend einen Kaffee. Angélique hatte ihn durchschaut – sie wusste alles! Sie musste sterben, soviel stand fest. Die Frage war, wie viel sie Veronika erzählt hatte. Davon hing jetzt alles ab. Er ging zurück ins Schlafzimmer und setzte sich neben Angélique auf das Bett.
„Was hast du Veronika von mir erzählt?"
„Nichts", murmelte sie leise.
„Lüg mich nicht an! Ich will wissen, was du ihr gesagt hast!" Alexander griff ihr an die Kehle und drückte leicht zu.
Angélique zerrte an den Fesseln und wand sich hin und her. Sie stand Todesängste aus. Ihr Verstand raste. Sie ignorierte die Schmerzen an ihrem Kehlkopf und versuchte, sich auszumalen, mit welcher Antwort sie die größten Überlebenschancen hätte. Wenn nur sie von seiner Tat wusste, würde er sie als

einzige Zeugin beseitigen. Er war zu allem entschlossen, das sah sie an seinen Augen. Vielleicht würde er sich aber stellen, wenn es mehrere Zeugen gäbe. Er konnte unmöglich jeden umbringen.
„Gib auf, sie weiß es", röchelte sie.
„Was weiß sie?", schrie er sie an.
„Ricin. Du hast ihn damit vergiftet."
„Und was weiß sie noch?"
Er hat noch mehr zu verbergen!, war ihr erster Gedanke. Plötzlich fiel es ihr wie Schuppen von den Augen. Seit Tagen wurde in der Presse von Giftanschlägen im Stadion berichtet. Der Täter musste sich mit Giften auskennen, hatten sie geschrieben.
„Die Anschläge im Stadion."

Charlie ließ sich nichts sagen. Er bestand darauf, wieder zu arbeiten – er fühle sich vollkommen gesund! Fisch gab letztendlich nach, mahnte aber, dass er nicht übertreiben solle. Während dieser Auseinandersetzung rief Kid an und berichtete über die Vernehmung des Jugendlichen in Düsseldorf-Eller. Fisch gab ihm postwendend den Auftrag, mit Katie ins Krankenhaus Hohenlind zu fahren und Müller zu vernehmen. Falls der immer noch schliefe, sollten sie vor Ort bleiben, bis er wach wurde.
Sie hatten Glück: Dieter Müller saß mit hochgestellter Rückenlehne in seinem Bett und las in einer Zeitschrift. Er fühlte sich nach dem Mittagsschlaf und Abendbrot ausgeruht und gestärkt. Sein Gesundheitszustand hatte sich deutlich verbessert. Die Schwester hatte die Beamten der Mordkommission bereits angekündigt und er war gespannt, was sie ihm berichten konnten.
Kid erklärte ihm den Grund seiner Bewachung. Er erzählte von dem verdächtigen Arzt, den Charlie am Morgen hier im Flur gesehen hatte. Müller überlegte lange, wusste aber von keinem Mann, auf den diese Beschreibung zutreffen könnte. Er kenne überhaupt keine Glatzenträger. Anschließend ging Kid auf die Vernehmung von Yannick ein. Bei der Erwähnung der

Schnapsflasche zog Müller nachdenklich die Stirn in Falten.
„In meiner Werkstatt stehen keine Schnapsflaschen. So etwas würde ich nicht dulden."
„Warum sollte der junge Mann lügen? Seine Angaben klangen sehr glaubhaft. Vielleicht hatten Ihre Söhne mit ihren Clubfreunden …"
„Auf keinen Fall", unterbrach Müller ihn. „Die trinken höchstens mal Bier, aber keinen Schnaps. Mir fällt aber etwas ein. Das hatte ich vollkommen vergessen. Vor ein paar Wochen bekam ich per Post eine Flasche guten Tequila als Geschenk."
„Was für ein Geschenk?"
„Von der Firma *Breckmann-Feinkost.* Ich warte deren Firmenautos. Zu ihrem Jubiläum haben sie mir ein Dankschreiben und einen Karton mit einer Flasche geschickt."
„Haben Sie das Schreiben und den Karton noch?"
„Nein, so etwas schmeiße ich direkt in den Müll. Die Flasche habe ich irgendwo hingestellt und anschließend vergessen."
„Hatten Sie mal Probleme mit einem Mitarbeiter der Firma *Breckmann*?"
„Ich kenne nur die Fahrer. Mit denen komme ich bestens klar."
Kid musste an van Loog denken, der als Lebensmittelchemiker bei der Firma *Breckmann-Feinkost* arbeitete. Hatten sie ihn zu früh von der Verdächtigenliste gestrichen? Kid war bei der Vernehmung und Wohnungsdurchsuchung dabeigewesen und hatte ihn kennengelernt. Van Loog war ein fußballverrückter Intellektueller, zudem ein Familienmensch und vielleicht auch ein Eigenbrötler, der sich nichts gefallen ließe – aber ein Mörder? Nein, dass konnte Kid sich nicht vorstellen. Vor allem: Warum sollte er vergiftete Spirituosen mit der Firmenpost versenden? Man würde ihn sofort verdächtigen.

Sofort nachdem Kid ihn angerufen hatte, versuchte Fisch, einen Verantwortlichen bei der Firma *Breckmann-Feinkost* zu erreichen. Er war jedoch zu optimistisch; um 19:00 Uhr lief nur noch der Ansagetext des Anrufbeantworters, auf dem

die Öffnungszeiten der Firma mitgeteilt wurden. Charlie rief währenddessen in der Polizeiinspektion West an und fragte nach dem Bezirksbeamten, der das Viertel mit dem Firmengelände betreute.
Polizeioberkommissar Werle hatte Spätdienst und war auf Streife, als Charlie ihn auf seinem Handy erreichte. Er hatte im Laufe der Jahre sehr gute Verbindungen zu der Personalabteilung der Firma *Breckmann* aufgebaut. Mindestens einmal die Woche stand er bei ihnen im Büro und erkundigte sich nach einem der sechshundert Mitarbeiter. In der Regel ging es um Ordnungswidrigkeiten, aber hin und wieder musste er auch kleinere Haftbefehle dort vollstrecken. Die Zusammenarbeit verlief immer reibungslos. Zum Personalchef Ronald Hessler hatte er mittlerweile ein freundschaftliches Verhältnis. Daher konnte er Charlie auch dessen private Handynummer mitteilen.
Fisch rief Hessler an und erklärte ihm den Grund seines Anrufes.
„Ja, wir hatten vor drei Wochen Firmenjubiläum. Da gab es in der Firma auch eine kleinere Feierlichkeit, zu der Geschäftspartner eingeladen waren. Präsente wurden aber nicht verschickt."
„Können Sie das mit Bestimmtheit sagen?"
„Ja, da bin ich mir sicher! Das wäre ja auch höchst ungewöhnlich. Wir schicken unseren Partnern Präsente, wenn die ein Jubiläum feiern, aber nicht umgekehrt."

Alexander stützte sich mit durchgedrückten Ellenbogen auf seinen Küchentisch, fixierte das Muster der Tischdecke und dachte nach. Er konnte das Blatt wenden, wie er wollte – seine Chancen, den Ermittlungsbehörden zu entkommen, waren gleich Null. Veronika hatte wahrscheinlich sofort die Polizei angerufen und die würden bald bei ihm auftauchen, um ihn festzunehmen. Er wunderte sich selbst, wie wenig ihn das beeindruckte. Lebend würden sie ihn sowieso nicht bekommen!
Er musste jetzt strukturiert und planvoll vorgehen. Angélique

war die erste, die sterben musste. Wenn er so darüber nachdachte, fand er die Idee mit den Tabletten gar nicht so schlecht. Schade eigentlich, im Grunde genommen war sie eine tolle Partnerin gewesen. Vor allem im Bett hatten sie sich immer wunderbar ergänzt. Sie hatte keinen qualvollen Tod verdient. Mit einer Überdosis Tabletten würde sie sanft einschlafen und nichts merken.

Er ging ins Badezimmer und fand im Medizinschrank die französischen Schlaftabletten. Vorsichtshalber nahm er noch die angefangenen Packungen mit Schmerzmitteln heraus und kippte dann alle Tabletten in eine Schüssel. Mit einem Mörser zerkleinerte er die Medikamente. Anschließend verrührte er das Pulver mit lauwarmem Wasser und füllte alles in ein großes Glas. Das dürfte reichen, dachte er und ging ins Schlafzimmer.

Angélique sah ihn mit dem Glas kommen und ahnte, was er vorhatte. Sie wich entsetzt zurück. „Bitte, bitte, ich will nicht sterben."

„Doch, du musst leider sterben."

„Hilfe, Hilfe!", schrie sie jetzt, so laut sie konnte. Ein kräftiger Faustschlag ließ sie augenblicklich wieder verstummen.

„Du trinkst jetzt diese Schlaftabletten oder ich drücke dir die Kehle zu."

Angéliques Herz raste. Wenn er sie würgte, wäre sie innerhalb kürzester Zeit tot. Mit dem Tablettendrink hätte sie etwas Zeit gewonnen. Es war eine Chance, wenn auch noch so klein.

Er hielt ihr das Glas hin und sie trank in kleinen Schlücken. Nach ungefähr einem Drittel musste sie würgen und spuckte einen Teil wieder aus. Alexander reagierte sofort. Er hielt ihr die Nase zu und flößte ihr den Rest gewaltsam ein.

„Dieser glatzköpfige Arzt geht mir nicht aus dem Kopf", sagte Fisch in die Runde. Katie und Kid waren inzwischen auch im Polizeipräsidium angekommen und nahmen am Gespräch teil.

„Außer Norbert Weber und Wolfgang Schmitz haben wir in dem Verfahren keine Glatzköpfe. Die beiden scheiden aufgrund Charlies Beschreibung aus, es muss also ein Unbekannter sein. Wir sollten Frau Müller in Kenntnis setzen, es ist ja durchaus möglich, dass sich unser Verdächtiger auch vor ihrem Haus blicken lässt." Kids Kollegen nickten zustimmend und Fisch suchte sogleich nach Veronika Müllers Telefonnummer.

„Müller", meldete sich Veronika kurz angebunden. Sie war immer noch sauer und hoffte, dass Angélique die Anruferin war. Die würde von ihr ein paar Takte zu hören bekommen!

„Makele von der Kriminalpolizei in Köln. Sie erinnern sich an mich?"

„Oh, ich hatte mit jemand anderem gerechnet. Natürlich weiß ich, wer Sie sind. Ist was mit meinem Mann?" Kann doch nicht sein, beruhigte sie sich sofort, sie war doch vorhin noch im Krankenhaus gewesen.

„Ihrem Mann geht es gut. Wir wollten Ihnen mitteilen, dass wir seit heute sein Krankenzimmer überwachen lassen. Wir haben Grund zu der Annahme, dass Ihr Mann gezielt Opfer der Vergiftung wurde."

Fisch erklärte ihr Charlies Beobachtungen und dass die Bewachung eine reine Vorsichtsmaßnahme sei.

„Falls Sie eine verdächtige Person in der Nähe Ihres Hauses sehen, rufen Sie bitte sofort die 110 an."

Veronika war etwas desorientiert. Zu viele Informationen schwirrten durch ihren Kopf. Bis vorhin hatte sie geglaubt, sich nicht mehr um ihren Mann sorgen zu müssen. Er war auf dem Weg der Besserung und konnte in ein paar Tagen das Krankenhaus verlassen. Und jetzt erfuhr sie, dass er immer noch in Gefahr sei. *Wieso sollte jemand ausgerechnet Dieter* … Sie führte den Gedanken nicht weiter. Ein unglaublicher Verdacht kam in ihr auf.

„Wie sah noch mal der falsche Arzt aus?"

„Groß, schlank mit Bauchansatz, Glatze. Mehr können wir leider zu dieser Person nicht sagen. Kennen Sie jemanden, auf den diese Beschreibung zutreffen könnte?"

Veronika fuhr es eiskalt durch die Glieder. Nein, da bildete sie sich etwas ein. So viele Männer hatten mittlerweile eine Glatze, das konnte nur ein Zufall sein. Oder? Sie hatte Angéliques

Freund nur kurz gesehen, aber diese Beschreibung passte auf … Alexander. Auf ihren Ex-Freund Norman! Zutrauen würde sie ihm alles. Plötzlich musste sie an Angélique denken. *Sie geht nicht mehr ans Telefon, ihr wird doch nichts …*
„Hallo, sind Sie noch dran?"
„Ja, ich habe da eine schlimme Befürchtung."
Veronika erzählte Fisch von ihrem Gespräch mit Angélique und dass die Beschreibung auf ihren Ex-Freund zutreffen könnte. Fisch rief sich den Fall von damals noch mal in Erinnerung. Er hatte sich seinerzeit maßlos über das milde Urteil aufgeregt. Für ihn war die Schuldfrage eindeutig gewesen, doch Normans Anwalt hatte clever argumentiert, so dass am Ende Aussage gegen Aussage stand. Der Typ war krank und gehörte in eine Psychoklinik, da waren seine Kollegen und er sich einig.
„Haben Sie die Adresse von den beiden?"
„Angélique kenne ich nur aus dem Fitness-Studio, ich weiß noch nicht einmal ihren Nachnamen. Sie wohnt mit Norman – äh, er nennt sich anscheinend jetzt Alexander – in Köln-Dünnwald."
„Ihr Ex-Freund heißt Temmis, richtig?"
„Ja."
„Dann werden wir die Adresse herausfinden. Bleiben Sie vorerst im Haus und schließen bitte alles gut ab. Wir werden uns melden, sobald wir mehr wissen."
Fischs Stimme klang ernst, aber nicht besorgniserregend.

Angéliques flehende Stimme wurde immer schwächer. Sie bettelte um Gnade: Noch könne er aufgeben und einen Arzt rufen! Alexander blieb stumm neben ihr sitzen und wartete, bis sie eingeschlafen war. Er gab ihr noch einen Kuss auf die Stirn und packte dann einige Utensilien in eine Umhängetasche, von denen er glaubte, dass sie ihm nützlich sein könnten. Anschließend ging er in seine Garage, startete den Ford Mustang und ergötzte sich an dem satten Klang des V6 Motors. Eine Weile spielte er mit dem Gas, erst dann schnallte er sich an und schob die CD mit der Toccata und Fuge in d-Moll von Johann

Sebastian Bach in den Player. Bei diesen Klängen entspannten sich sein Körper und sein Geist. Ruhe und Zufriedenheit erfüllten ihn.

Fisch hatte vergeblich versucht, Unterstützungskräfte von der Polizeiinspektion Nord-Ost zu bekommen. Zu viert fuhren sie mit hoher Geschwindigkeit in einem zivilen VW-Passat nach Köln-Dünnwald. Auf der Berliner Straße kam ihnen ein roter Ford Mustang entgegen, der ihnen mit Sicherheit aufgefallen wäre, wenn sie eine Halterfeststellung mit Angéliques Namen durchgeführt hätten. So hatten sie unter dem Namen Alexander Temmis lediglich einen 3er BMW ermittelt.
Um ins Haus zu kommen, klingelte Kid bei den Mietern der beiden Parterrewohnungen. Ein Perser öffnete ihnen und sah verständnislos auf die ihm vorgehaltenen Kriminalmarken. Es gab keine Zeit für lange Erklärungen; sie liefen an ihm vorbei weiter hoch ins Dachgeschoss und versuchten, so wenig Lärm wie möglich zu machen. Kid war als erster oben und lauschte an der Tür. Keinerlei Geräusche drangen an sein Ohr. Seine Kollegen bauten sich mit den Händen an den Schusswaffen links und rechts neben der Tür auf. Wenn Temmis ihr Täter war, mussten sie mit allem rechnen. Kid klingelte und schaute gleichzeitig durch den Türspion. Es wurde weder geöffnet noch konnte er eine Bewegung erkennen. Wahrscheinlich waren die beiden nicht zu Hause. Fisch überlegte kurz, ob er mit den bisher vorliegenden Erkenntnissen eine Gefahr im Verzuge begründen und dann mit einem Schlüsseldienst die Wohnung betreten und sie nach Beweismitteln durchsuchen konnte. Die Verdachtsmomente waren jedoch nicht konkret und außerdem konnten sie die Wohnung zu einem späteren Zeitpunkt mit einem richterlichen Beschluss durchsuchen; also entschied Fisch sich für den Rückzug. Er wollte heute noch Veronika vernehmen, vielleicht ergaben sich ja weitere Anhaltspunkte.
Unten angekommen wechselte Kid die Straßenseite, um noch mal oben die Dachgeschossfenster zu beobachten. Das machte

er immer, wenn er niemanden antraf. Es wäre nicht das erste Mal, dass er dann jemanden hinter der Gardine stehen sah. Diesmal hatte er jedoch keinen Erfolg. Auf dem Rückweg sah er aber, wie Katie ein Stück Pappe aus der Straßenrinne aufhob und begutachtete.

„Schaut mal, was ich gefunden habe!", rief sie im gleichen Moment. Sie eilten herbei und betrachteten neugierig den beschriebenen Kartonstreifen. Die Schrift war etwas verwaschen, die Worte ließen sich aber trotzdem gut lesen: „Hilfe! SOS! Temmis! Er will mich töten!"

Der Perser schaute ihnen mit offenem Mund hinterher, als sie schon wieder wortlos an ihm vorbei nach oben stürmten. Vor Temmis' Wohnungstür bauten sie sich, diesmal mit gezogenen Waffen, auf. Katie stand auf der Türschloss-Seite hinter Fisch und versuchte, ihre Aufregung unter Kontrolle zu bekommen. Charlie baute sich schräg hinter Kid auf. Fisch hatte ihn aus Fürsorgegründen unten im Eingang postieren wollen, doch er hatte darauf bestanden, mit in die Wohnung zu gehen. Kid nickte allen zu, dann holte er Schwung und trat mit voller Wucht gegen das Türschloss. Ein lautes Krachen, doch die Wohnungstür blieb geschlossen. Er trat noch drei weitere Male kräftig zu, bis das Schließblech so verbogen war, dass die Tür endlich aufsprang. Fisch voran, stürmten seine Kollegen vor Kid hinein und teilten sich sofort auf alle Zimmer auf. Katie lief links ins Schlafzimmer und schrie erschrocken auf, als sie die gefesselte Frau auf dem Bett liegen sah. Sie überzeugte sich, dass keine weitere Person im Zimmer war und lief erst dann zu ihr. Mit Zeige- und Mittelfinger fühlte sie nach dem Puls an ihrer Halsschlagader, als Kid ins Zimmer gestürmt kam.

„Lebt sie noch?"

„Ich fühle einen schwachen Puls."

Kid telefonierte sofort mit der Einsatzleitstelle und forderte einen Notarzt sowie Unterstützungskräfte an. Inzwischen waren Fisch und Charlie hinzugekommen und meldeten, dass Temmis nicht in den anderen Räumen sei.

„Die Handschellen! Schnell, wir brauchen die Schlüssel!",

drängte Katie, während sie die Knoten von Angéliques Fußfesseln löste.
Charlie reagierte sofort, riss die Schubladen des Nachttischs auf, fand aber nur Pflegemittel und Frauenzeitschriften. Er lief zur anderen Bettseite und durchsuchte das dortige Schränkchen. Hier fand er verschiedene Massageöle, ein Buch mit dem Titel *Fetisch, Bondage und Fesselspiele* und verschiedene kleine Schlüssel an einem Bund. Nach einigen Versuchen hatte er den richtigen gefunden und konnte Angéliques Hände befreien. Charlie und Fisch legten sie auf den Boden und drehten sie in die stabile Seitenlage. Katie sprach sie an und tätschelte ihr die Wangen, doch sie kam nicht zu sich. Plötzlich zuckten alle zusammen: Aus einem Nebenraum war ein lautes Knacken zu hören. Kid nahm seine Waffe in Anschlag und ging vorsichtig in den Flur. Das Geräusch, jetzt mehr ein Zischen, kam aus der Küche. Mit einer schnellen Kopfbewegung lugte er um die Ecke und steckte dann erleichtert seine Waffe zurück in das Holster. Der Kaffeeautomat hatte sich abgeschaltet.
Bereits nach drei Minuten war der Notarzt da und leitete die weiteren lebenserhaltenden Maßnahmen ein. Kurz nachdem das Opfer abtransportiert worden war, trafen die Unterstützungskräfte ein. Fisch und seine Mitarbeiter hatten sich bereits einen groben Überblick verschafft und gesehen, was Temmis zu einem dringend Tatverdächtigten für die Anschläge im RheinEnergieStadion machte: In einem Zimmer hatten sie ein komplettes Regal voll mit Fachliteratur über Toxikologie gefunden. Fisch veranlasste sofort eine Fahndung nach Temmis und seinem BMW. Lange konnte er noch nicht weg sein. Veronika hatte vor wenigen Stunden noch mit Angélique telefoniert; außerdem war bei ihrer Ankunft der Kaffeeautomat noch in Betrieb gewesen. Diese Geräte schalteten sich nach zwei, drei Stunden von alleine ab. Fisch versuchte in Gedanken, ein Täterprofil zu erstellen. Temmis war krank, davon mussten sie ausgehen. Er war jedoch nicht der Typ, der in Panik verfiel und kopflos flüchtete. War sein Motiv in der Vergangenheit zu suchen? Dieter Müller hatte ihm damals den Kiefer gebrochen,

wollte er sich jetzt auf diese Art und Weise rächen? Fisch hatte ein ungutes Gefühl. Er informierte die Polizeibeamten im Krankenhaus Hohenlind, sie sollten gewarnt sein. Anschließend versuchte er vergeblich, Veronika Müller auf ihrem Handy zu erreichen. Hoffentlich kamen sie nicht zu spät! Fisch rief die Einsatzleitstelle an, die sofort einen Streifenwagen nach Hürth-Efferen schicken sollte. Dann verließen sie den Tatort, um ebenfalls dorthin zu fahren. Die Wohnungsdurchsuchung überließen sie den Unterstützungskräften, die jedoch erst damit beginnen konnten, nachdem die Kollegen der Spurensicherung ihre Arbeit beendet hatten.

Ihre Gedanken schwirrten um Angélique und Norman. Nach dem Gespräch mit Kriminalhauptkommissar Makele machte Veronika sich große Sorgen. Die unsinnige Eifersuchtsszene vorhin am Telefon hatte sie längst verdrängt. Hoffentlich war Angélique nichts passiert! Der Kriminalbeamte hatte ihr sehr ruhig die Situation erklärt und ihr geraten, alle Türen zu verschließen, um kein unnötiges Risiko einzugehen. Sie nahm sich seinen Rat zu Herzen und ging zuerst in den Keller, um die Außentür zur Treppe abzuschließen. Seit sie einen extra großen Getränkekühlschrank nach unten gestellt hatten, stand diese Tür zumindest im Sommer ständig offen. Als sie im Halbdunkel durch den Wäschekeller ging, glaubte sie, ein Geräusch zu hören. Sie verharrte einen Moment auf der Stelle und überlegte, ob sie Lukas rufen sollte. Ihr jüngster Sohn war in seinem Zimmer und spielte mit der Playstation. Da er dabei meistens Musik über seine Ohrstöpsel hörte, würde er sie sowieso nicht hören. Timo war beim Boxtraining. Ihr blieben also zwei Möglichkeiten, entweder schnell zurück und oben die Tür zum Keller verschließen oder sich zusammenreißen und weitergehen. Wahrscheinlich hatten ihre Nerven ihr einen Streich gespielt. Vermutlich war wieder ein Vogel gegen die Fensterscheibe geflogen! Sie drückte auf den Lichtschalter, nahm all ihren Mut zusammen und ging schnellen Schrittes in den Vorratsraum, wo sich die Außentür befand.

Alexander parkte seinen Ford Mustang auf der gegenüberliegenden Straßenseite und beobachtete einen Moment das Haus. Vor der Garage stand Veronikas VW Beetle.
Er musste unbemerkt ins Haus kommen! Dort würde er einen Weg finden, sie zu überwältigen. Sein Plan hatte mittlerweile konkrete Formen angenommen. Sie würde sich wundern über den Ort, den er für den Schlussakt ihrer Beziehung gewählt hatte: Ein einsamer, romantischer Ort in Leverkusen-Rheindorf, den sie im ersten Jahr ihrer Beziehung häufig aufgesucht hatten. Zum ersten Mal hatten sie dort miteinander Sex gehabt. Die Bilder liefen vor seinem inneren Auge ab, als wäre es gestern gewesen. Er hätte keinen besseren Ort wählen können!
Nachdem Alexander sich vergewissert hatte, dass keine Nachbarn oder Passanten in der Nähe waren und bei Veronika niemand am Fenster stand, stieg er aus und ging zum Haus. Er bog direkt links in den kleinen Vorgarten und stellte sich an die Hausecke. Die Hecke schützte ihn vor unliebsamen Blicken. Auf der Terrasse war niemand und er sah, dass die Tür zum Wohnzimmer offen stand. Er blickte kurz durch das Fenster in den Raum und konnte niemanden sehen. Das war seine Chance! Er lief los und stieß gegen einen Gartenstuhl, der gegen den Tisch kippte und einen Höllenlärm verursachte. *Verdammt!*, dachte er und huschte schnell ins Wohnzimmer. Dort ließ er sich hinter die Couch fallen und wartete.

Nachdem sie die Außentür zweimal abgeschlossen hatte, ließ ihre Anspannung nach. Auf dem Rückweg nahm sie noch eine Flasche Limonade aus dem Kühlschrank; sie brauchte jetzt etwas Süßes um ihre Nerven zu beruhigen. Auf der Kellertreppe spürte sie einen leichten Luftzug, der sie sofort erschaudern ließ. Ach du Scheiße, die Terrassentür stand noch sperrangelweit offen! Gleichzeitig vibrierte ihr Handy in der Hosentasche. Sie lief durch den Flur ins Wohnzimmer, wollte gerade die Tür zuschieben und ans Handy gehen, als sie eine

Silhouette in der Spiegelung der Glasscheibe sah. Ihr Gehirn brauchte einen Moment, um zu verarbeiten, dass Temmis unmittelbar hinter ihr stand. Sie blieb wie angewurzelt stehen, ließ die Flasche fallen und versuchte, um Hilfe zu schreien. Alexander reagierte blitzartig. Er legte ihr den Kabelbinder um den Hals und zog zu. Ihr Schrei verstummte nach der ersten Silbe. Röchelnd versuchte sie, ihre Finger zwischen Hals und Plastikband zu schieben, doch es half nichts, das Band ließ sich nicht lockern. In ihrer Todesangst dauerte es einige Sekunden, bis ihr bewusst wurde, dass er sie offenbar noch am Leben lassen wollte. Was hatte er vor? Sie dachte an Dieter und ihre Kinder. Lukas war oben in seinem Zimmer. *Oh Gott, er darf ihm nichts antun!*

Lukas saß vor seiner Playstation und war vollkommen vertieft in sein neues Actionspiel, *Killzone 2*. Er konzentrierte sich völlig auf sein Spiel, griff seinen Gegner mit allen ihm zur Verfügung stehenden Waffen an und nahm nur unbewusst das Geräusch von zerbrochenem Glas wahr. Nachdem seine Sinne die fiktive Actionwelt wieder verlassen hatten, vernahm er aber deutlich Stimmen im Haus. Was war das vorhin für ein Lärm gewesen? Er öffnete leise seine Zimmertür und schlich die Treppe hinunter bis in den Flur. Die Wohnzimmertür stand offen und er konnte vor dem Terrassenfenster den Rücken eines Mannes erkennen. Seine Mutter stand seitlich daneben. Lukas sah den panischen, ängstlichen Blick in ihren Augen und wollte bereits ins Zimmer stürzen, als er gerade noch rechtzeitig erkannte, dass sie ihm hinter dem Rücken des Mannes mit einer Hand Zeichen gab, draußen zu bleiben. Erst jetzt sah er die Schlinge um ihren Hals, die der Mann an einem Ende festhielt.

„Wer ist noch im Haus?"
„Niemand", hechelte Veronika.
„Lüg mich nicht an. Oben brennt in einem Zimmer Licht. Wo sind die Kinder?"
„Bei Freunden. Ich war eben oben."

Alexander drehte sie in seine Richtung, so dass er ihr in die Augen schauen konnte. Er spürte ihr Zittern und lächelte sie an. Ihr schönes Gesicht – es war nicht mehr so zart und weich wie damals. Aus dem naiven, unschuldigen Mädchen war eine reife, attraktive Frau geworden.

„Nicki, wie lange ist es jetzt her? Zwanzig Jahre? Du hast ja viel erreicht, Ehemann, Kinder, Haus. All das, was wir uns erträumt hatten, hast du jetzt, nur nicht mit mir. Sag mal, schämst du dich gar nicht?"

„Norman, ich …" Ihr stockte der Atem, als sie Lukas in der Wohnzimmertür stehen sah. Sie hob die Hand und gab ihm ein Zeichen.

„Mein Name ist Alexander, Dr. Alexander Temmis. Du kannst dir deine Luft sparen und wirst mir zuhören, so wie früher. Erinnerst du dich, wie wir uns kennen gelernt haben? Wie du mich angehimmelt und bewundert hast? Ich sah es in deinen Augen, du hast mich vom ersten Moment an verehrt. Du hingst an meinen Lippen, wenn ich über Gott und die Welt erzählt habe. Das wirst du jetzt wieder tun und wehe, du machst irgendwas Unvernünftiges. Dann werde ich ohne Skrupel die Schlinge zuziehen, das kannst du mir glauben! Wir hatten so viele Pläne. Warum musstest du alles kaputt machen?"

„Bitte, Norman …"

„Schnauze halten und zuhören! Ich habe mir für uns etwas Schönes überlegt, das wird dir auch gut gefallen." Seine Stimme klang jetzt weich, beinahe zärtlich.

„An der Schiffsbrücke Wuppermündung haben wir uns zum ersten Mal geküsst, weißt du noch?" Er atmete tief durch. „Ich erinnere mich, als wenn es gestern gewesen wäre. Es war an einem Sonntagnachmittag. Die Sonne schien und wir gingen über den Steg, der über die drei Schiffe führte. Im kleinen Auenwald setzten wir uns an eine große Erle unmittelbar am Ufer der alten Wupper. Zwei Tage später haben wir uns dort geliebt, weißt du noch?" Alexander erhob seine Stimme, die jetzt hart und aggressiv klang.

Veronika nickte verschüchtert.

„Es war an einem Dienstagabend. Freu dich, du wirst diesen romantischen Ort noch einmal wiedersehen. Wir gehen jetzt zügig zu meinem Auto. Wenn du Zicken machst, werde ich die Schlinge zuziehen."
Alexander nahm einen weiteren Kabelbinder aus seiner Umhängetasche, fesselte ihre Hände und schob sie vor sich her.

Lukas versteckte sich hinter dem Garderobenschrank. Was sollte er tun? Ein Mann bedrohte seine Mutter und sie wollte auf keinen Fall, dass er eingriff. Wie hätte er ihr überhaupt helfen können? Dieses graue Band um ihren Hals war ein Kabelbinder – wenn der Mann einmal kräftig daran zog, würde sie ersticken. Sie mussten jeden Augenblick durch die Tür kommen. Sein Blick fiel auf den Kerzenständer aus Messing links neben ihm. Wenn er damit von hinten zuschlug, würde der Mann keinen Finger mehr rühren können. Er nahm den schweren Gegenstand in die Hand und wartete.
Wo blieben sie? Es war auf einmal verdächtig still. Er verließ vorsichtig seine Deckung und lugte ins Wohnzimmer. Totenstille. Verdammt, sie waren über die Terrasse nach draußen gegangen! Warum hatte er daran nicht gedacht? Sofort lief er zur Haustür und sah noch, wie auf der gegenüberliegenden Seite ein Wagen startete und schnell losfuhr. Verzweifelt lief er zum Telefon, um den Notruf der Polizei zu wählen. Während er hektisch erklärte, dass seine Mutter entführt worden sei, fuhr ein Polizeiwagen vor. Lukas war irritiert und konnte im ersten Moment gar nicht fassen, wie das alles so schnell gehen konnte. Er legte einfach auf und lief zu den Beamten vor seiner Haustür.

Fisch und seine Kollegen trafen nur wenige Minuten nach der Streifenwagenbesatzung ein. Der Junge saß mit ihnen am Küchentisch und erzählte schluchzend, was passiert war.
„Was war das für ein Auto – hast du dir das Kennzeichen merken können?", fragte Fisch.

„Das habe ich hier den Polizisten doch schon gesagt. Es ging alles so schnell, ich konnte die Nummer nicht mehr sehen. Das war so ein roter Sportwagen mit langer Schnauze. Er ist in Richtung Luxemburger Straße gefahren."
„Wie sah der Mann aus? Beschreib ihn, so gut du kannst."
„Ich habe ihn nur von hinten gesehen. Er hatte eine Glatze, war größer als Mama und trug eine schwarze Umhängetasche."
„Was hat er angehabt?"
„Blaue Jeans und ein helles Hemd, das über die Hose hing."
„Charlie, ruf die Leitstelle an und ändere den Fahndungsaufruf: Wir suchen jetzt Temmis in einem roten Sportwagen! Gib auch die Beschreibung und die Personalien von Veronika Müller durch."
„Hast du irgendeine Idee, wo sie hingefahren sein könnten?"
„Der Mann sprach von einer Schiffsbrücke, ich habe das nicht so richtig verstanden."
„Katie, du hast doch Internet auf deinem Handy, mach dich mal schlau."
„Was hat der Mann noch zu dieser Brücke gesagt?"
Lukas schaute beschämt zur Seite.
„Du musst mir alles sagen – jede Einzelheit kann wichtig sein, damit wir deine Mutter schnell finden!"
„Er hätte sie dort geküsst. Und sie hätten dort Sex gehabt."
„Das muss in der Nähe von Leverkusen sein, wo sie früher gewohnt haben", rief Fisch in die Runde.
„Ich habe es, Schiffsbrücke Wuppermündung in Leverkusen-Rheindorf! Das muss die sein!"
Kid kam plötzlich ein Gedanke. Er mischte sich in die Befragung ein.
„Hat deine Mutter ihr Handy dabei?"
Lukas lief ins Wohnzimmer und schaute in die leere Schale auf dem Sideboard, bevor er antwortete: „Ich habe ihr vor drei Wochen mein altes Smartphone geschenkt. Das liegt normalerweise immer hier, also muss sie es dabei haben."
Kid bedankte sich und ließ sich von Charlie, der gerade im Begriff war, das Gespräch mit der Leitstelle zu beenden, das Telefon geben.

„Ihr habt doch die Möglichkeit, Handys zur Gefahrenabwehr zu orten. Kann man auch ein Bewegungsbild erstellen? Und wenn ja, wie schnell?“
„Behördenleitervorbehalt, wir müssen erst den Polizeipräsidenten anrufen, die Ortung bestätigen lassen und dann ein Fax an den Provider senden. Das kann eine halbe Stunde dauern. Ich würde sagen, je nachdem wie schnell die reagieren, zwischen fünfzehn und fünfundvierzig Minuten. Mit jeder Faxantwort bekommen wir aber nur eine GPS-Ortung von dem entsprechenden Funkmasten. Ein Bewegungsbild würde ewig dauern.“
„Nein danke, soviel Zeit haben wir nicht.“
Lukas wurde hellhörig. „Auf meinem alten Smartphone ist eine „My Friends-App“ drauf.“
Fisch schaute Kid ratlos an. Bevor er nachhaken konnte, kam Katie ihm zu Hilfe und fragte Lukas: „Ist die App auch auf deinem neuen Smartphone installiert?“
„Ja, Mama war auch damit einverstanden, dass ich sie aufspüren darf.“
„Kannst du es uns zur Verfügung stellen? Damit werden wir deine Mutter schnell finden.“
Lukas rief die App auf und nach wenigen Sekunden zeigte ein blauer Punkt den Standort von Veronikas Smartphone auf einer Karte an. Sie befand sich im Kölner Norden auf der Autobahn A 1. Lukas reichte Katie sein mobiles Telefon und nannte ihr auch vorsichtshalber die PIN-Nummer.
„Was ist eine App?“, fragte Fisch auf dem Weg nach draußen.
„Das ist die Kurzform für Applikation – eine Anwendungssoftware für das Smartphone.“ Katie musste über seine Unwissenheit schmunzeln.
„Und damit kann man Leute aufspüren? Ich kann es kaum glauben. Niemand will einen Überwachungsstaat, es wird protestiert, wenn öffentliche Plätze videoüberwacht werden, aber eine private Überwachung akzeptiert man.“ Fisch schüttelte verständnislos den Kopf.
„Man kann keine Leute, nur das Smartphone aufspüren. Die

Kids von heute nutzen das ständig. Es gibt aber auch eine Option, den Standort auszublenden."
„Mit diesem Schnickschnack werde ich mich auf meine alten Tage nicht mehr beschäftigen."

Alexander fuhr an der Anschlussstelle Klettenberg auf die Autobahn A 4 in Richtung Aachen. Veronika saß nach vorne gebeugt auf dem Beifahrersitz. Sie stöhnte leise vor Schmerzen, die Plastikfessel schnitt tief in ihre Handgelenke. Ihre Gedanken waren bei Lukas, der jetzt bestimmt schon die Polizei informiert hatte. Doch wie konnte die Polizei ihr helfen? Alexander hatte die Fäden fest in der Hand. Wie passend und gleichzeitig makaber dieser Spruch in ihrer Situation war! *Genau das will er, Macht ausüben. Er hat es vorhin ausgesprochen; er will verehrt werden!*
„Norman – Alexander, ich schätze dich …"
„Ruhe!" Mit einer schnellen Handbewegung schlug er ihr seine Faust ins Gesicht. Ihre Lippe platzte auf und Blut lief über ihr Kinn.
„V und N. Ob man unsere Initialen in der Erle noch erkennen kann? Ich war nie wieder dort. Du?", fragte er verträumt.
Veronika schüttelte den Kopf. Sie stand unter Schock. Wie konnte ein Mensch von einer Sekunde zur anderen so aggressiv handeln und dann so liebevoll reden? *Er ist krank und er weiß es auch. In seinen Augen bin und bleibe ich die Schuldige.*
„Wir werden uns dort wieder sehr nahe sein. Du brauchst keine Angst zu haben!"
Sein Plan stand. Ein dicker Ast der Erle hatte damals über die alte Wupper geragt – die ideale Stelle, an der er die beiden Seile befestigen konnte. Am anderen Ende würde er Henkersknoten knüpfen und die frei laufenden Schlingen ihr und sich um den Hals legen. Dann würden sie gemeinsam in den Fluss springen. Vielleicht sollte er sich vorher an ihr festbinden; er hatte genug Bondageseil eingepackt. Sie würden gemeinsam in den Tod gehen. *Dieter wird immer dieses Bild vor Augen haben.* Eine tiefe Genugtuung breitete sich in ihm aus.

Mittlerweile liefen im Polizeipräsidium Köln sämtliche Telefone heiß. Es mussten jetzt schnell Entscheidungen und Maßnahmen getroffen werden, um mit höchster Priorität das Leben der Geisel zu retten. Beamte wurden aus ihrer Freizeit gerufen und die Verhandlungsgruppe sowie das Sonder- und Mobile Einsatzkommando wurden alarmiert.
Jeder Beamte wusste, in welchem Einsatzabschnitt er sich melden musste. Während die Einsatzleitstelle die ersten Fahndungsmaßnahmen koordinierte, wurden im Präsidium und bei den Spezialeinheiten Führungsgruppen eingerichtet. Fachkräfte des Kommissariats 35 bereiteten die technischen Voraussetzungen für die Überwachung des Täter- und Opferhandys vor.

Alexander schob die CD mit der Toccata und Fuge in d-Moll wieder in den Player und drehte die Lautstärke hoch. Die letzte Stunde in seinem Leben wollte er noch in vollen Zügen genießen. Veronika schien sich ebenfalls mit ihrem Schicksal abgefunden zu haben, zumindest fing sie kein Gespräch mehr an. Er fuhr mittlerweile auf der A 1 und würde gleich von der Rheinbrücke aus den kleinen Auenwald an der alten Wuppermündung sehen können. In wenigen Minuten musste er die Ausfahrt nehmen. Als er auf den rechten Fahrstreifen wechselte, sah er links aus dem Augenwinkel in der Entfernung ein Blaulicht. Er schaute genauer hin und entdeckte nun mehrere Polizeiwagen in der Nähe der Schiffsbrücke. Das konnte kein Zufall sein! Er wusste im ersten Moment nicht, was er jetzt tun sollte. Anstatt auf die A 59 zu fahren, fuhr er nun geradeaus weiter und bog intuitiv am Leverkusener Kreuz auf die A 3 in Richtung Köln ab. Warum waren an diesem verlassenen Ort so viele Bullen? Woher konnten die von seinem Plan gewusst haben? Er stellte die Musik leise und zog Veronika an ihren Haaren in eine aufrechte Position. Ihren Aufschrei beachtete er nicht.
„Hast du irgendjemandem von der Schiffsbrücke erzählt?“
„Nein, wieso sollte ich?“, schluchzte sie.

„Lüg mich nicht an!“ Er hielt sie weiterhin an den Haaren fest, während er mit der linken Hand steuerte und mit achtzig Stundenkilometern hinter einem LKW herfuhr.
„Ich lüge nicht.“
So kam er nicht weiter. Alexander dachte scharf nach. In ihrem Haus hatte er zum ersten Mal von der Schiffsbrücke erzählt. Eigentlich hätte niemand auf diesen Ort kommen können, es sei denn …
„Wer war eben noch im Haus?“
„Niemand.“
Mit einem Ruck schleuderte er ihren Kopf nach vorne auf das Armaturenbrett und zog ihn wieder zurück. Blut lief aus einer Platzwunde oberhalb ihrer rechten Augenbraue und vermischte sich mit Wimperntusche und Tränen.
„Ich werde dir noch viel mehr Schmerzen zufügen, wenn du nicht die Wahrheit sagst.“
„Bitte nicht!“, jammerte sie.
Im Grunde genommen war es jetzt egal, woher die Bullen es wussten – aber er wollte es aus ihrem Mund hören.
„Sag es!“ Er nahm das Ende des Kabelbinders in die Hand. „Sag es, oder du wirst sofort sterben!“
„Mein Sohn war im Haus.“ Ihre Stimme wurde immer leiser.
„Warum nicht gleich so? Muss ich dich immer schlagen, damit du mir die Wahrheit sagst?“ Er ließ sie los und lächelte sie an. Veronika sackte in sich zusammen. *Die wird doch nicht jetzt schon sterben?* Besorgt tätschelte er ihre Wangen. Mit Erleichterung sah er dann, wie sich ihr Brustkorb schwach bewegte. Er blickte wieder nach vorne, konzentrierte sich auf die Straße und dachte über den Jungen nach. Hatte er sein Auto gesehen? Vielleicht sollte er in Köln-Mülheim abfahren und zu Hause den Wagen wechseln. Nein, zu riskant! Auch wenn sie seine Garage einen Block weiter noch nicht entdeckt hatten, würde es da jetzt bestimmt von Bullen wimmeln. Er brauchte einen neuen Plan. Wo konnte er hinfahren, wo konnte er Zeit gewinnen? Sie nur umzubringen wäre einfach, dafür bräuchte er nur die Schlinge zuzuziehen. Er wollte mit ihr *gemeinsam* aus dem Leben schei-

den – aber wie? Ein Verkehrsunfall war viel zu unsicher. Da kam ihm sein Labor in den Sinn. Ohne groß nachzudenken, bog er an der Ausfahrt Köln-Zentrum ab.

Fisch saß auf dem Beifahrersitz, kramte das mobile Blaulicht unter dem Sitz hervor und klemmte es auf dem Dach fest. Er hatte die Tür kaum geschlossen, als Kid auch schon wie von der Tarantel gestochen losfuhr. Mit Müh und Not bekam Fisch den Sicherheitsgurt gelockert, so dass er sich anschnallen konnte. Er warf Kid einen bösen Blick zu und baute anschließend eine Standleitung zur Einsatzleitstelle auf.

„Sind alle in Leverkusen und im Kölner Norden verfügbaren Einsatzfahrzeuge zur Schiffsbrücke nach Leverkusen-Rheindorf unterwegs?“

„Die ersten sind schon vor Ort, zu den entsprechenden Autobahnausfahrten wurden ebenfalls Streifenwagen entsandt.“

„Okay, ich stelle auf laut, dann bekommt ihr die Positionsmeldungen mit.“

Katie saß im Fond und gab ständig den Standort von Veronikas Handy durch. Nach einer Weile teilte sie mit, dass Temmis in Kürze die Leverkusener Rheinbrücke überqueren würde. Sie hatten gerade das Autobahnkreuz Köln-West passiert, als Katie plötzlich aufschrie: „Der ist auf der Autobahn weitergefahren!“

„Verdammt, was hat er vor?“ Fisch meldete der Leitstelle, sie sollten unverzüglich die angrenzenden Behörden informieren.

„Jetzt biegt der auf die A 3 ab und fährt in Richtung Köln.“

Kid reagierte sofort und nahm die Ausfahrt auf die A 57 in Richtung Köln-Zentrum. Der linke Fahrstreifen war zum Glück kaum frequentiert, so dass er bis auf hundertachtzig Stundenkilometer beschleunigen konnte. Die wenigen vor ihm fahrenden Fahrzeuge wechselten sofort den Fahrstreifen, als sie im Rückspiegel den VW-Passat mit Blaulicht, Lichthupe und Warnblinklicht heranrasen sahen.

Bis auf einen Streifenwagen wurden alle Einsatzfahrzeuge von der Schiffsbrücke abgezogen; sie sollten unmittelbar die Verfolgung aufnehmen.

Timo war überrascht, als er den Streifenwagen vor der Haustür sah. Im Haus erzählte ihm dann sein Bruder aufgeregt von dem fremden Mann und der Entführung. Timo nahm sofort sein Handy zur Hand und ließ sich mit seiner Such-App die Standortdaten vom Smartphone seiner Mutter anzeigen. Sie befand sich kurz vor Leverkusen. Er überlegte nicht lange und rief seinen Freund Simon aus dem Fanclub an, der direkt zusagte, sich an der Suche zu beteiligen. Auch wenn der Entführer einen großen Vorsprung hatte – alles war besser, als zu Hause herumzusitzen und zu warten. Timo schnappte sich die Fahrzeugschlüssel seiner Mutter und setzte sich ans Steuer ihres VW Beetle. Lukas behielt währenddessen auf Timos Smartphone die Karte mit den Standortbestimmungen im Auge. Als sie auf die Luxemburger Straße abbogen, rief Simon an und teilte mit, dass drei weitere FC-Kumpels sich an der Suche beteiligen würden. Lukas gab ihnen die Rufnummer des Autotelefons durch, damit sie eine Konferenzschaltung einrichten konnten. Er würde ab jetzt ständige Positionsmeldungen durchgeben.
Sie wollten gerade in Klettenberg auf die Autobahn auffahren, als der blaue Punkt sich in Richtung Zoobrücke bewegte. Kurz entschlossen fuhr Timo auf der Luxemburger Straße geradeaus weiter in Richtung Innenstadt.

Alexander passierte gerade die Ausfahrt zum Polizeipräsidium, als ein Streifenwagen mit Blaulicht und Martinshorn hinter ihm auftauchte. Sofort war er hellwach. Die Rushhour war vorbei, trotzdem verteilte sich der Verkehr immer noch auf alle drei Spuren. Alexander beschleunigte seinen Mustang und schlängelte sich mit hoher Geschwindigkeit durch die knappen Lücken. Schnell hatte er einen kleinen Vorsprung herausgefahren. Die Autofahrer hinter ihm veranstalteten ein gellendes Hupkonzert und hörten dadurch viel zu spät die Martinshörner der herannahenden Streifenwagen. Alexander fuhr wie ein Berserker ohne Rücksicht auf Verluste. In Höhe des Eisstadions streifte er einen Fiesta, der nicht schnell genug den Fahrstreifen wechselte. Die nächsten beiden Kreuzungen, Niehler und Neusser Straße, konnte er gerade noch bei Gelb überqueren. An der Escher Straße ignorierte er das Rotlicht und fuhr kurzzeitig auf die Gegenfahrbahn, um dem von rechts einfahrenden Verkehr auszuweichen. Der Streifenwagen war mittlerweile so nahe gekommen, dass die Autos vor ihm endlich eine Gasse bildeten. Aus allen Richtungen hörte Alexander weitere Polizeisirenen.

Timo und Lukas hatten auf der Luxemburger Straße eine grüne Welle erwischt. An der Weißhausstraße mussten sie zum ersten Mal stoppen. Hinter ihnen fuhr ein Opel Corsa dicht auf, Fahrer und Beifahrer hielten ihre Daumen hoch. Erleichtert grüßten die beiden Brüder zurück: Die ersten Kumpels waren eingetroffen! Simon rief an und teilte mit, er würde über die Zülpicher Straße stadteinwärts kommen. Lukas gab immer wieder den Standort durch. Der blaue Punkt bewegte sich zügig von der Zoobrücke in Richtung Innenstadt. Timo wendete am Justizgebäude, bog am Unicenter rechts ab und fuhr dem Signal entgegen.

„Der ist immer noch auf der Inneren – wenn wir uns nicht überschlagen, müssten wir ihn gleich vor uns sehen!“, rief Katie, die sich mit einer Hand an den Griff klammerte, während Kid mit quietschenden Reifen in die Rechtskurve driftete. Und tatsächlich, ein roter Ford Mustang fuhr just in dem Moment mit hoher Geschwindigkeit an ihnen vorbei, als sie auf die Innere Kanalstraße abbogen.
„Der Mustang, das muss er sein!“ Kid reihte sich unmittelbar hinter dem Streifenwagen ein.

Eigentlich wollte Alexander links auf den Autobahnzubringer abbiegen, doch er überholte gerade auf der rechten Spur und bekam nicht mehr rechtzeitig die Kurve. In der Ferne sah er Blaulichter – entweder kamen sie ihm entgegen oder sie hatten eine Straßensperre errichtet. Kurzerhand bog er mit einem abrupten Lenkmanöver an der nächsten Kreuzung links auf die Venloer Straße ab. Ein entgegenkommender Motorradfahrer konnte nicht mehr rechtzeitig bremsen. Trotz sofortigem Ausweichmanöver streifte er mit seinem rechten Fuß den hinteren Kotflügel des Mustangs und überschlug sich.
Alexander bekam das alles nicht mit. Er fuhr wie in einem Wahn und sah weder nach links noch nach rechts. Im Rückspiegel tauchten jetzt mindestens drei Streifenwagen auf. Besessen von dem Gedanken, gemeinsam mit Veronika in den Tod zu gehen, suchte er fieberhaft nach einer Lösung. Viel Zeit blieb ihm nicht mehr, bald würden sie ihn einkreisen.
Der Rhein, er musste zum Rhein! Dort würde man sie nicht schnell genug retten können. Hoffentlich schaffte er es noch bis dahin. Es war nicht mehr weit; der Dom ragte bereits hoch vor ihm auf.

„Der ist auf die Venloer Straße stadteinwärts abgebogen. Wo bringt der Mama hin?"
„Hauptsache, sie lebt noch. Guck auf die Karte und sag mir, wo ich langfahren soll."
„Da vorne rechts in die Bachemer Straße und dann weiter Richtung Zentrum."
Timo bog ab und gab Gas; über mögliche Knöllchen machte er sich in dieser Situation keine Gedanken. Je näher sie dem Ortungspunkt kamen, desto nervöser wurde er.
Plötzlich schrie Lukas auf.

Simon war die Aachener Straße stadteinwärts gefahren. Seit er sich vor zwei Wochen das 1. FC Köln Emblem auf die Motorhaube seines silberfarbenen Renault Clio hatte lackieren lassen, wurde er ständig von anderen Autofahrern freundlich gegrüßt. Normalerweise erwiderte er immer stolz die Grüße, doch diesmal war er mit den Gedanken bei seinen Kumpels. Im Club half man sich immer, das war doch Ehrensache. Als Simon meldete, der Punkt würde sich dem Friesenplatz nähern, stand er vor dem Hohenzollernring. Ohne groß nachzudenken, bog er verkehrswidrig links auf den Ring ab. Gleich müsste er das gesuchte Fahrzeug sehen.

„Der Punkt."
„Was ist mit dem Punkt?"
„Der bewegt sich nicht mehr." Lukas starrte voller Entsetzen auf die Karte.
„Wo, verdammt noch mal?"
„Am Friesenplatz."
„Der wird angehalten haben. Entweder hat die Polizei ihn geschnappt oder er geht zu Fuß weiter."
„Das kam jetzt so plötzlich! Ich hab Angst", rief Lukas mit zitternder Stimme.

Alexander fuhr mehr auf der Gegenfahrbahn als auf der eigenen Spur. Im Zickzack drängelte er sich um die Autos herum. Am Friesenplatz in Höhe *Weingarten* sah er, wie die Ampel am Hohenzollernring auf Gelb sprang, und gab noch mal Gas. Vielleicht würde er es ja noch vor dem Querverkehr schaffen! Das Lenkrad fest umschlossen, starrte er verbissen nach vorne. Das Tacho zeigte 90 km/h. Von rechts sah er ein silbernes Auto in die Kreuzung einfahren. *Oh, das wird knapp!*, dachte er und fixierte das Emblem des 1. FC Köln auf der Motorhaube des Kleinwagens. Im nächsten Moment kam der Einschlag. Sofort geriet sein Mustang in eine Rotationsbewegung und schleuderte über die Straße bis an die Mauer des U-Bahn-Eingangs an der Nordostseite. Der Mustang schlug mit dem Heck in die Wand; Alexander und Veronika wurden in ihre Sicherheitsgurte katapultiert und wieder zurückgeworfen. Der Schock saß tief in seinen Knochen, aber er erholte sich sofort. Schmerzen spürte er keine. Veronika hing leblos auf dem Beifahrersitz. Er griff ihr an den Hals und versuchte, an das lose Ende des Kabelbinders zu kommen. Dabei sah er durch das Beifahrerfenster die uniformierten Beamtinnen mit gezogenen Waffen auf ihn zulaufen. Ihm blieb keine Zeit mehr. Sie war bestimmt schon tot. Er riss die Fahrzeugtür auf und rannte in die U-Bahn-Station hinunter.

Simon wusste nur, dass sie hinter einem roten Sportwagen mit langer Schnauze herjagten. So ein auffälliger Wagen dürfte doch nicht zu übersehen sein. Er hörte sich nähernde Martinshörner, konnte aber nicht die Richtung lokalisieren. Die Ampel sprang auf Grün und er fuhr langsam in die Kreuzung ein. Er überlegte noch, ob er rechts abbiegen sollte, als von links ein roter Wagen angeschossen kam. Er hatte keine Chance mehr, zu bremsen. Noch bevor er nach dem Zusammenstoß mitten im Kreuzungsbereich zum Stehen kam, sah er mit Entsetzen den deformierten Geißbock auf seiner Motorhaube.

Kid hielt hinter dem Streifenwagen, schaltete die Warnblinkanlage ein und stürmte mit seinen drei Kollegen zu den Unfallfahrzeugen. Der Ford Mustang war unmittelbar an dem U-Bahn-Eingang auf der gegenüberliegenden Straßenseite zum Stehen gekommen. Davor, mitten im Kreuzungsbereich, stand ein silberner Renault Clio. Rauch stieg aus dem Motorraum. Kid sah den Fahrer aus dem Mustang steigen und in die U-Bahn laufen. Die beiden uniformierten Kolleginnen vor ihnen zögerten einen kurzen Moment; sie waren sich anscheinend nicht sicher, ob sie dem Täter hinterhereilen oder sich um die Verletzten kümmern sollten. Kid rief ihnen im Vorbeilaufen zu, er und seine Kollegen würden die Verfolgung aufnehmen. Er rannte die Treppe hinunter bis zur Zwischenebene und verharrte dort einen kurzen Augenblick. Den U-Bahnhof Friesenplatz hatte er gar nicht so groß in Erinnerung.
„Scheiße, wo ist er hin?“, fragte er Katie, die als einzige mit ihm Schritt halten konnte.

„Es gibt hier noch zwei weitere unterirdische Stockwerke. Ich laufe ganz nach unten zu den Linien 12 und 15. Nimm du da vorne den Abgang zu den Linien 3, 4 und 5.“ Ohne eine Antwort abzuwarten lief sie los.

Die Versorgung der Unfallverletzten hatte Vorrang. Die beiden Beamtinnen sahen die Kollegen des zweiten Streifenwagens auf den Renault Clio zulaufen, so dass beide sich um die Beifahrerin im Ford Mustang kümmern konnten. Sie befreiten die bewusstlose Frau aus ihrem Sicherheitsgurt, zogen sie nach draußen und entdeckten dabei die Plastikschlinge um ihren Hals. Das Band schnitt tief in ihre Haut, ihr Gesicht war bereits blau angelaufen.

„Sie bekommt keine Luft, wir müssen das Band irgendwie durchschneiden!“, schrie eine Polizistin aufgeregt. Ihre Kollegin suchte im Wagen verzweifelt nach dem Verbandskasten.

„Beeil dich, ich fühle kaum noch Puls. Verdammt, wo bleibt der Notarzt?“

Unter dem Beifahrersitz war der Kasten. Die Beamtin riss ihn auf, entfernte die Plastikabdeckung und schüttete den Inhalt auf die Straße. Zunächst sah sie nur Mullbinden, Verbandpäckchen und Kompressen, aber keinen scharfen Gegenstand, mit dem man Plastik durchschneiden könnte. *Verdammt, hier muss doch irgendwo eine Schere sein!*, dachte sie und wühlte verzweifelt in den Sachen herum.

„Ich muss zum Streifenwagen, hier ist nichts zum Schneiden.“

„Mach schnell, sie wird sterben!“

Sie warf noch einen letzten Blick in den Fußraum des Beifahrers und entdeckte dort die Schere, die beim Aufreißen hingefallen sein musste.

Das Plastikkabel lag so eng um den geschwollenen Hals, dass die Beamtin die Schere nicht zwischen Haut und Kabel bekam.

„Versuch es hier am Verschluss!“, rief ihre Kollegin und zog den Kopf des Opfers nach hinten.

Die Klinge glitt unter den Kabelbinder und die Beamtin drückte fest zu. Vergebens. Beim Anblick der todgeweihten Frau schob sie alle Bedenken beiseite und ging rabiater zu Werke. Sie drehte das Kabel mit der Schere von links nach rechts und drückte die Schere dabei kraftvoll immer wieder auf und zu. Nach mehreren Versuchen schnellte die Plastikschlinge auseinander. Unmittelbar danach kamen der Notarzt und ein Rettungssanitäter auf sie zugerannt.

Fisch und Charlie konnten das Tempo nicht halten und wurden noch vor dem U-Bahn-Abgang von den Polizeibeamten des zweiten Streifenwagens überholt. Trotz aller Hektik schienen die Besatzungen sich abgesprochen zu haben. Während die ersten beiden Streifenwagenbesatzungen sich um die Unfallverletzten kümmerten und das nächste Team sich an der Verfolgung beteiligte, übernahmen die danach eintreffenden Beamten die Verkehrsregelung. Die Sirenen der Rettungswagen waren bereits zu hören. Fisch hielt Charlie an der Schulter zurück. „Mach mal halblang, für Verfolgungsjagden zu Fuß sind wir nicht mehr geeignet." Beide waren schon von dem kurzen Sprint völlig außer Atem.
„Wenn sie ihn unten nicht schnappen, ist der wahrscheinlich in der Bahn und dann ist es sinnvoll, wenn jemand das Fahrzeug nachführen kann. Kid wird bestimmt gleich anrufen."

Nach wenigen Stufen wurde ihm schwindelig und er bekam nur schlecht Luft. Warum schmerzte sein Brustkorb plötzlich so, fragte er sich, während er sich nach weiteren Fluchtwegen umschaute. Sollte er weiter nach unten zur U-Bahn laufen? Sie würden jeden Moment hier auftauchen. Er musste sich schnell entscheiden. Wenn nicht direkt eine Bahn kam, war er unten verloren. Sein Blick fiel auf eine Menschentraube, die den Aufgang auf der anderen Seite zur Venloer Straße ansteuerte. Dem Gesang und Gegröle nach zu urteilen, schienen die Leute bereits ordentlich gefeiert zu haben. Das könnte seine Chance

sein! Alexander mischte sich unter die Gruppe und ging etwas gebückt, damit er mit seiner Glatze und Größe nicht so schnell auffiel. Beim Treppensteigen spürte er immer wieder stärkere Schmerzen. Er war sich jetzt sicher, dass mindestens eine Rippe gebrochen war.
Auf dem Friesenplatz herrschte das totale Chaos. Rettungs- und Notarztwagen trafen ein, Schaulustige standen an jeder Ecke, Polizeibeamte liefen umher und überall leuchteten Blaulichter. Während Alexander weiterhin im Schutz der Menschenmenge blieb, prägte er sich alles genau ein und überlegte seine nächsten Schritte.
„Wo kann man denn hier auf den Ringen gut feiern?“ Ein Mann neben ihm riss Alexander aus seinen Gedanken.
„Äh, feiern?“ Er musste sich erstmal neu sortieren.
„Ja, wir feiern schon den ganzen Tag. Wir kommen aus Gummersbach, das ist unsere Kegeltour.“
Das kam ja wie gerufen, dachte Alexander.
„Ich kenne da ’ne tolle Kneipe, nicht weit von hier.“ Er zeigte in Richtung Barbarossaplatz, woraufhin sich alle laut grölend in Bewegung setzten. Alexander versuchte, so unauffällig wie möglich immer in ihrer Mitte zu gehen.

Kid sah zahlreiche wartende Fahrgäste auf den Bahnsteigen. *In den letzten zwei Minuten dürfte in beiden Richtungen kein Zug eingefahren sein*, dachte er und ging konzentriert an den Menschen vorbei. Er beobachtete auch den gegenüberliegenden Bahnsteig. Seine Waffe ließ er im Holster, um keine Panik auszulösen. Vorsichtshalber hielt er seine Hand aber unter der Jacke am Waffengriff. Als er am Ende des Bahnsteigs angekommen war, fuhr ein Zug ein. Um auf Nummer sicher zu gehen, fragte Kid noch schnell eine ältere Frau, ob vielleicht eben ein Mann in den Tunnel gelaufen sei. Sie schüttelte nur den Kopf und schaute ihn an, als wäre er gerade aus einer Irrenanstalt geflohen.
Am Ende des Bahnsteiges und auf der anderen Seite der Gleise tauchten die ersten Kollegen in Uniform auf. Kid lief zurück und gab seine Erkenntnisse kurz an die Beamten

weiter. Oben am Zwischendeck traf er dann auf Katie, die auf ihrer Ebene ebenfalls keinen Erfolg gehabt hatte. Wo waren eigentlich Fisch und Charlie? Kid griff zum Handy.

Timo sah schon von weitem die vielen Blaulichter und den Rückstau auf dem Hohenzollernring. Der Friesenplatz schien gesperrt zu sein. Er sah auf der gegenüberliegenden Straßenseite gerade einen Smart aus einer Parklücke fahren und reagierte sofort. Er wendete und fuhr vorwärts in die kleine Lücke. Dass er den Radweg und einen Teil des Gehwegs blockierte, war ihm egal. Timo und Lukas sprangen aus dem Wagen und liefen zum Friesenplatz.

„Hier unten ist er nicht. Wo seid ihr eigentlich?"
„Oben geblieben, falls wir das Fahrzeug nachführen müssten."
„Na, super! Ich hab doch den Schlüssel! Dann haltet die Augen offen. Er kann unmöglich eine Bahn genommen haben, dafür war sein Vorsprung zu klein." Den Fauxpas mit dem Fahrzeugschlüssel würde er Fisch bei nächster Gelegenheit noch mal aufs Butterbrot schmieren, dachte Kid. Jetzt hatte er aber andere Sorgen. Er und Katie wollten sich die Geschäfte auf dieser Ebene ansehen – nicht, dass Temmis sich dort versteckte!

Während Fisch und Kid telefonierten, beobachtete Charlie die Passanten und Schaulustigen. Es war immer wieder das Gleiche; Blaulichter wirkten wie Magneten auf die Menschen. Zurzeit waren ihre Augen auf den Feuerwehr- und Rettungswagen neben dem silberfarbenen Renault Clio gerichtet. Der Fahrer war in seinem stark beschädigten Kleinwagen eingeklemmt und wurde von Feuerwehrmännern befreit.
Eine kleine Menschengruppe schien von all diesen Ereignissen unbeeindruckt. Charlie musterte diese Leute, die laut singend aus der U-Bahn-Station kamen und sich auf der anderen

Straßenseite vom Unfallort entfernten. Auf einmal sah er unter ihnen einen Glatzkopf aufblitzen. Täuschte er sich oder ging der etwas geduckt? Sofort waren all seine Sinne hellwach. Er stupste Fisch an, der gerade aufgelegt hatte, und zeigte in Richtung der Gruppe. Dann lief er los.

Alexander ging nah an den Hauswänden und blickte sich ständig um. Er wollte die Polizeibeamten im Kreuzungsbereich im Auge behalten. Als er sah, wie ein Mann grob in seine Richtung zeigte und loslief, wurde er argwöhnisch. *Der kann unmöglich mich meinen*, dachte er zuerst, änderte dann aber postwendend seine Meinung. Ein weiterer Mann rannte ebenfalls los und zwei uniformierte Beamte schlossen sich ihnen an.
Alexander stieß seine neuen „Freunde" beiseite, ignorierte seine Atembeschwerden und lief los.

Timo und Lukas sahen vor sich die johlenden Frauen und Männer auf dem Gehweg. Plötzlich drängelte sich ein Mann mit Ellbogeneinsatz aus der Gruppe hervor und lief ihnen entgegen. Lukas stutzte, als der Mann mit der Glatze an ihm vorbeibrauste. Er hielt seinen Bruder am Ärmel zurück. „Timo, halt an! Das war er!"
Timo verstand zunächst nur Bahnhof. Er wollte so schnell wie möglich zum Friesenplatz, um zu sehen, was dort passiert war. Es ging schließlich um ihre Mutter.
„Was meinst du?"
„Der Glatzkopf da vorne, der war es! Ich hab ihn direkt erkannt."
Lukas war sichtlich schockiert und zeigte in Richtung des Flüchtenden.
Timo war für Sekundenbruchteile hin- und hergerissen. Auf dem Friesenplatz brauchte eventuell Mama seine Hilfe und hier war dieses Dreckschwein auf der Flucht. Er blickte auf die Rettungswagen in der Ferne und entschied sich für die Verfolgung. Falls ihre Mutter verletzt war, würden sich gerade Sanitäter um sie kümmern.

„Den kriegen wir!“, rief er und sprintete los. Lukas blieb wie versteinert stehen. Der Anblick des Mannes hatte ihn paralysiert. *Was hat der mit Mama gemacht?*, schoss es ihm durch den Kopf. Sein Bruder war schon fast außer Sichtweite, als der Straßenlärm und die Geräusche der Sirenen ihn wieder in die Realität holten und er seinem Bruder folgte.
In Höhe der Flandrischen Straße holte Timo den Mann ein. Er packte ihn beherzt an den Schultern und wollte ihn festhalten. Der Glatzkopf riss sich los, kam dabei aber ins Straucheln und konnte sich nur mit Müh und Not auf den Beinen halten. Mit keuchendem Atem blieb er gebückt stehen. Er war fest entschlossen, sich zu wehren.

Als Alexander die Hand auf seiner Schulter spürte, schoss ihm ein einziger Gedanke durch den Kopf: *Ich werde mich nicht ergeben, um dann lebenslang in den Knast zu gehen. Wenn mir selbst schon nicht mehr die Zeit bleibt, dann sollen die Bullen das erledigen!* Hinter ihm stand einer, vielleicht waren es sogar schon zwei oder drei. Sobald er sich umdrehte, würde er in den Lauf einer Waffe gucken, davon war er überzeugt. Würde man ihm aus dieser Entfernung in den Kopf schießen? Er musste sie bedrohen, dann hatten sie keine andere Wahl. Er brauchte irgendeinen Gegenstand, um sie zu täuschen. Während Alexander sich langsam aus der Hocke aufrichtete, griff er in seine Hemdtasche und umklammerte mit festem Griff den Kugelschreiber. Er holte noch mal tief Luft und drehte sich dann schlagartig mit ausholendem Arm um.
Da war keine Schusswaffe. Und da waren auch keine Bullen. Stattdessen sah er für einen winzigen Augenblick in das Gesicht eines jungen Mannes und direkt danach in eine heranfliegende Faust.
Den Aufprall auf seinen Kiefer nahm er noch wahr. Bevor er ohnmächtig zusammenbrach, vereinten sich Bilder in seinem Kopf und er verstand, was sich gerade zugetragen hatte. Die Faust gehörte Dieters Sohn, der soeben seinen Unterkiefer zum zweiten Mal zertrümmert hatte.

Epilog

Dienstag

Sie hatten die ganze Nacht durchgearbeitet. Nach vierundzwanzig Stunden Dienst stand ihnen allen die Erschöpfung ins Gesicht geschrieben. Charlie schlief fast im Stehen ein. Für sein Alter und bei seinem Gesundheitszustand hatte er unglaublich lange durchgehalten. Fisch schickte ihn deshalb um 05:00 Uhr nach Hause.
Zwei Stunden später waren die letzten Berichte geschrieben. Fisch heftete den Haftbefehlsantrag gegen Temmis in die Ermittlungsakte und brachte sie zu Arndt Siebert. Es war jetzt Aufgabe des Chefs, dafür Sorge zu tragen, dass die Akte zur Staatsanwaltschaft kam. Er und sein Team würden erstmal ausschlafen und morgen wieder zur Verfügung stehen.
Kid war viel zu müde, um noch in die Eifel zu fahren. Also nahm er Fischs Übernachtungsangebot erneut dankend an.
Von einem erholsamen, ruhigen Schlaf konnte aber keine Rede sein. Zu viele Gedanken schwirrten in Kids Kopf herum. Die Wohnungsdurchsuchung bei Temmis und die Verfolgungsfahrt liefen ständig in seinem Unterbewusstsein ab. Und wenn er wach wurde, musste er immer wieder an Senna und an seine neue Wohnung denken. Nachdem er sich stundenlang unruhig hin- und hergewälzt hatte, stand er bereits um 12:00 Uhr wieder auf und duschte. Er hinterließ Fisch eine Nachricht auf dem Küchentisch und fuhr in Richtung Eifel.
Unterwegs beschloss er, noch bei Möbel Brecker in Kall vorbeizufahren. Am nächsten Tag konnte er in seine neue Wohnung; bis auf die Küche hatte er noch keine Möbel. Als Bett musste erstmal die aufblasbare Matratze vom Aldi herhalten. Hoffentlich hatte die kein Loch!
Er war jetzt wieder *Single*. Bei diesem Wort krampfte sich sein Magen zusammen. Er musste erstmal damit klarkommen,

alleine zu sein. Es war auf jeden Fall besser, als Senna sporadisch im eigenen Haus zu begegnen und sich dann anzuschweigen.
Das Möbelhaus Brecker war wie immer gut besucht. Ganz hinten auf der rückwärtigen Seite fand Kid endlich einen freien Parkplatz. Auf dem Weg zum Eingang zuckte er plötzlich zusammen, als er Sennas Auto davor parken sah. Was machte sie denn hier?
In der Eingangshalle überlegte er, ob er ihr aus dem Weg gehen oder sie suchen sollte. Vielleicht ergab sich außerhalb der eigenen vier Wände einmal die Möglichkeit miteinander zu reden. Er schritt langsam geradeaus weiter in die Wohnabteilung, als er sie rechts an der Kasse für Haushaltswaren und Geschenkartikel bemerkte. Sie stand dort aber nicht allein, an ihrer Seite erkannte er seinen Nachbarn Wolfgang. Senna und Wolle hier beim Brecker, was hatte das denn zu bedeuten? Kid versteckte sich hinter einem Wohnzimmerschrank und beobachtete die beiden. Wolle hielt einen Einkaufskorb, aus dem Senna mehrere Wohnaccessoires holte und auf das Band legte. Nach dem Bezahlen nahm er ihr die Einkaufstasche ab, begleitete sie zum Ausgang und hielt ihr dort fast unterwürfig die Tür auf. Anschließend tippelte er wie ein kleiner Junge neben ihr her und redete auf sie ein. *Was für ein Schleimer*, dachte Kid und folgte den beiden unauffällig. An Sennas Auto dann das gleiche Spiel! Wolle hielt ihr die Fahrertür auf und stieg erst dann auf der Beifahrerseite ein. Jetzt war auch klar, warum er ihm in den letzten Monaten immer mehr aus dem Weg gegangen war. Und er hatte gedacht, dass Wolle als unmittelbarer Nachbar natürlich die Spannungen zwischen ihm und Senna mitbekommen hatte und für keine Seite Partei ergreifen wollte. Genau das Gegenteil war der Fall! Er hatte eindeutig Partei ergriffen – und offenbar nicht ganz uneigennützig.
Sie fuhren vom Parkplatz und bogen nicht nach rechts in Richtung Hellenthal ab, sondern nach links. Kid wurde neugierig. Was lief zwischen den beiden? Er sprintete zu seinem Auto, fuhr zur Straße und versuchte ihnen zu folgen.

Oben am Kreisverkehr angekommen, wunderte er sich, dass Sennas Auto nirgendwo zu sehen war. Er fuhr zweimal im Kreis und entdeckte ihren Wagen dann auf dem Parkplatz von McDonald's. Kurzerhand parkte er gegenüber an der Tankstelle, lief dann auf die andere Seite und schaute durch die Scheiben in den Verkaufsraum. In den Menschenschlangen vor der Theke konnte er sie nicht erkennen, also mussten sie ins McCafé gegangen sein. Er hatte nichts zu verlieren und ging rein.
Sie saß tatsächlich an einem Tisch neben der McCafé-Theke. Wolle holte an der Theke zwei Becher Kaffee und nahm dann neben ihr Platz. Kid setzte sich auf der anderen Seite einer Trennwand zu einer Gruppe Jugendlicher und versuchte das Gespräch zu belauschen. Sie unterhielten sich angeregt. Kid hatte keinen Blickkontakt und konnte zum Glück nicht sehen, wie Wolle ihr liebevoll über den Handrücken streichelte. Er konnte auch kaum etwas verstehen, weil die Teenager laut diskutierend ihre Burger verspeisten.
„… immer für dich da sein … verlassen … Du bist …"
„Wolle … danke … Beziehung haben … Abstand …"
„… unglücklich … Polizist … Carmen … keine Liebe … verlassen … Du …"
Kid verstand nur einzelne Gesprächsfetzen, konnte sich aber zusammenreimen, was dort gesagt wurde. Wolle hatte sich in Senna verliebt und wollte seine Ehefrau Carmen deswegen verlassen. Er hatte genug gehört. Ausgerechnet Wolle, dieser kleine vorlaute Besserwisser! Was fand sie an ihm? Etwa den Bierbauch? Die Tränensäcke? Der hatte ja noch nicht einmal einen Arsch in der Hose, geschweige denn Eier. Kid merkte, wie die Wut in ihm hochstieg und verließ schnurstracks den Laden, bevor er etwas Unüberlegtes tun würde. An der frischen Luft beruhigte er sich wieder. Egal was er da gesehen hatte, es war nicht mehr seine Sache. Sollte sie doch machen, was sie für richtig hielt. Eine Nacht noch, dann würde er in seiner neuen Wohnung schlafen.

Samstag, einige Wochen später …

Gegen Alexander Temmis wurde ein Haftbefehl erlassen. Wie vor zwanzig Jahren wurde er in das Justizvollzugskrankenhaus in Fröndenberg eingeliefert. Nach seiner Festnahme bestimmten die Giftanschläge wieder die Schlagzeilen der deutschen Tagespresse. Der Ruf nach einer möglichst hohen Strafe wurde in der Bevölkerung immer lauter. Das Gericht ließ zur Feststellung der Schuldfähigkeit psychologische Gutachten erstellen, die letztendlich bei Temmis eine krankhafte seelische Störung feststellten.
Das Landgericht Köln verurteilte den Angeklagten Temmis wegen versuchten Mordes an Dieter, Angélique und Veronika – in Dieters Fall in Tateinheit mit fahrlässiger Tötung von zwei Düsseldorfer Fans und fahrlässiger Körperverletzung von sechs Düsseldorfer Fans – zu einer lebenslangen Freiheitsstrafe. Die Unterbringung in einem psychiatrischen Krankenhaus wurde angeordnet. Die besondere Schwere der Schuld wurde festgestellt, so dass der Rest der Strafe nach fünfzehn Jahren nicht mehr auf Bewährung ausgesetzt werden konnte. Nur wenn Temmis sich therapiefähig zeigte, hätte er bei diesem Urteil frühestens nach zwanzig Jahren die Chance, seine Freiheit wiederzuerlangen.
Veronika und Dieter, der körperlich wieder vollkommen genesen war, nahmen das Urteil mit Genugtuung auf. Beide litten noch an den traumatischen Erlebnissen und nahmen psychotherapeutische Hilfe in Anspruch.
Angélique wurde nach zwei Wochen aus dem Krankenhaus entlassen. Die Ärzte rieten ihr zu einem Kururlaub, doch Angélique wusste, dass sie sich in einer vertrauten Umgebung besser erholen könnte. So entschied sie sich zu einem langen Aufenthalt in ihrer alten französischen Heimat.

Nach Beendigung einer Mordkommission lud Fisch regelmäßig seine Mitarbeiter zu einem gemeinschaftlichen Umtrunk ein. Diesmal hatten sie wegen der Haupturlaubszeit erst im

Herbst einen Termin gefunden, an dem alle konnten. Charlies Vorschlag, eine Grillfeier in seiner Gartenlaube zu veranstalten, wurde einstimmig angenommen.
Mit vollgepackten Einkaufskörben trafen sie um 14:00 Uhr ein und staunten über den dichten, saftig grünen Zierrasen, die blühenden Beete und die mediterranen Trockenpflanzen. Die Hecken waren immer noch sehr hoch, aber akkurat geschnitten. Stolz nahm Charlie die Komplimente entgegen und erklärte, wie viel Freude ihm die Gartenarbeit wieder bereitete. Zur Begrüßung stießen sie mit einem Glas Sekt an und packten dann das Grillgut und die Salate aus. Kid begab sich sofort an den Grill. „Charlie, wo hast du die Grillanzünder?"
„Grillanzünder? Sollte ich die auch besorgen?"
„Du Tuppes, wie soll ich denn sonst die Briketts anzünden?"
„Tut mir leid, ich hab schon so lange nicht mehr gegrillt. Für eine Person lohnt sich das ja auch nicht. Ich werde mal einen Nachbarn fragen, falls einer da ist."
„Schräg gegenüber habe ich eben eine Frau in den Beeten gesehen. Eine Frau mit langen lockigen Haaren, die kennst du doch bestimmt."
„Nein, ich kenne hier kaum noch jemanden."
„Kein Wunder – durch diese blickdichten Hecken hast du dich ja regelrecht von der Außenwelt abgeschottet. Ich würde sie kürzer schneiden, ein Meter ist eine vernünftige Höhe."
Kid hat Recht, dachte Charlie und ging auf den Laubengang. Die Frau mit den lockigen Haaren war immer noch in den Beeten und schaute freundlich zu Charlie auf, als er an ihr Gartentor kam und nach Grillanzündern fragte. Sie zog sich die Handschuhe aus und reichte ihm zur Begrüßung lächelnd die Hand. „Sie sind also der Nachbar, den man nie sieht. Es freut mich, dass Sie sich mal aus Ihrem Versteck gewagt haben. Henriette mein Name, aber nennen Sie mich ruhig Henni. Hier in der Anlage duzen wir uns alle."
Bei der Berührung dieser weichen, geschmeidigen Hand fuhr Charlie ein Kribbeln durch den Arm bis in die Zehenspitzen. Dabei war es doch nur ein Händedruck, eine simple Geste und

sonst nichts. Einen Tick zu lange hielt er ihre Hand und genoss die wohltuende Wärme, die sie ausstrahlte. Dann löste er den Griff und konzentrierte sich wieder auf das Gespräch.
„Oh entschuldige bitte, ich bin Charlie."
„Okay, dann werde ich mal schauen, wo ich die Anzünder habe."
Nach kurzer Zeit kam sie zurück und teilte ihm mit, dass sie leider keine finden konnte. Charlie bedankte sich und ging zu seinen Kollegen zurück. Gerne hätte er sich länger mit Henni unterhalten, aber das war heute wohl leider nicht möglich.
„So wie du strahlst, hast du Anzünder bekommen", empfing Kid ihn.
„Negativ, sie hat leider keine gefunden. Ich habe auch keine anderen Nachbarn gesehen, da muss ich wohl zum Supermarkt laufen und welche kaufen."
„Das dauert viel zu lange. Ich werd mit Ästen ein kleines Feuer machen, das funktioniert auch."
Kid suchte sich im Garten ein paar trockene Äste und stapelte sie wie ein Indianertipi im Grill auf. Dann legte er Papier dazwischen und zündete es an.
„Charlie, Charlie, ich habe sie gefunden!" Henni kam plötzlich freudestrahlend zwischen den Sträuchern am Eingangstor hervor.
Keinem der Anwesenden entgingen die Blicke, die Henni und Charlie austauschten.
Henni blieb ein paar Minuten und verabschiedete sich dann. Katie, Fisch und Kid sahen Charlie vielsagend an, doch der blieb wie angewurzelt stehen und brachte keinen Ton heraus. Als sie sich winkend entfernte, war Fisch es, der sie zum Bleiben aufforderte.
Es wurde ein äußerst geselliger und schöner Grillnachmittag, der sich bis in den Abend zog. Um 22:00 Uhr verabschiedeten sich Katie, Fisch und Kid. Henni machte Anstalten, sich ihnen anzuschließen. Charlie berührte sie leicht am Unterarm.
„Bleib bitte noch."

Nachwort

Die Atmosphäre im RheinEnergieStadion bei Spielen des 1. FC Köln lässt sich in Worten nicht ausdrücken. Es ist, als würde man eine andere Welt betreten. Die faszinierenden Choreographien in den Fanblöcken, das rhythmische Klatschen der Zuschauer und die emotionalen Fangesänge ziehen einen sofort in ihren Bann. Spätestens beim Abspielen der Hymne bekommt jeder eine Gänsehaut.
Ich bedanke mich bei allen FC-Fans für dieses tolle Gefühl.

Danksagung

Meine Recherchen zu diesem Roman haben mich schon wieder in das Kölner Institut für Rechtsmedizin geführt. Mein besonderer Dank gilt Herrn Dr. Justus Beike, dem Leiter der forensischen Toxikologie. Ich wünsche Ihnen und Ihrem Team so viel Glück bei der Analyse von unbekannten Giften, wie es die Toxikologen in meinem Roman haben.
Und dann wären da noch die fleißigen und kritischen Erstleserinnen:
Ich danke euch, Gisela, Mona und Andrea.

Fehler im Buch stammen wie immer von mir. Es liegt an Ihnen, sie großherzig zu überlesen.

Weitere **Krimis** in der Edition Lempertz

ISBN: 978-3-941557-69-7 ISBN: 978-3-939284-14-7 ISBN: 978-3-939284-55-0

ISBN: 978-3-943883-17-6 ISBN: 978-3-943883-19-0

ISBN: 978-3-939908-84-5

ISBN: 978-3-939908-85-2

ISBN: 978-3-941557-73-4

ISBN: 978-3-939284-26-0

ISBN: 978-3-943883-18-3

ISBN: 978-3-943883-67-1

Alle Krimis auch als E-Book

Olaf Schumacher
Der Kölsche Unterschied
52 Gründe, den Kölner zu lieben...
und den Düsseldorfer nicht.

Der Kölner ist anders und der Düsseldorfer ist ganz anders. Die beiden können nicht miteinander und sie wollen auch nicht miteinander. Wie das kommt und wo die unüberbrückbaren Unterschiede und Gegensätze dieser beiden Volksstämme liegen, sehen Sie hier an Beispielen wie Humor, Charakter, Karneval, Botoxkonsum, Luxus, Schwarzarbeit, Tierschutz, Gartenbau und vielem anderen ...

Format: 12 x 15 cm, Softcover, 112 Seiten,
ISBN: 978-3-943883-39-8
€ 7,99

Neu im Rheinland? Verwirrt und orientierungslos? Oder haben Sie schon immer hier gelebt und trotzdem Fragen zu Land und Leuten? Nicht mehr lange! Im Radio Bonn/Rhein-Sieg Quizbuch erfahren Sie alles, was Sie schon immer zu unserer Region wissen wollten: Was ist das Endenicher Ei? Wo wohnt das Bonner Brückenmännchen? Und was meint der Rheinländer, wenn er Sie zum „halven Hahn" einlädt? Von Karneval bis zur Geschichte, vom Sprachkurs bis zum Bilderrätsel, unsere 100 Fragen werden Ihnen garantiert Spaß machen.

Neben Antworten liefert Ihnen das Radio Bonn/Rhein-Sieg Quizbuch viele Hintergrundinfos und Internettipps. Ob Neu-Rheinländer oder Alteingesessener: Wer sein Wissen erfolgreich getestet hat, dem winkt der Rheinland-Pass.

100 Fragen über das Radio Bonn/Rhein-Sieg-Land von Sven Jaworek,
Format: 13 x 20,5 cm, Softcover, 128 Seiten,
ISBN: 978-3-943883-14-5
€ 7,99